思享家　分享思考的快乐

天堂的滋味 只要一文钱

李大卫 作品

湖南文艺出版社
HUNAN LITERATURE AND ART PUBLISHING HOUSE
博集天卷
CS-BOOKY

目 录

天堂的滋味，只要一文钱

第一编
一个人的博物馆

第二编
叙事的拐点

第三编
天堂的滋味，只要一文钱

第四编
巴别塔的猫

第一编

一个人的博物馆

记忆之所

博物馆是个外来词，字面意思是“缪斯的机构”。希腊神话讲到，记忆女神摩涅墨叙尼跟主神宙斯睡了九天之后，生下九个女儿，即分司诗歌、音乐、历史、戏剧、舞蹈、天文等技艺的缪斯女神。由此可见，博物馆和记忆有关。

昔年亚历山大大帝一路征伐，将马其顿帝国的版图向东部推至印度，并将所到之处带入希腊化时代。可惜，短命英雄身后尸骨未寒，麾下众将便各萌异志，兴兵雄霸一方。其中，托勒密在埃及自立为王，定都亚历山大港。后来的传奇艳后克娄巴特拉，就是该王朝的末代法老。这座港城通过贸易获取暴利，并继雅典之后成为希腊文化新的中心。除世界七大奇迹之一的港口灯塔，博物馆的雏形之一，即所谓的 Μουσεῖον，也将见证该城的一时之盛。

仅就功能论，亚历山大港的“缪斯之家”更像一个文献的贮藏和抄录机构，其精华部分就是那座享名于世的大图书馆。此外，其中还设有解剖、诗歌、音乐及天文历算的研究部门。至于艺术品陈列，却似乎不属其业务范围。

由始自终，托勒密王朝从未戒除对于虚荣和排场的偏好。这个王族的鼻祖出身行伍，却视资助文教为立国之本。但强人兴学，多为附庸风雅。一次，托勒密一世询问数学家欧几里德，是否能给他的理论找个通俗的表达方法。欧几里德当即回禀：“几何王国无御道”——这话简直是犯上了，好在托勒密一世并未因此“龙颜大怒”。

伴随着文艺复兴运动，欧洲进入了一个变知识为权势的时代，王公主教纷纷成为文化事业的恩主，文物收藏也开始大行其道。他们懂得以战立功、以和守业的道理，而贸易繁荣，人文昌盛，既是和平的结果和表征，也是和平得以维持的条件。于是，除了注重风仪、谈吐，修建一座珍宝馆也在上流社会成为风尚。

这是眼光、修养，更是实力的展示——那些稀罕之物，你要么抢得到，要么买得起。

当年最出名的，要数神圣罗马帝国皇帝鲁道夫二世创建的珍宝馆，地点在布拉格城堡，其中既有丢勒和布吕盖尔的画作，也有各种宝石和动植物标本，包括独角兽的尖角（实为独角鲸的长牙）。其展示对象包括皇帝的臣属和外国使节，同时也供学者做研究之用。流风所及，一些教士和人文主义者也加入了收藏的行列。

收藏是物质化的记忆，记忆则意味着对于经验的拥有，而拥有又要涉及权力。所以，收藏一事虽雅，却只能是肉食者所为。至少在其历史初期，直到世界进入近代史。而整个近代史，就是从君权到国权再到民权，这样一个权力自上而下的普及过程。

如今，众多公立博物馆理论上属于我们所有公民，似乎伟大的文明成果都是我们的共同财产。而在私人领域，我们还能用数码相机搜集生活的各个瞬间，拿到网上去“晒”——其中的关键在于展示。就个人来说，这是分享，也是炫耀；而对于国家，则还是宣传。

说到这种展示的起源，又要回到本文的开头。话说当年马其顿帝国解体后，统治小亚细亚的是阿塔鲁斯王朝，与埃及的托勒密王朝分庭抗礼。这个政权对外与罗马共和国结盟，对内削减赋税，允许治下的希腊城邦名义上独立，并热心文化事业，统治中心位于佩迦蒙（今土耳其帕迦马附近）。

在佩迦蒙，阿塔鲁斯家族仿照雅典卫城的风格修建了庞大的建筑群，同时展出本地创造的艺术品。值得一提的是，现在保存于梵蒂冈的那座拉奥孔雕像，便出自该城艺匠之手。现代博物馆作为展览场地的功能，或可追溯至此。

接下来是一连串的历史变迁：统治者先是从马其顿人换成罗马人，待拜占庭帝国式微后，这块土地又落入突厥人之手。1878—1886 年间，有个名叫胡曼的德国工程师在佩迦蒙遗址进行挖掘。他的最大收获是卫城宙斯庙的神龛浮雕，雕像的内容是巨人族与奥林匹亚诸神的战争。在与土耳其政府进行了一番交涉后，胡曼将那些大理石残片运回柏林整修。

为陈列神龛浮雕，柏林还专门修建了一座佩迦蒙博物馆，一次不行，又推倒重来，直到 1930 始告完工。几年后二战爆发，德国战败后，苏军将神龛掠至列宁格勒，直到 1959 年方重新运回原址（当时属于东柏林），做为“赠送给民主德国人民的礼物”。

佩迦蒙博物馆是一座色泽黑暗的巨型石厦，至今墙面布满了机枪弹痕。它就像是今天的柏林——不欺瞒，不矫饰，不编故事——它本身就是故事。

这座展馆以陈列古建筑物为主，除了宙斯神龛，它的另一主要展品是巴比伦城的伊什塔门。伊什塔门曾是古代七大奇迹之一，蓝色琉璃砖墙高 14 米，饰有精美的瑞兽浮雕，是公元前 575 年由尼布甲尼撒二世下令修建的。当时，中国的圣人孔子还没出生呢。

蒙娜丽莎——没了

这是一桩百年陈案。1911 年 8 月 21 日，星期一，巴黎的卢浮宫美术馆按常规闭馆。修缮部主任皮盖在馆内巡查，恰好路过著名的方厅。这里陈列着文艺复兴到巴洛克时期的名画，这些经典当中，又有一幅极品名画，俗称《蒙娜丽莎》，然而，当时这幅画却不在墙上。皮盖一时并未在意，因为当年馆内管理松弛，常有摄影师把画拿到室外拍照。

次日一早，博物馆照常开放，画家路易·贝鲁来到方厅，支起画架准备写生。他的作品大多取材于巴黎的室内空间，非常讨好有钱的外国游客。然而，本该出现“蒙娜丽莎神秘微笑”的墙面上空荡荡的，只留下四颗铁钉。

他立刻向警卫报告，可人家根本不搭理他，反而说想必又是摄影师拍完照，忘了把画送回原处了。后来，在画家的反复追问之下，警卫才去问摄影师，可摄影师说从来就没这回事。

卢浮宫的镇馆之宝真没了！用一位负责人的话说就是——她走了！新闻界立刻八卦四起。有人质问当局，下一次被盗的会不会轮到埃菲尔塔。还有人说，这幅“快乐妇人”是被观众看烦了，于是寻机私奔了。

一件高端艺术品，因为失窃成为公共话题，却意外地普及了文化知识，也算是不幸之幸。有家烟草公司趁机打出了新广告，画面上，蒙娜丽莎溜出了展厅跑去抽烟。后来杜尚给蒙娜丽莎嘴上添的那两撇胡子，与这比实在无伤大雅。也难怪艺术家在流氓面前永远自卑。

下面的事该由警察去忙了。有迹象显示，周日卢浮宫闭馆之前，窃贼潜入一间储藏室，在里头躲了一夜。得手之后，他换上馆内员工的白大褂，折叠起这幅画在三块木板上的名画（达·芬奇时代布面油画尚不流行），藏在衣服里，顺着扶梯下了楼。可通道的楼下出口上了锁，把他困住了，直到一个管道工听见门里有动静，帮他把门撬开——该贼就这样堂而皇之地逃离了现场。

两周后，卢浮宫重新开放。人们赶来观赏《蒙娜丽莎》的缺席，这一场景被前来游览的小说家卡夫卡写入了日记。关于嫌犯，有人怀疑是某个美国大款雇人所为，再就是德国人暗中使坏。也有人认为，美丽城贫民区的黑帮与此事脱不了干系。最大胆的设想，则把嫌疑锁定在亚当·沃斯身上——这个美籍德裔大盗纵横四海，人称“黑道拿破仑”，后来还成为福尔摩斯小说里“罪犯之王莫里亚蒂”的人物原型。

当时法国国内一片升平，史称“美好时代”。十年前的那届万国博览会带给巴黎“光明之城”的美誉，也多少洗刷了普法战争的耻辱。但繁荣的经济并未惠及社会下层，加之肉食者鄙，民间反叛情绪与日俱增，而颓废的世纪末遗风更催化扭曲了公众心理。

于是，人们把江洋大盗的神话奉为偶像，经过通俗文学和流行歌舞等大众文化形式赋予他们叙事美感。流风所及，至今不衰。信奉暴力的无政府主义者则频频袭击政府，刺杀政要。至于一般的偷盗、抢劫，就更不在话下了，而且手段与时俱进，连问世不久的新发明，如汽车、自动枪械等都成了盗贼的作案工具。

不过这对警方也是一种激励，探员单靠个人经验和线人情报办案的方式开始落伍。这也是一个科学精神深入人心的时代，念过书的人不管真懂假懂，言必称庞加莱、爱因斯坦、弗洛伊德。而此时接手侦办名画失窃案的，恰好是以科学方法见称的名探贝尔提翁。

此人是查案科学化的先驱，各国沿用至今的标准化罪犯档案照，以及犯罪现场摄影……都是他的发明。他的另一贡献，是将囚犯身体各部分测量后存档，如该犯刑满后重操旧业，便可用于提调稽对。到现在，“贝尔提翁法”仍是人体测量术的别称。

在柯南道尔的小说《巴斯克维尔的猎犬》中，有人恭维福尔摩斯的专业知识仅次于贝尔提翁，此人声誉之隆，由此可见。不过，他也确实为柯南道尔塑造神探提供过灵感。但他同样可以干出违背科学精神的勾当，比如，他拒不承认指纹较之人体其他尺度特征在指认罪犯时更为有效。此外，他还在著名的德雷福斯一案中，向法庭提供过错误的笔记鉴定。大文豪左拉的《我控诉》一文，便是为此案中被军方诬告为德国间谍的犹太裔上尉申冤。

《蒙娜丽莎》一案牵涉极广，嫌疑人中不乏名流。先是阿波利奈尔被拘留，这位诗人之前倒卖过贼赃——一件从卢浮宫偷来的原始雕像，买主则是大画家毕加索。更为传奇的是，这件雕像的造型还影响毕加索创作出《阿维尼翁的姑娘们》这样的不朽杰作，由此开创了立体派画风。这下子，巴黎的激进文人被警察全撂倒了。可是，警察在传讯毕加索时，他坚称从不认识阿波利奈尔。见没查出什么名堂，警察就把俩人全放了。

贝尔提翁也没能侦破此案，因为现场提取的指纹跟警方档案里的任何记录全都对不上号。两年多后，窃贼自己浮出水面，他就是意大利玻璃匠人维森佐·佩鲁吉亚。先前，卢浮宫雇他为《蒙娜丽莎》制作保护罩。

结局大家已经知道，《蒙娜丽莎》又回到了卢浮宫。然而，这案子却留下了一个疑问：在《蒙娜丽莎》失踪期间，是否曾被人复制过？也就是说，我们今天在卢浮宫看到的有没有可能是赝品？

展示天窗

实际上，1911 年《蒙娜丽莎》被盗并非历史孤案，更不是 20 世纪最大的艺术品失窃案。这样说的前提是把德国纳粹、日本皇军的同类罪行归入另册。这个时代，艺术品商业化的结果之一就是作品意义抽象化：它不再表达任何情绪或理念，而仅仅是其自身的“面值”。

这点噱头连文盲都懂，用不着安迪·沃霍尔现身说法。对有心人来说，博物馆里的每件展品其实都在大声疾呼：“偷我吧！”

不过，也有不为钱的盗贼。1990 年 3 月 18 日，波士顿市芬威区，一个雨夜里，两个穿警服的男人叫开加德纳博物馆的大门，制伏了两个值班警卫，然后进入展区，卷走了维米尔的《合奏》、伦勃朗的《加利利海风暴》以及马奈的《托尔托尼咖啡馆》等经典名画，以及其他十件艺术品。

当年的保安措施形同儿戏：长达 81 分钟的作案过程一度被警报打断，罪犯竟能从容作案，并在撤离之前销毁监视设备中的所有记录——此案至今未破。

也许是受雇于眼光独到的幕后人物，入侵者挑选的目标包括五幅德加的素描，而价值远高于此的米开朗琪罗、提香和拉斐尔画作却意外幸免。考虑到这类贼赃过于烫手，几乎没有变现的可能，所以本案主脑的心理绝不可以用常情揣度。

为寻回被盗藏品，博物馆开出 500 万美元的赏格。为了这笔钱，一批歹人浮出水面，一时之间众声喧哗。有人透露画被运到了爱尔兰，有人说去了以色列，还有人说落到一个搞同性恋的神甫手上。

除 FBI 等执法机构，一代名探哈罗德·史密斯也曾介入此案，但所有线索全部被引向死胡同。首先，罪犯的作案动机就是个谜，加之线报大多来自市井小贼：很多人就连维纳斯和米老鼠都分不清呢。

如同当年的卢浮宫，失窃后的加德纳博物馆人气反倒更旺。观众流连于几个空画框前，默悼一段失去的记忆，那些空画框至今还悬挂在展厅墙上。它们终将证明，记忆的空洞也是记忆的一部分。这段记忆根植于一笔巨额遗产，它的女继承人伊莎贝拉·斯杜瓦特·加德纳出身望族，早年游学巴黎，养成了崇尚奢侈的艺术口味。其夫约翰·加德纳（航运巨头）死后，她便致力于艺术品收藏和私人博物馆的营建工作。

加德纳博物馆建于 1903 年，式样模仿威尼斯大运河边的巴尔巴罗公馆，很多装饰部件来自欧洲。取自哥特及文艺复兴建筑遗迹的柱头和墙饰镶嵌在新的水泥结构中，拼贴出另一幅马赛克式的文化图景，从中可以看到一个稚气未脱的美国。它的上层阶级奋力跻身于文明世界，并热切期待来自文明中心的认可，虽然他们已经拥有世界第一的经济总量，虽然他们的欧洲表亲更多会对充满南方土风的爵士乐，或是“水牛比尔”代表的蛮荒西部，表现出屈尊俯就的热情。

新兴大国面对精致文明，总有一种羞于启齿的自卑和向往。对于高尚事物略知一二的外省精英面对势利的文明人，不时表现出言不由衷的鄙夷。偶尔翻检旧书，不时还会读到美国文人提及巴黎或威尼斯时那种酸楚的口吻。他们知道，除了教堂、剧院和博物馆，那里的门不对外人敞开。

还有一种人更幸运，也更强悍。他们能尽情地学习和拥有他们想要的一切。例如，日本的遣唐使、俄国的彼得大帝，还有作为收藏家的伊莎贝拉·加德纳夫人等，都属于这类人物。

来自文明的边陲，但又仰慕教化的君主们不惜血本营造彼得堡，或是京都、奈良；发了财的资产阶级平民则盖起巴尔巴罗公馆的代用品，试图移植原物承载的全部文化记忆和想象：从园艺、饮宴、室内乐、沙龙谈话到艺术品陈列。在此意义上，盗取艺术品的罪犯也是他们的同类。他们都以各自的方式加入了经典作品的流通过程，并以此满足了某种占有历史的权力幻觉。

虽然，那也只是幻觉而已。

经典记录的是人类行为和心理中变化最少的部分，同时，经典也在规约人的行为和心理，结果便是重复和不可避免的俗套。所谓俗套，本意是“雅套”，只是一切风雅，落套便俗。这是审美上的 Kitsch，这个词有人译作“媚俗”，不对，人们所“媚”的，其实是“雅”，只是他们把主题的永恒误会成了风格的重复。

美国精英也曾追捧经典文化，只是他们终于没有复制产生那种经典的等级社会。于是我们看到一个不断创新的美国，而不是等而下之的欧洲复制品，虽说美国的消费主义和多元文化，也会容忍甚至鼓励类似南加州版本的后现代 Kitsch 风格。

重返卢浮宫

卢浮宫是个滥题目，除非吃艺术史这碗饭，谁好意思再提这个话茬？可是真要离了它，后面的故事实在没法往下讲。至少对于我们外行人，要想了解一点西方艺术史，卢浮宫是个绕不开的话题。究其原因，倒还不是其浩如烟海的收藏。作为世界上首座真正意义上的公共博物馆，它的首要功能不在藏，而在展。换句话说，一堆艺术品的无序集成，在此被改编成一个故事，一个关于文明进步的“元叙事”。

近九个世纪中，卢浮宫由一座行猎城堡扩展到后来的规模，或迎合上意，或追随风尚，式样也是与时俱进。1665 年，罗马建筑大师贝尔尼尼应召赴法，看到卢浮宫的芒萨尔式屋顶上烟囱林立，便对路易十四说，陛下，这哪儿像宫殿，倒像一把梳子。他忘了，巴黎地处北方，烟囱虽不美观，却属必需。这种大不敬的态度，使他失去了参与扩建的机会。

1682 年太阳王的宫廷迁往凡尔赛，这座“故宫”便被辟为艺术家的工作场所。

卢浮宫成为博物馆却是革命的产物，虽说路易十五在位时，宫内已有一个大厅，限时对外开放，展出部分王室收藏，包括拉斐尔的作品。后来，有个作家梅西耶在小说书中虚构了一个 2440 年的巴黎：彼时尚未消灭贫穷，但很多社会丑恶现象已被涤荡干净，城市中心是一座以卢浮宫为蓝本的百科全书式博物馆。该书极为畅销，重印达二十余次。作者表达了当时人们呼之欲出的社会诉求，但没想到，这个愿景的初步落实却伴随着雅各宾党专政。

当革命风暴来临，作家梅西耶却没能经受住考验。身为国民大会委员，他投票反对弑君，并获罪下狱。还有一个叫勒诺阿的人，趁机搜集到不少从教会抄没又被弃置在塞纳河边的艺术品，包括中世纪雕像、铭文和彩窗玻璃。1793 年，国民大会下令捣毁所有前朝王陵。此人顶风作案，把更多拆毁的石雕纳入收藏，后来建起了一个法兰西纪念博物馆。

同年，卢浮宫美术馆成立，算是共和国元年除旧布新的举措之一。馆内整齐有致的艺术品陈列呈现出一种秩序感，犹如血腥动荡年代的台风眼。它的另一功能是荣誉供应站，昭示新社会的公民们，作为法国人，他们属于文明世界的中心——起来，祖国的儿女，光荣的日子已来临！

热衷于革命的多为两种人（华盛顿那伙人也许是例外）：一是爵爷们的私生子，二是无赖汉。简言之，就是见过别人吃肉，自己只能喝汤啃骨头，又觉着彼可取而代之的人。要说造福苍生，那不过是革命的意识形态部分，时髦说法叫叙事。

至于解放生产力云云，那更是后话了。从此，卢浮宫作为博物馆，史无前例地赋予理性、进步这些话语以物质的形式。

我们今天见到的其他博物馆基本上都在复述同一个故事，这个故事背后则由一套知识系统给予支持。启蒙运动时期，一些贵族收藏家开始借用博物学家林奈创建的分类法，围绕名家名作，依据历史叙事线布置藏品。散漫、猎奇的贵族口味逐渐式微。先是一个名叫克拉赫的人在杜塞尔多夫，以派别及作家为索引，为当地选帝侯的画廊重新布展，各地收藏者纷纷起而仿效。那时，维也纳的美景宫依据历史年代重新布置后，已略具现代美术馆的雏形。

但论影响之深远，还属革命后卢浮宫的历史和学派划分，其核心部分是三大画派学说：意大利（又细分为佛罗伦萨、威尼斯、波伦亚等）、北方（尼德兰、德意志、荷兰）和法国，同时开始重视名家的家法传承、影响来源以及历史贡献，每个艺术现象都被置于一个清晰、完整的历史文脉。我们对西方近代艺术的了解，至今没能超越这一窠臼，虽然从普桑到安格尔，我们看到的是法国正统艺术的贫血和退化。

卢浮宫为西方世界提供了最初的样板，但此后却是家当远逊于法国的德国人对于博物馆的理解更为切实。他们发现传统展厅布局日显局促，急需为展品提供更多的“呼吸”空间。19 世纪后期，大型综合博物馆的收藏规模和观众流量急剧扩大，过分集中的展品带来更多困扰。柏林博物馆岛上的五个展馆各具分工，看来不是没有道理。

20 世纪初，艺术史家博德着手改革柏林的博物馆。他取消了展厅内的装饰壁纸和多余的家具，同时减小作品陈列密度，避免冗余信息分散注意力，因为没有受过艺术史训练的普通观众极易出现“博物馆疲劳”。至于卢浮宫，直到 20 世纪 30 年代才引进此法重新布展。于是，那种满墙层层叠叠的作品堆积，就此成为历史。

人之外是更大的历史

出卢浮宫，向南过艺术桥，沿塞纳河左岸向东，再向南，那里有个巴黎通勤汽艇的停靠码头，岸边是装点着抽象雕塑的小公园，由此向里走就是植物园。整个园林占地 28 公顷，属于法国国立自然史博物馆的一部分。

植物园始建于 17 世纪，本意是供王室御医培植草药，故称御园，1793 年，迫于严峻的革命形势而改用现名。这里的园地划分为若干部分，除了观赏性的玫瑰园，还有专门的育种基地，4500 种植物分科栽种于各自所属的区域。作为国立教育机构，这里还有培训植物学家的职能。而这里的馆藏植物标本达 800 余万种，有些标本的历史可以追溯到拉马克时代。

拉马克是 18–19 世纪法国最伟大的博物学家，这个清贫小贵族的后代，早年是行伍出身，因作战勇敢被上级火线提干。因伤退役后，他开始学习药理，并对博物学发生兴趣。他对生物进化提出过最早的理论设想，认为进化是生命体适应生存环境的结果。但他的“用进废退说”和“获得性遗传说”——生物经常使用的器官逐渐发达，并将新获得的性征遗传给后代——却被现代遗传学推翻。于是，今天知道拉马克这个名字的人已经很少，他的铜像也被冷落在植物园的一角。

这里“隐居”的伟大亡灵不止一个，他们会时不时地在我们的记忆中出现，包括布丰。这里所说的布丰，可不是那位意大利足球门将，而是这座园林历史上最杰出的主管。他属于伏尔泰那一辈的启蒙巨人，27 岁入选法国科学院。他先以数学成名，对概率论和几何学作出过贡献。路易十五在位期间，正是由他监管御园，并将其改造成研究中心兼博物馆。

这位通才上知天文，下知地理，他的写作直接影响了狄德罗的《百科全书》，很多条目甚至直接引自他的作品。他率先意识到人、猿之间的相似性，但否认二者拥有共同祖先。此外，他还研究过行星的起源。

这种人总能提出一些有趣的想法，比如，他认为，上帝创造万物不会照顾到每一个细节，例如一只甲虫的翅膀如何折叠。因此，各个物种都会自行改进或退化。他还断言，美洲如果存在过多的湿地和森林，会使当地动植物弱于欧亚大陆的亲缘物种。时任美国驻法大使的托马斯·杰斐逊就对布丰的这番言论十分不满，他派人将一头北美驯鹿送到巴黎，布丰见了，当即认错。

布丰身后留下了一部卷帙浩繁的《自然通史》，覆盖了那个时代自然知识的总和。当时的学者还不懂得今天所谓的学术规范，因此，论辩性的内容在布丰的巨著中随处可见。

他的批判对象是瑞典人卡尔·林奈，指责他的生物分类法纯属虚构。然而，林奈的分类体系，包括双名法（两个拉丁字分作属名和种名，比如家猫为 Felis catus，人类则是 Homo sapiens）却被沿用至今。自然，布丰的思想太超前了。他更关心物种与具体生态的关系，以及由此导致的行为方式的差异。他的思想启发了拉马克，也启发了达尔文，但他自己却成了一个过渡性人物。

也许是一种补偿，月球表面有一座环形山被赋予了他的名字，而林奈则没能享受这项待遇。再就是我们这些从事写作的人，大多听说过一句名言——“风格即人本身”，这话就是布丰说的。

最早知道巴黎植物园，还是因为里尔克的那首名诗《豹》，上世纪70年代末由大诗人冯至译介到国内。当时国门初开，西方现代文学开始解禁。开始我还奇怪，一首关于动物的诗，为什么要在植物园写。后来在一个私人场合见到冯先生，有幸亲聆教诲，却向冯先生提出那样一个愚蠢的问题，搞得很没面子。

诗中提到的小动物园至今还在，沿河朝奥斯特里茨车站的方向走不远，就会闻到兽舍里散发出的腥臊气味。倒退两个世纪，那里却是欧洲最大的异国动物圈养地，前身是凡尔赛的王室动物园。很多科学家在此从事研究，包括当年最伟大的解剖学家居维叶。

这里的历代居民中，里尔克笔下的黑豹远不是最有名的。1861年捕自法属苏丹的大象金宝（Jumbo），在被转运到伦敦动物园之前就曾落户于此。金宝后来被卖给美国的马戏班主巴努姆，在成为明星后，更是饱受巴努姆的压榨，直到后来死于一次火车事故。即便死后，金宝的皮与骨还被制成标本，被马戏团四处展示牟利。

这里还有两个室内动物园，所展示的不是活的动物，而是死的。一是古生物及比较解剖学馆，里面排列着史前动物化石，如美额龙和肿角鹿，还有鲸鱼的骨骼标本。由此再向西走，靠近大清真寺，便是著名的动物进化馆，对面矗立着一座布丰的青铜坐像。这里近年被重新布置过，布展设计极富形式感，大厅内壮观的百兽行列就像从《狮子王》电影中缓缓走出一般。

然而它的效果，却让我想到古代戏剧的庄严进场，而不是迪士尼电影。其中的南非斑驴、瓦胡蜂鸟等，都早已在人类的猎杀下灭绝了。

巨兽的万神殿

《麦田里的守望者》中，辍学少年考菲尔德在纽约一路游荡，路过中央公园西面的美国自然史博物馆时，油然生出物是人非的感慨。在这座以“变”为主题的都市中，展馆里那些史前的、文明进程之外的遗物时时在提醒人们，有种东西叫做“永恒”。展品永远维持原状，变的只是前往观赏的人们。他们成长，衰老，一代一代，前赴后继。

然而，这不过是一个保守时代的幻觉，随着后现代思潮席卷西方知识界，精英主义、科学主义被逐一批倒批臭。在一些时髦学者笔下，科学也由事实变成所谓的叙事和构建。后果之一就是科学博物馆开始面临身份危机，搞不清自己究竟是教育机构还是娱乐场所。

我对自然博物馆的最初印象，是那种寂静气氛中的虔敬感，所有的标本、化石、三维缩微图景，都在表现同一个主题。那个主题可以叫

“必然”，也可以叫“真理”，而这些，已经沦为游客们留影时的背景。

《麦田里的守望者》出版的40年后，出现在小说中的纽约自然史博物馆表现出了与时俱进的积极性。重大变化发生在4层的古脊椎动物展区，那里陈列着恐龙、古鸟类和早期哺乳动物化石，从巨型的迷惑龙到轻捷的恐爪龙，从猛犸象到剑齿虎。有个古爬行动物厅布置得像水族馆——天花板下悬吊着亿万年前的龟类、鱼类，其中的一具蛇颈幻龙化石，仿如潜游在虚空中，一步步在朝猎物逼近。

1992年，恐龙厅那具著名的霸王龙化石被重新安装。前辈古生物学家赋予霸王龙袋鼠般的立姿，脊柱相对地面约呈45度角，粗重的尾巴拖在地面，就像卡通片里的哥斯拉。现在我们看到的霸王龙，则是头颈前伸尾巴悬离地面这种略嫌猥琐但不扭曲骨骼结构的姿态。

更大的动作在后面。1996年，博物馆正门的罗斯福纪念大厅里出现了一个奇观，一具近20米高的重龙骨架，昂首人立，犹如惊马，长颈探向圆厅穹顶，在它身后，畏缩着一头幼年重龙：它们面对着一头迂回逼近的特异龙——侏罗纪最凶猛的肉食动物。

这个大型装置不是真的化石，而是轻质材料铸造的复制品。但这不是问题所在，问题的关键在于一所负有教育职能的文化机构，把科学重新编码，制作出一个好莱坞式情节剧。它呈现的是一个道德化的故事：对峙双方，一边是母爱和勇气，另一边则是贪婪和残暴。这场善与恶的较量，凝固在冲突的最高潮，等待最终结局的到来。

这个充满戏剧张力的作品，无疑当属成功的公共艺术。但在科学上，它却引发了不少争议。重龙是否能像马戏团的大象那样，仅用后肢站立？这涉及到骨骼的承重能力、肌肉和体重的分布，以及它是否拥有足够强大的心脏能把血液压向十几米高处的头部。关于这些疑问，人们听到的回答仅仅是可能。另一方面，人们同样不了解特异龙是否会单独挑战大型猎物。

但它无疑吸引了大量眼球，增加了票房。据知情人说，对于维持博物馆开支，票房收入贡献甚微，但票房却是游说赞助人最有说服力的理由。

近年人们对于博物馆的指责，比如娱乐排斥学术之类，也有人云亦云的成分。其实，这里收藏的数千万件标本绝大多数仅供专业研究，完全处于公众视线之外。再者，表现戏剧化的史前动物厮杀场景，早已是美国博物馆艺术传统的一部分。画家查尔斯·奈特 1897 年为这座博物馆绘制的《腾跃中的伤龙》，就是最好的例证。

另外，这里的政治宣传多数相当善意，特别是对环境的善意。馆内所有的饮水机上方，最近全部贴上了提示标志，鼓励人们注满自己的饮水瓶，以减少购买瓶装水。

不管政治正确的文化思潮如何喧嚣，那些西北海岸原住民的面具、图腾柱，身份也还是人类学研究对象，不是艺术品。顺便提一下：大展厅的天花板下，吊装着一条海达族的彩绘独木舟，和海洋生物厅天棚下的原比例建造的蓝鲸模型遥相呼应，可比蔡国强的《草船借箭》好看多了。

2000 年初，随着北侧的罗斯中心天文馆完成重建，博物馆经历了近年最重大的变化。这座超现代玻璃建筑面向一个户外广场，轻盈而神秘的视觉风格，好像来自 23 世纪。除了更加优越的视听效果，这里的天体运行演示和其他地方的天文馆也没太大不同。再就是它的画外音很有号召力，那是汤姆·汉克斯的朗诵。

更多的戏剧手法出现在今年这里的一个临时展览里，这次展览的主题是“丝绸之路”。除了我们熟悉的骆驼、帐篷、桑蚕、织机，这里还复制了一个古代集市，人声不绝于耳，货摊上堆积着陶器、皮毛、宝石和香料。展览告诉我们，“丝绸之路”这一浪漫名称，来自一个19世纪的德国探险家。然而，这条商道流通的货物中，最重要的不是丝绸而是纸张——后者彻底改变了阿拉伯世界和西方文明。

展品中有一块晚唐时期的丝绸，织纹却是波斯图案。究竟是中国人接受了西亚的审美趣味，还是当时的制造商针对特定市场专门开发的外销产品？存疑。

艺术敬老院之与时俱进

美国自然史博物馆北门外有个公交车站，由此搭乘 M79 路车，穿过中央公园，就是曼哈顿东区第五大道的上端。路西背靠公园绿地，有一座大型石质建筑，那就是大都会美术馆。说起美国的博物馆，名气最大的恐怕就是它了。这类全能型超级艺术馆在世界上也是屈指可数，论收藏，论名头，也就是巴黎的卢浮宫略有过之。

如同美国的多数博物馆建筑一样，大都会美术馆的设计也是中规中矩的巴黎美院风格，既不难看，也不抢眼。这种风格就像制服，老远就会告诉你，这儿矗立着一座文化的殿堂，老实人觉得高雅，酷人则嫌它迂腐。假如体量再高大一些，你可能会把它误认为火车站。反之，则很容易和邮局搞混。

它们都是 19 世纪美国“镀金时代”的产物。当时的美国建筑师尽是留法的海归，巴黎美院风格更是公共建筑和某些私人豪宅的流行款式，就像如今，亚洲各大城市热衷于兴建玻璃幕墙摩天楼——把经过简化的物质符号视为文明进步的表征，是多数后发展社会的共有倾向。

“镀金时代”一词是马克·吐温的发明，特指美国内战之后的经济勃发期。经过一系列印第安战争，美国完成了西部拓荒，建成了贯通东西大陆的铁路系统，并在东北部建成工业化的城市群。那是一个经济政策自由放任的时代，政治腐败，贫富悬殊，不义盛行，社会财富大量集中在摩根、卡内基、洛克菲勒等大企业家和财阀手中。当时，斯宾塞的社会达尔文主义思想，又为弱肉强食的社会现实提供了道德辩护。

“适者生存”这句格言就是斯宾塞的发明，虽然严复翻译《天演论》时把这个说法强加给了赫胥黎。

这里绝无借古讽今的用意。那是一个不可重复的时代，催生强盗大亨的同时，也为爱迪生、贝尔那批发明家提供了舞台。代表这一时代精神的，不是雕饰繁复的仿古风格美术馆，而是新兴工业城市的高楼。

经济繁荣使都市地价上扬，建筑业主只有向高空索取新的空间。1885 年，现代摩天楼的前身在芝加哥建成，但若不是奥替斯此前发明了安全电梯，它的出现便毫无意义。技术创新，使一个新兴的工业社会成为各部分密切关联的复杂系统。系统的高效运转，又带来更大规模的财富，而财富的积累导致有闲阶级的出现。

对于那些幸运者，附庸风雅开始成为生活的必需。加之美国富豪很多兼有慈善家的身份，对于文化机构的建设通常能大力鼎助。比如卡内基和摩根，便竞相捐献私人收藏，并筹建博物馆。大都会美术馆的发起者和主要赞助人之一，便是金融家老摩根。

和卢浮宫一样，大都会的收藏也是浩如烟海，非要花上几天时间，才能勉强看出个大概。那里的展品，同样按照主流艺术史源流布置，从埃及到希腊、罗马，经中世纪、文艺复兴，直到现代艺术。此外还有一些无法纳入这一体系的非西方艺术作为补充，包括传统中国艺术。由于大都会的巨大声名，这些内容对于多数读者并不陌生。倒是该馆的两个附属展区非常有意思，但又通常会被忽略。

一处是回廊分馆，地处曼哈顿北端的华盛顿高地。这座展馆来自洛克菲勒的捐助，四周林木葱茏，可以俯瞰哈德逊河谷。这里专门展出欧洲中古艺术，建筑物本身就是一件精细的作品。它的大量建筑部件，来自旧大陆的中世纪废墟，运到纽约后，再逐一拼接成修道院的式样。它和母馆的最大区别，在于这里的展品放置在一个仿真的原始文脉中，而不是孤立于具体时空之外。另一处设在第五大道的主楼，在它的顶层花园。

在纽约的美术馆中，如果把东53街的现代美术馆（MOMA）看做新型艺术寄居的合作公寓，大都会美术馆在很多人的印象中，则更像一处传统艺术的敬老院。对于这里的文化机构，吸引低龄公众的眼球，恐怕远比迎合领导口味来得重要。1998年起，大都会每年夏天会在这里安排一位当代艺术家的个人展。印象中最热闹的是前年夏天，当时美术馆楼顶平台上，出现了波普艺术家杰夫·孔斯色彩俗艳的不锈钢雕塑。

此外，馆内的当代艺术展厅还摆着达明·赫斯特那条卖出1200万美元天价的鲨鱼标本。是否值得一看，取决于个人口味。这些是我们时代最酷的偶像级作品，至于为什么酷，圈内人有很多理论。它们的共同特征是，作者只出创意，不用动手。传统艺术对于超人技艺的强调，今天已经过时。它们的制作过程更像一种产业，一种外包加工时代的艺术产业。

自从有了后现代，艺术便不再关乎自然、生活或想象，这就像取消了艺术的金本位制。后来我们看到的东西，逐渐变成艺术的衍生产品，就像次级贷款。酷人们举着镜子，让我们看里面有一块金子的影子，然后又有了金子的影子的影子，然后他们又说，金子的影子比金子更值钱。

艺术中心还是连锁超市

由大都会美术馆向北，第五大道路东，从82到104街这二十多个街区，各类博物馆鳞次栉比，俗称“博物馆一英里”。88街路口的东北角，是一座白色建筑。以曼哈顿标准衡量，体量不算太大，但在左右方方正正、式样守旧的大厦群落中，它却是个毫不打折的异类：倒螺旋体外形，像一圈圈完整削好的苹果皮，圆径自上而下，逐层递减。

这就是古根海姆美术馆，建成于1959年，属于所罗门·古根海姆基金会。当年它在纽约揭幕时，人们的震惊可想而知。直到今天，它仍具有某种科幻气质，像是来自天外的不明飞行物。它的设计者是美国最伟大的建筑师赖特，这是他一生中的最后杰作。当博物馆完工并对公众开放时，设计师本人已经离世半年了。

对于崇尚直线的现代主义建筑美学，赖特的设计可谓离经叛道，虽然它性感的曲线造型，更像抽象化处理的巴拉迪奥式圆厅，呼应着美国博物馆最为常见的传统样式。一般大众眼中的传统，是烦琐的装饰，而在现代派大师眼中，则呈现出洗练的结构。走进相对低矮的入口，建筑内部充斥着更多意大利传统的回声。盘旋上升的步廊，似乎在向梵蒂冈博物馆的大旋梯致敬。

说了半天，讲的全是房子。那么，房子里储藏的东西呢？那里有夏加尔、莫迪里安尼、马列维奇，当然还有毕加索，以及不计其数的其他现代和当代作品。他们也在买进、卖出，不断调整。然而说起古根海姆，我想起的总是那栋建筑，而不是它的内容。偶尔想到内容，也是一些活动。那些艺术活动不像展览，而更像派对。作品的展示无非是聚众的由头，而参加者也只需弄清一件事——你是圈内人，还是圈外人？

一次，我被国内来的一位时髦女作家拉到那里。当时馆内正举办马修·巴尼（歌星比约克的丈夫）的大型展览，占了整整四层楼的那种。当时我还以为走错门，进了一座室内垃圾站。几年后，也就是北京奥运会那年，这里还搞过同样规模的蔡国强作品展。我不禁要问：他设计的狼撞墙装置，真比藤田嗣治画中的群猫打架更有力量？要传达作者闪烁其词的政治隐喻，难道非要剥制大量动物毛皮做标本？或者这家美术馆是在临时客串自然史博物馆？

一场场表演在此进行。四周的所有装置，只是刻意搭建的舞台布景。至于观众和演员，则都是艺术圈内人自己。他们在其中看到自己，展示自己，搔首弄姿，怡然自得。布展，观展，无非是这些时髦人物对镜自恋的借口。

经典艺术家支配自己不可重复的技艺和构思，而当代艺术只是导演行为。展示演技的，是那些布景工人。我看，他们不过是当代艺术市场中依靠接单为生的“代工者”。

纽约各大博物馆中，就数古根海姆最“不务正业”。除了狂欢派对和时装秀，他们还热衷于大兴土木。除了纽约，他们在威尼斯、柏林、拉斯维加斯、毕尔巴鄂都有分馆。正在施工中的阿布扎比分馆，预计明年竣工，简直就像沃尔玛或迪士尼。他们这一系列大肆扩张，也被内行人士批评为滥用杠杆工具。

古根海姆诸多分号当中，真正夺人眼球的一处，是在西班牙北部的毕尔巴鄂。复合叠加的钛制波形曲面像一组金属风帆，乱卷于穿城而过的内比昂河畔。其高度复杂的外形设计，由电脑三维成像技术辅助完成。1997 年新馆建成，宣告早期后现代主义建筑已成为历史，并为这个失业率达人口四分之一的老工业区，每年招来 80 万游客。设计师弗兰克・盖里，也由此一跃迈入明星建筑师的最前列。

它的成功被舆论称之为“毕尔巴鄂现象”，并被全球大量二、三线城市仿效。许多效仿者误以为，无需系统化的市政改造，单凭一座设计怪异的文化中心，就能使一个没落的工业城市转型为旅游胜地。不过，它们很快就为自己的急功近利付出了代价。

新馆甫一建成，便被选作新一集 007 影片的外景地。1999 年的《末日危机》开头便是这座明星建筑的全景。不同于一般博物馆，毕尔巴鄂古根海姆最出名的两件藏品全都放置在室外展示。一是 2010 年 6 月辞世的路易斯・布尔乔亚的青铜蜘蛛雕塑《妈妈》，一是杰夫・孔斯的作品

《小狗》。

孔斯的这件作品，是在一个巨型钢架上植入7万株矮牵牛花，并做成狗型，再内置一套喷灌系统。它象征着肤浅、俗艳，宠物般讨好一切，从先锋到商业，它属于刚落幕的浮华时代，虽说是狗，却更像美国文化的特洛伊木马。

那是一种以宗教态度看待世俗事务的文化，奇观性是它唯一的超越之处。它也守护着一段泡沫盈溢的历史记忆：那是弗朗西斯·福山想象中的历史终结处的最后瞬间。

上得殿堂，下得广场

几年前在电视上，看到几个意大利建筑系学生评议盖里的设计。记得其中一位说，做为米开朗琪罗的后代，他无法高看一个连绘图都要仰仗电脑的建筑师。后来，《名利场》杂志公布了一项问卷调查的结果：绝大多数业内人士推举毕尔巴鄂的古根海姆为1980年以来最伟大的建筑。这52名参与者中，11人得过普利茨克奖（类似建筑界的诺贝尔奖），而盖里也就成了当今头号明星建筑师。

冷战之后，享受和平红利的西方世界普遍患上“文化喜快症”，建筑上则崇尚浮华、性感。加上此前十余年的后现代主义炮火准备，功能优先的直线造型开始Out了。盖里那些复杂的曲面图像，要动用设计飞机气动外形的软件生成。然而，别一味听媒体忽悠：现代式结构上堆砌一些昂贵、繁复的装饰物，这不是什么革命性的创意。一百年前的建筑大师高迪不用电脑，设计的作品依旧比现在的人好。

美术馆形式大于内容并不始于盖里，在《名利场》杂志做的一次调查中，恰好是一位意大利人得票紧随其后，不用说您可能也知道会是伦佐·皮亚诺。

1971 年，法国总统蓬皮杜宣布，皮亚诺和英国人罗杰斯赢得了巴黎新文化中心的设计竞标。1977 年甫一完工，这一建筑的激进造型立刻引起一轮命名热潮，什么“炼油厂”、“管道圣母院”……不一而足，欢呼者与贬损者间打得不可开交。

蓬皮杜中心代表的高技术美学无非是国际风格的升级版，背后都是工业时代的审美原则。前辈大师设计作品时多以功能为装饰，绝不暴露结构。而在皮亚诺、罗杰斯这里，则把电路、上下水、空气循环、室温控制等系统管路加以夸张外露，并涂饰成黄、绿、红、蓝四种颜色。这种效果，当然只是符合理论需要。拿人做个比方吧，试想谁会为了美观，把自己的肠子五脏通过手术移植到体外？

这栋大厦的主要用户是国立现代美术馆，在同类机构中，它的规模仅次于纽约现代美术馆，收藏有大量马蒂斯、毕加索、夏加尔、康定斯基、米罗等人的作品。总之，仍旧是那个标准化的现代大师军团。此外这里设有图书馆、工业设计中心、影像及音乐中心。除大面积的当代艺术展示空间，底层还贩售一些设计精巧的小礼品。

一般的“非艺术”外国人，总要先去过卢浮宫、凡尔赛宫之后，才会跑到这里拍照留念，例行公事一番。艺术像情人，再好也有乏味的时候。蓬皮杜最大的好处是开放，可看的不仅是室内，还有室外。透明管道中的自动扶梯送你到顶层，一路远眺巴黎远景，层层叠叠的芒萨尔屋顶之间，点缀着圣—厄斯塔什教堂、加尔涅歌剧院，直到远处蒙马特山顶的圣心教堂。

这是一种内外互动，外立面上竖排的彩色管道（最近一次去巴黎，发现有些管道已经漆成白色），造成呼吸器官的联想。这栋机器般的建筑物，吞吐着一种活跃的气氛。这种气氛来自楼下的斜坡广场，那里永远聚满各色人等。除看热闹的游客，还有不少年轻人练滑板，演杂耍，或拿粉笔在地上画。这些本地人对此地另有一番态度，他们按照老习惯，管这儿叫布堡，而不是什么乔治·蓬皮杜中心。

向南一拐，是斯特拉文斯基喷泉。十六件风格稚拙的彩塑呈现出动物、音符或人物形状，靠机械转动喷水。这组公共雕塑由一对艺术家夫妇完成于80年代初，后来成了名胜。

闲坐水池边，环顾四周，你会把整个广场看成一件作品。它就像公园，所有的人随意出场，退场。置身巴黎中心，哪个角落不艺术？真有文化的地方，反倒不把文化搞得太严重。

谁去博物馆，谁不去？这是政治。在公共空间，观众彼此效法，攀比，看与被看，展示阶级差异。当年呼唤民主的杜米哀，也曾在漫画中讥笑劳工阶级面对埃及艺术时的无知。新兴的富裕阶级需要理想的自我展示空间，他们不会为了社会和谐而牺牲掉辛苦习得的礼仪和文化优越感。随着穷人进入这一空间，它已成为炫耀和蔑视的场所，展品反倒成了这个舞台上的配角。所以，理论家布尔迪约曾说，博物馆有助于维持现有的社会等级。

大西洋对岸，华盛顿国家画廊东楼有个小厅，我在那里见过一个年轻女人指着科罗的风景画大声对同伴说："上次去法国，我就在那儿。"

那里，贝聿铭设计的新式展馆宏大而冷漠，美轮美奂中略带一点酒店大堂的沉闷。它的人气永远比不上西面的旧展馆，这不能归罪建筑师，看看老馆的家当，贝利尼就有十多幅，从拉斐尔、提香、伦勃朗、维米尔，直到雷诺阿、莫奈，件件精品。收藏本身重要不重要？那要看对谁来说了。

回到新馆，我看到一个女人在讲解波洛克，垂老的脸上不时浮现过昔日美貌的影子。她用手中的激光笔在画面上指点——知道吗？当年大师就把烟灰弹在了这个位置。或许，她年轻时就在这个圈子里混？

乌卜美利坚国运

华盛顿是一座略显沉闷、做作的城市。如果说它尚有可取之处，那就是其众多的博物馆。除个别小型私立展馆，如间谍博物馆、女性艺术馆，它们大多属于史密森学院。

这是一个国有教育及研究机构，运营经费主要来自联邦政府拨款，国家自然史博物馆、非洲美术馆、国家肖像馆、国家动物园，还有我之前提到的国立美术馆等，都是其下属单位。它们免费对公众开放，像在伦敦和很多国内城市一样。

其实，博物馆的定义比这大得多。既然是博物，从各色矿产到花木禽兽之类的活物，乃至大批量生产的工业产品，但凡涉及人类对于自然及自身文明及历史的知识，莫不在可供展示的范围内。

工业革命以来，西方诸国通过展示技术成就来加强公民的民族自豪感。自 1844 年法国首次举办工业博览会以来，这种展示方式很快被邻国仿效，并且通过 1851 年的伦敦万国博览会获得了国际化的舞台。至于像美国这样一个产业强国，这方面自不会甘居人后。在所有工业产品中，最具有奇观性的，则是来自航空航天部门的飞机、火箭、太空船。

位于华盛顿中心的国立航空航天博物馆，由四座体量巨大的淡粉色大理石立方体构成，好像一座纪念人类飞行史的万神殿。众多创下过辉煌纪录的老飞机由钢缆悬挂在空中，好像动物园鸟舍中的猛禽。这里的展品，从莱特兄弟的“飞行者”、凯利·约翰逊的“明星战士”原型机，直到美军现役的“掠食者”无人攻击机等，众多型号一一展现。它们要将美国的辉煌历史，勉力载向未来。

这是我平生到过的第一个外国博物馆，后来再去参观，已经是十余年后。冷战已成前尘，进门反倒多了一道安检。当然，除了因反恐战争带来的这点不便，大厅内的展品也增加了不少。

走进朝向国家广场的入口，抬头就见几枚耸立的火箭。东墙前面的两枚，正是上世纪 80 年代的媒体明星，分属苏美的 SS-20 和潘兴 II 式中程弹道导弹。它们当年部署在中欧前线，被视为里根与戈尔巴乔夫之间的博弈筹码，同时象征着核威慑下的脆弱和平。

在导弹阴森的身影下，布置着早期的宇航设备，包括苏联最早的“伙伴”人造卫星和美国第一艘载人航天器“双子座”号，这里还有“阿波罗 11”号登月飞船的指令舱。你可以直观地看到一段历史：美国在对苏联的宇航竞赛中曾大幅落后，直到 1969 年登月成功，阿姆斯特朗迈出他那历史性的一步，才总算大体扯平。

飞行的历史从飞机问世起，就是一部竞赛的历史。首先，关于历史上的首次有人驾驶动力飞行由谁实现，就充满了争议——究竟是法国人克雷芒·阿代尔，德国人卡尔·雅多，还是我们通常认为的美国人莱特兄弟？如果驱动这种竞赛的动机，是通过技术发展促进社会进步，并由此获得经济和舆论回报，它便会以和平方式进行。

在航空航天馆，可以看到悬吊在空中的“圣路易之魂”号。1927年，美国人查尔斯·林白独自驾驶这架单引擎飞机，历时两天跨越大西洋，完成了人类首次从纽约到巴黎的不着陆飞行。为了最大限度减重，增加储油量，这位冒险家放弃了发报机，座舱狭小到不能伸腿，甚至连航行图上下的留白都被他裁掉了。二楼走廊对面，则是麦克雷迪设计的“信天翁”号。1979年，一位自行车运动员靠自身体力，驾着它从法国飞到英国对岸，实现了人力飞机横跨英吉利海峡的壮举。

航空领域的成就更多表现在战争中。离开军方的高额订单，这项工业何以能在短短一个世纪内，取得如此成就——将军们索取军事预算的理由，也是敌对国家的武备。在这里，还可以看到复原的“红男爵”三翼战斗机。

第一次世界大战中，德国王牌飞行员李希特霍芬驾驶它取得八十次空战胜利，导致连环画中的小狗史努比也有个梦想，就是在空中与他对决。二战时期的轴心国战机陈列中，则有纳粹空军的梅塞施密特和日本海军的“零式”战机。它们都曾击落大量盟军飞机，后者还是日本偷袭珍珠港的主力。

战争涉及复杂极端的人类情感，有关叙述也最容易引发争议。1995

年，为纪念二战结束 50 周年，博物馆在此展出了“伊诺拉·盖伊”号轰炸机的机身。1945 年 8 月 6 日，这架 B29 型轰炸机向广岛投放了原子弹。展览说明中特别强调了核爆炸后日本平民的大量伤亡，结果引来一批美国老兵的强烈抗议。

据说，航空航天馆的最早收藏品竟是一批中国风筝。1876 年，为纪念美国百年大庆，《独立宣言》的诞生地费城举办了美国历史上的首届世博会。当展期结束，大清政府向史密森学院捐赠了一批工艺精湛的风筝。又过了一个世纪，一座现代化博物馆完工揭幕，那些原始飞行器顺理成章被写入馆藏目录。而每年的风筝节伴随城中的吉野樱花期，也早已成为史密森学院的例行活动。

让他们爱艺术

近年来每次去纽约，大多在布鲁克林找地方租住，从康尼岛到落日公园，再到威廉斯堡。最初因为租金低廉，后来，发现一些族裔混杂、满街涂鸦的路段很有魅力。

这样想的显然不止我一人，先是一些日韩和欧洲学生，接着是曼哈顿的富家子弟，纷纷搬过来租屋买房，多数都是搞艺术的。如今穷人玩艺术，可得掂掂自己的钱袋。

于是，街上有了异国情调的咖啡馆、画廊和小剧场，设计时髦的合作公寓也多了起来。开发商纷纷投信求购老屋，尤其是华裔人士。新楼招租广告上，尽是些6688、8888结尾的电话号码。即便如此，周围的邻居还是以穷人居多。穷的，富的，弄艺术的，不弄艺术的，比邻而居，互不搭理，构成了一种有趣的文化生态。

然而，我很快发现，这个观察并不准确。一天下午去街道图书馆，正赶上现代美术馆教育部来人讲课，介绍现代西方美术史。听众都是附近的居民，男女老少都没什么文化，看着幻灯打出的莫奈、凡·高、毕加索，发出阵阵赞叹。一个男孩上了弦似地频频举手，他想知道电影《达·芬奇密码》讲到的卢浮宫里，为什么没有上述那些画家的作品。于是，讲解员只好重新解释卢浮宫的古典收藏和现代艺术的矛盾关系。

现代艺术的受众，就是这样培养出来的。即便在纽约，一般观众面对一幅造型扭曲夸张的画作——总之，画得不像——也会深感困惑，更不要说那些前卫的装置和观念艺术了。于是，就要有人传道解惑。这种事光说不行，需要直观体验。讲座之后，美术馆的人派发门票，每张可供一家五口免费入场。见有这等好事，我也蹭了两张票。其实，纽约现代美术馆素有周五傍晚自愿付费的规定，经费由标靶百货商店赞助。

那里刚好有个重要的马蒂斯画展。该展强调，1913–1917 年间，画家由明艳的设色转向大量使用黑、灰这样沉郁的暗色。也许是社会危机和世界大战加剧了画家的焦虑，至少，那些出手豪阔的俄国买主消失了。这是一个非常有用的展览，尤其对我这种凡事略知一二，但又不甚了了的一般爱好者：不经专家点化，很难意识到画家的这一风格拐点，以及背后的社会、历史文脉。

进门上到 5 楼展厅，服务员却告诉我不能持免费票进入这类特展，只好下楼去问前台。一个相貌清秀的年轻人拿起步话机为我查询，态度殷勤，但神色中略带一丝难以察觉的不耐。一看就是自幼读私立学校过来的，兴许还有满腔鸿鹄之志。这也正常，据说该馆有个策展新秀，两三年前还在古根海姆美术馆卖门票呢。

纽约现代美术馆（MOMA）位于曼哈顿中城西53街，第五、六大道之间。这是西方世界最大，也最重要的现当代艺术展馆，拥有超过15万件美术作品，相当一部分属于妇孺皆知的偶像级名作，比如莫奈的《睡莲》、凡·高的《星夜》、毕加索的《阿维尼翁的姑娘们》、安迪·沃霍尔的《坎贝尔汤罐头》等。

在美国这样的一个实用社会，这类机构的建立往往出自有闲阶级的兴趣。该馆发起人是约翰·洛克菲勒的夫人，以及另外一些巨富的家眷。只有她们具备足够的热情和号召力，向公众传播欧洲现代精英文化。虽然1929年开馆时，恰逢华尔街大崩盘，可它居然生存了下来，而且一路扩张、迁移，直到十几年后搬入现址。目前的新展馆2004年建成，由日本建筑师谷口吉人设计。

每次来这里，总要去室外的雕塑园转上一圈。那是建筑大家菲利普·约翰逊当年的设计：林木之间，随处布置着吉雅科梅蒂、亨利·摩尔等人的作品。马约尔的《泉》是一座铅铸裸女像，虚仰在一道流泉之上，另一边则是小野洋子（约翰·列侬遗孀）的《许愿树》。

说来也巧，那天从花园回到一楼大厅，听见一帮人在那儿嚷嚷。过去一看，正是小野本人，在那儿操演她的观念艺术，动静挺大。这姐们儿，真能折腾。

然后再回楼上，那里有我更迷恋的花园，花园在画中，画在6层展厅。120年前，莫奈退居吉维尔尼，着手挖掘闻名后世的睡莲塘，并经营周边园地。渐入垂暮的画家用衰退的视线，检阅自己最后的世界。于是，在画布上，蓝绿不定的阴翳中，燃起薰衣草色的朵朵微焰。这种略带禅境的境界，对于一个亚洲人来说，似乎有着难以抗拒的视觉说服力。

艺术提供的其实是“情感教育”，它的结果可能是善意，也可能是福楼拜描述的颓废和势利。但它至少会削弱我们趣味中的外省气息，进而薄化崇尚专制的社会心理土壤。

本届双年展开幕那天，我恰好在上海。公益组织“久牵”和中国美院的崔鲁海教授介绍我和一些孩子一起到上海美术馆观展、对话，剧作家沙叶新先生等人也到场支持。该馆负责社会教育的人员表现十分专业，看来，中国不仅仅有 798。

第二编

叙事的拐点

细节中的魔鬼

迪伦马特写过一部戏叫《罗慕路斯大帝》，这部戏我没看过，虽然作者是我喜欢的一个瑞士作家，原因是题目中的“大帝”这个字眼。做为西罗马的末代皇帝，罗慕路斯跟最初的城邦奠基人恰好同名，也许真有什么循环果报的定数。公元 476 年，哥特蛮族兵临拉文纳城下（此时罗马城早已不是帝国的中心），他被迫逊位，时年不过 14 岁。当时的人称他为 Augustulus，意思是“小皇帝”。“大帝”一说让我联想起近年流行的“戏说”一类勾当，也就没再认真对待。

小说家福楼拜有“上帝存在于细节中”的说法，后人以为魔鬼亦然，很多事情都能从微末之处看出毛病。据说，当年罗马元老布鲁图斯刺杀恺撒后，一路跑到卡比托山顶，振臂高呼，号召民众反对帝制，维护共和。这个故事后经莎士比亚的演绎，愈发深入人心，那句“Ettu，Brute？”

更成了后人责问叛徒的经典句式。

最近，有个历史学家从罗马古市场沿着长达500余米那段并不平坦的小道攀至丘顶，发现就算喊破嗓子，山下的人也听不见动静。所以，那段戏剧性的历史传奇，一定是以讹传讹。

一次翻阅过期杂志，看到里面的一篇文章，作者乃一新左派教授，里面讲到美国中央情报局的一些活动。我对国际政治中的黑箱作业有些兴趣，于是接着往下读。教授写着写着开始抒情，历数中情局如何不务正业，最后让一伙恐怖分子得手，“9·11”时用劫持的飞机把五角大楼撞成“四角大楼”。这可神了，根据简单的几何常识，五角切掉一角，应该变成六角，除非劫机者神乎其技，刚好切掉其中的一个等边三角形。

文章接着扯到中东，说1973年赎罪日战争期间，以色列即将战败，美国开始实施大规模军援，第六舰队的直升机把主战坦克直接吊运到戈兰高地前线，支援以军作战。看到这里我又是一愣，因为当时的“巴顿”式战斗坦克总重量超过45吨，而美国人至今也没造出一架可以吊起这种大家伙的直升飞机来（看官不信，请参阅《简氏飞机年鉴》），就连苏联的米－26飞机也不行。

于是，本来挺好的一个题目，硬生生被这位教授写成了科幻小说。

接着，又见一位纽约大学教授谈中国电影，赞美第五代导演的作品是什么“天鹅之歌”。“天鹅之歌”是个外来词，出处可以追溯到《伊索寓言》那里，意思相当于中文里的“绝唱”。可我眼珠子都瞪出来了，也没从教授的行文当中看出那些导演有金盆洗手退隐江湖的意思。相反，拍摄高成本大片的拳拳之志倒是跃然于纸上。

由此，我对此公随处挥洒的理论“切口”，比如“作者性”之类，也就不敢认真。让我心生感念的，倒是当年中学老师教导我们勤查字典的谆谆叮咛。

《纽约时报》专栏作家托马斯·弗里德曼写了本畅销书，书名叫《世界是平的》，中国读者不妨把它当成《第三次浪潮》3.0版。该书写得通俗却野心勃勃。作者以现代哥伦布自况，因为他发现世界是平的，就像那位航海家当年发现世界是圆的。可问题是，哥伦布并没有发现世界是圆的——他只是意外到达了美洲。早在他那次历史性航行的18年前，佛罗伦萨天文学家托斯卡内里就已经告诉他：地球是圆的。

于是，这位当代航行者开始了他的旅程，方向恰好和哥伦布相反，旅行条件也比哥伦布当年舒适一万倍——汉莎航空，商务舱，目的地是印度的班加罗尔，那是南亚次大陆极具开放性的模范城市。酷爱高尔夫的弗里德曼看到，球场四周尽是微软、IBM等大公司的写字楼，就像是一个跨国资本主义玻璃碉堡拱卫下的小世界，还有埃普松、必胜客和得州仪器广告连缀成的宜人风景。于是，作者无比惬意地描画起世界大同的简笔蓝图。

谈到这本“八卦经济报告”，经济学家斯蒂格里茨说他本人也去过班加罗尔，时间上刚好和弗里德曼前后脚。略有不同的是，他的旅程又朝周边乡村延伸了三四十公里，而这三四十公里的空间距离换算成时间，大约相当于两千年。

还有一位读书界人士没去过印度，但她注意到弗里德曼笔下的一个细节，即班加罗尔的外资企业大都设有独立的发电厂。所以，假如世界是平的，上述企业为什么不由公共电网输电？

满世界窥探的“汤姆大叔”自有他的视觉盲点，在他平坦的商业乌托邦中，陡峭的千沟万壑必须填平。在他新造的通天塔中，统一的官话一定是儿化音特重的美式英语。要这么说，我们北京人儿兴许还能捞着点儿小便宜，可我们还能想像出什么东西比通天塔更陡峭？

在这个达尔文主义盛行的时代，我们只好容忍一些国家和地区先富起来，以达到全人类共同富裕的目的，只是不要跟我们胡扯——世界是平的。

汽车的口音

作为一个没成过家的流浪汉，我属于社会主义的天然同盟，很难感同身受地理解私人拥有汽车和住房的必要；同时作为自由派，我还认为个人选择生活方式的权利不容侵犯。结果是，我无可奈何地看着老友们的生活不断递减为一件（或几件）动产和不动产。

如果说我们这个时代还有什么普遍的意识形态，那可能就是美国式的生活方式。往往是对美国意见越大的人，接受美式价值观也往往越彻底，这就叫“同而不和”。如果不同意我的说法，那就想想那些坐在8缸越野车里的极端分子吧。

我有个朋友只要离开汽车就会有裸体恐惧，好像在人生舞台上丢了行头。有句流行语说你开什么车，就是什么人。这是把车当做了成衣，两者都跟品牌、款式以及拥有者的身份有关。

皮卡的最佳搭配是蓝领阶级的工装裤；奔驰属于穿套装的经理人员，感觉殷实、稳妥；而开悍马的，则多为红脖子老粗。一些小资钱包不算鼓，文化趣味又偏向势利，车商便会邀请他们想象一下手握 Smart 方向盘时感受如何。

假如您的坐骑之一是宾利，那就适时嘲讽一下这头有违环保精神的钢铁宠物吧，表明除了昂贵的汽车，您还拥有昂贵的教育。

有件事情上，车和衣服恰恰相反：后者用料越少越性感，而前者不然。几年前，《纽约时报》登过一篇题为《驾驶我的间谍》的文章。因为有部邦德片叫《爱我的间谍》，所以文章的内容不问可知。作者列举了 007 的历任座驾，从宾利、阿斯顿·马丁到宝马，无一不是省油的“车”——它们恰好构成一部消费主义的社会文化史。

值得一提的是 1965 年出产的丰田 2000GT，当时的日本处于东京奥运会之后的亢奋期，作风一向保守的丰田车厂趁势推出这一款车型，是要证明他们也能造出性感的产品。这辆跑车就出现在 007 系列电影《你只能活两次》里，当年，该片在北京小范围放映，片名被译为《007 在东京》，本来说好由肖恩·康纳利饰演的邦德本人驾驶，但因剧本有变，司机临时改由日本女特务担任。可见，当时的日本产品还是受到了区别待遇。

而在那部《量子危机》中，邦德偏爱的阿斯顿·马丁只在片头耍了一阵，它的风头根本抢不过镜头中的锡耶纳街景。此后出现最多的是使用液化氢燃料的福特越野车，这玩意儿既不能上天，也不能潜水，可它符合当今的环保理念。也是，传奇特工 007 有杀人特许权，可英国政府却没给他颁发汽车污染执照。

发明汽车的虽是德国人，要表达今天的汽车文化却得用美式英语。由于众所周知的原因，美国的生活方式被全球很多人视为自由和独立的同义词。然而，美国汽车文化的兴盛，却是因为缺少完善的公共交通系统。也许，这和他们较短的历史和个人中心传统有关。

再有一个因素，就是大众文化的推波助澜。战后的性感偶像詹姆斯·迪恩仅拍过三部影片，但全部和赛车有关。他本人也在24岁那年死于飚车，可以说，汽车间接成就了他那永恒的叛逆形象。

美国的汽车文化属于大众，不管带来多少污染和浪费，至少本意是作为交通工具。欧洲还曾有过一种精英式的汽车文化，纯粹为了追求刺激和冒险。当时的汽车操纵复杂，一般人不光买不起，更不知道怎么摆弄，结果自然可想而知，思想左倾的作家萧伯纳就曾告诫驾驶者撞了人不要停车。那些横冲直撞的豪门子弟迫使制造商开发出鸣笛装置，否则不知道还会有多少无辜路人遭殃，这件事我是在一本名为《布加迪女王》的传记里看到的。

这本书的主角艾蕾·尼斯是崛起于上世纪20年代的赛车手，她的特殊之处在于出身卑微，而且是女性。这个金发法国姑娘进过马戏团，也曾跳过芭蕾和脱衣舞。一次，她滑雪时摔断了骨头，自此断送了舞台生涯，从此专注于赛车。她有一副极酷的表情，而且十分上相，引得富人们竞相结纳，并以令人眼晕的速度进出她的生活，尤其是那些拥有跑车的公子哥。

靠着这些义务教练的口传心授，艾蕾·尼斯的驾驶技术达到了职业水平。当时，和她签约的是最牛的布加迪跑车。据记载，她不但能赢得比赛，还能在车头上竖蜻蜓。看来，玩酷的叛逆形象总是属于权贵的玩偶，包括如今的那些另类艺术家。

本书描述了一个崇拜速度的时代，这种崇拜让艾蕾·尼斯后来移情于更先进的奔驰车，也由此投入一个德国党卫军的怀抱。剩下的，则是历史。然而，快女开快车的传统，却并未就此止步。

20 世纪 60 年代，法国美女作家弗朗索瓦丝·萨冈靠一本《你好，忧愁》少年得志，随即买了一辆美洲虎汽车四处闯祸。只是，萨冈的飚车生涯已经沾染上了浓重的美国消费主义腔调，而这也已是历史了。

眼下，汽车工业开始染上中国口音。直接证据就是那款八抬大轿式的沃尔沃加长版。然而，我更希望听到另一种中国口音。最近琢磨申请一项专利，就是改进一下北京的汽车喇叭，把瘆人的鸣笛变成“师傅，劳驾！”，这没准有助于缓解北京的交通拥堵呢。

你曾经是谁

在北京的收获之一，是回美国之前看完了新拍的《神探狄仁杰》续集。那个盗卖官盐的案子编得相当精采，只是故事走到一半时，男二号李元芳遭遇强敌，负伤，获救……然而，才脱敌手，便落俗套——他失忆了。

近年来的小说、电影、剧集，涉及失忆的不计其数，中外皆然。用美国作家奥茨的话说，这是一个拥挤的领域。在现实中，我们也处在一个失忆盛行的时代。一些重大事件发生不到二十年，居然有很多人不知道。以他们的年纪，患阿尔兹海默症似乎早了点。想起以前用过的一台老电脑，只有内存，没装硬盘，经过简化的 WPS 系统拷在一张软盘上，结果电源一切，信息全没了。

南加州有位老先生脑子得了怪病，检查发现，他的大脑里负责记忆的海马体周围被病毒蚕食殆尽。任何事情，他经过就忘，他的时间只有此刻，空间也只是眼前所见。如此，他的意识就像白矮星一样向内坍缩，向绝对的非存在状态趋近，这基本是一个不可逆的过程。除了病理性原因，再就是他的记忆无法备份。

与之相比，文艺作品中的“失忆世界”不但人满为患，而且出入过于自由。你看，电视剧里的李元芳不就只说了句“大人，我回来了”，然后该干吗干吗。

不管现实还是虚构世界，失忆者丧失的除了记忆，还有身份。就是说，你不再是你自己以为的那个人。然而，没有身份可不是闹着玩。我从小就听见大人们相互提醒——也不掂量掂量自己什么身份。

在现实中，人们重视身份的有无更胜于身份的真伪。以前，我在纽约当翻译混饭，见过不少非法移民宁愿以假护照上的人的身份生活下去。“文革”期间那些出身不好的人，大概也有类似感受。

15 世纪的佛罗伦萨建筑师布鲁内利奇（他设计过百花圣母教堂的穹顶）搞过一次恶作剧，所戏弄的对象是一个名叫马内托的木匠。布鲁内利奇事先串通所有认识马内托的人，约定往后一律叫他“马迪奥”，就连法官也参与了此事，大伙都必须认定他患有失忆症。面对众口一词，加之“马迪奥”这个新名字在当地是有钱人的标志，所以，没过多久，马内托半推半就地接受了新身份。可惜，这个故事没有交代木匠老马后来是否恢复了身份。

一个人的身份来自社会的确认，而记忆却只属于个人。正是记忆的唯一性，驱使文艺中的人物不辞辛劳甚至危险追查本来的自我，仿如寻求真理的勇士。

苏格兰一个美术专业出身的年轻人名叫霍尔，他出版了一本小说叫《生猛鲨鱼文档》。在这本书里，男主角兼叙述者弄不清自己是谁，心理医生说他患了失忆症，他的驾照上印着埃里克·桑德森这个名字。与此同时，他不断收到另一个名叫埃里克·桑德森的人写来的信——这是过去的埃里克未雨绸缪，事先给即将失忆的自己指引返回自我的路。

据信中记载，埃里克的记忆是被一条超现实的鲨鱼吞噬的。这条鲨鱼无所不在，更多时候，它存在于人类集体意识的深处，不时选择一个目标，吃光此人的全部记忆，这个牺牲者从此再无自我可言。他就像经历了一次不完整的转世，内心破损不堪，布满利齿留下的咬痕，而皮囊则是那个“旧我”用过的二手货。

整个故事始于一次事故，当时埃里克和女友在希腊度假，后来女友在海边游泳时溺水身亡。也许鲨鱼就在那一带水域游弋，此后，他的意识逐渐模糊，直至接近空白。而要想摆脱绝境，就得猎杀那条鲨鱼。而那孽畜也没闲着，一次竟从埃里克家的电视机里游了出来，准备猎杀它的“猎杀者”。

决战之前，埃里克失踪的女友再次现身，受一个来自虚拟世界的“非空间探索委员会”派遣，她的任务是协助埃里克战胜这条记忆鲨鱼。他们模仿梅尔维尔的名著《白鲸记》里的水手，登上一艘19世纪的破旧捕鲸船，和他们同舟共济的还有埃里克的猫。那一战打得昏天黑地，结果自不必问——埃里克终于找回了自己的记忆。

这本小说就像是一个后现代文化的“数据库”，从中我们不时能看到熟悉的场景和人物：约翰·巴斯的《洪流》、村上春树的《怪鸟行状录》、卡尔维诺的《宇宙连环画》、马尔泰尔的《派正传》，以及《大白鲨》、《黑客帝国》这类动作片，甚至阿波利奈尔式的诗。当然，还有电子游戏。似乎摆脱“影响焦虑”的最佳途径，就是把自己的血肉抛喂给更多的风格鲨鱼。

能上八卦新闻的小说不多，《生猛鲨鱼文档》出版之前就已开始密集炒作，还闹出不小的动静。著名女星妮可·基德曼觉得此书极酷，还打电话给作者，希望能将故事的主角改成女性，这样就可以拍一部由她主演的大片。然而，作者比她想得更酷，竟一口回绝了。不够酷的是，此后每次接受采访，他都要把这个插曲复述一遍。

文学史从来都是风格史，当风格日渐沦为道具，文学的历史也将就此终结。

资产阶级的审慎趣味

先说一段题外话：北大有个文学教授，思维方式很像现代诗歌中的类比法。在一篇文章中，他把“文化大革命”比附为中国的宗教改革。而谈到马丁·路德的新教运动，自然会联想到活字印刷术对中世纪欧洲的促进作用。于是，教授的诗性思维又把现代印刷术的发明权归为德国一个叫符腾堡的城市。

不过，历史书上讲过，一个名叫约翰纳斯·谷登堡的匠人在 15 世纪中叶发明了复制书籍的新工艺，从此打破了罗马教廷对于《圣经》的垄断。此人住在莱茵河边的美因茨市（他曾一度移居斯特拉斯堡），当地的罗马式大教堂的对面有个博物馆，对谷登堡的生平和贡献有专门介绍。其中故事颇多曲折，这里不便详述，但一些基本史实该不会有什么大错。这点知识，上网“谷歌“一下就能核实。

美因茨老城的谷登堡铜像

保存至今的谷登堡《圣经》为数极少（11套羊皮本，48套纸本），通常成为欧美各大图书馆的镇馆之宝，除一部现藏于东京，唯一的私人拥有者是比尔·盖茨。由于财力雄厚，美国成为德国以外存有谷登堡《圣经》最多的国家。单以城市论，纽约拥有4套，居全球之首。

不同于今天的书籍，该版《圣经》段落之间没有空行，铅字无衬线。由于当时只能印刷单色，页面上的红色字体和插图仍然要靠手工完成，故而每套成品（有单卷及双卷本之别）都有所不同。

每个谷登堡《圣经》的收藏单位都将其视若拱璧，这不是印刷品，而是艺术，至少是工艺品，尤其是在古董资源相对贫乏的美国西部。比如洛杉矶的汉廷顿图书馆就有一部，并置陈列的是一部初版《坎特伯雷故事集》，用防弹玻璃挡着，很能营造气氛。

汉廷顿图书馆本是铁路大王亨利·汉廷顿的产业，此人在营建贯通美国东西部的铁路成为巨富之后，开始收藏书画。对于一般大众，这里更像一处大型公园，占地极广，赶得上很多皇家园囿，四处遍植各类仙人掌。其中还有几个主题园林，最出名的有莎士比亚园和日本园，今年又新添了一座仿效苏州园林的中国园。其中，日本园建得最像那么回事，据说，电影《艺妓回忆录》里有几场戏便是在此取景拍摄的。

汉廷顿图书馆我去过一次，至今没有重游旧地的愿望。对我来说，那种折衷主义的布局如同一个隐喻，暗示着新大陆资产阶级趣味上的莫衷一是和裹足不前。他们对于一切现成的、被传统肯定的东西照单全收，一件都不能少。从那些收藏品中，你不难看出当年主人在文艺市场上左顾右盼的迷离目光。假如条件允许，他们一定还会从埃及弄点什么过来。

我以为，文艺的功能大致有三：一、娱乐。资产阶级把其中的乐趣让渡给公众，提供服务，并从中渔利，就像拉皮条的，好莱坞是这个行当的大本营；二、反映意识形态。资产阶级没有自己的神话体系，他们只能乞求历史的亡灵延续自己的精神生活；三、虚荣。资产阶级为标榜品位，可以住在极不舒适的城堡，包括各种后现代城堡。

模糊的文化身份促使他们偏爱照相术般的风格，包括文学中的现实主义。也许并非偶然，在汉廷顿图书馆里，最重要的藏品就是绘画收藏，是甘斯布尔那种甜得腻死人的肖像画。这就如同那些画里的女性，手袋里总少不了一本《傲慢与偏见》、《红楼梦》或《安娜·卡列尼娜》。

或许他们根本没有什么偏爱，否则无法解释他们对马修·巴尼和达米安·赫斯特那份打了鸡血似的热情——囤积居奇的热情。就像卡尔维诺笔下的骑士，他们是一些空盔甲，牵引、驱动他们的，是物品的抽象价值。文化艺术对于他们仅仅是一种对象，等待他们翻译成马克思所说的一般等价物。

他们是天然的大同主义者，当然，只是在抽象领域。一旦进入现实，普遍人性必将落实到阶级、种族、性别、高矮胖瘦，就像货币里的日元、法郎、人民币。飞翔的理念使他们同而不合，冲突不断，他们都在讨好一切人，但又在压榨一切人。

法国一家香水屋的主管说：我们的产品是为女人生产的。您问哪些女人？当然是所有女人！我们帮助她们感觉到自己的女性特质和竞争力，当然要注意含蓄。我们的产品在美国，特别是亚洲市场，必须像在欧洲一样流行。它必须新颖，同时非常经典，年轻姑娘喜欢，岁数大一些的女人也会欢迎——多么生动的自白啊。

调制普遍适用的趣味配方，要靠垄断最多的噱头，还是蒸馏出基本的风格要素？换个说法就是，巴洛克还是极简主义？最近一个世纪里，趣味风尚的钟摆就在这两极之间摇摆，最后钟摆成了搅蛋器。如今，莫衷一是的口味已经不再为资产者所专属。这个不幸的群体，居然找不到自己的精神掘墓人。他们游荡全球，死而不僵，就像歌剧里那个漂泊的荷兰人。

思想家的肉身

逗引我看完《笛卡儿的骨骸》这本书的，是前言中的一个细节。作者罗素·肖托应约会见梅纳西耶博士，这位巴黎人类博物馆负责人带他穿过一间间展厅。其中一个展区陈列着一排人类骷髅，并立在一只猩猩骨架的后面，好像一个体格矮壮的班长在操练一队新兵。接着，他们来到一个地下储藏室。梅纳西耶博士找出一个纸盒，从里面拿出一个人类头骨。那是勒内·笛卡儿的遗骨——那句响彻世界的理性主义口号：Cogito，ergo sum（我思故我在），便出自这颗头颅。

故事始于 1650 年的斯德哥尔摩，当时的笛卡儿已是垂垂暮年，他跑到这个苦寒之地是为寻求瑞典女王克里斯蒂娜（葛丽泰·嘉宝饰演过这个角色）的赞助。再激进的思想，也得靠王室的青睐和支持才能广泛传播。所以，作者笔下的笛卡儿是一个有趣的矛盾体。这位声称“我思故我在”的人，却花了很多心思用于研究人的身体。

他认为自己找到了认识世界的正确方法，而这种方法同样适用于人体功能。这个自幼多病的人总想找到科学的延年之道，结果却客死异邦。

克里斯蒂娜女王曾派御医为他诊治。笛卡儿认识这个荷兰人医生，当年他来到莱顿，这个欧洲自由思想的中心，却受到当地同人的抵制，他们感到自己的地位和教育体系受到了威胁。当时，这位荷兰御医就曾反对过他。

笛卡儿北上瑞典的原因之一就是躲开莱顿那个是非之地，结果冤家路窄，最后竟落在此人手上。他的医术又是来自笛卡儿所痛恨的、中世纪的亚里士多德体系，而不是后者提出的机械式的人体观。

原来，欧洲传统医学背后也有一套“天人合一”式的世界观。古希腊人认为世界由土、气、火、水这四种元素构成，与之相应的，是人体的四种流质——血液、粘液、黑胆汁和黄胆汁，而疾病就是这些流体间的关系失衡。经过一番望闻切问式的诊断，荷兰御医决定放血，结果，一代哲学巨人就这样让他给治死了。

《笛卡儿的骨骸》讲述了哲人身后经历的三次葬礼。1650 年，瑞典准备为他举行国葬，但法国驻瑞大使反对把身为旧教徒的笛卡儿葬入斯德哥尔摩的新教国家教堂。于是，女王只好恩准将笛卡儿的灵柩安葬在一座地处偏远的天主教公墓。

1666 年，笛卡儿的遗骨又被迁葬回路易十四治下的法国。当灵柩运往巴黎拉丁区的圣热内维耶芙教堂时，接灵的民众中发生了骚乱，而官方对他的思想遗产态度矛盾。笛卡儿自称他的理性哲学并非颠覆，而是维护传

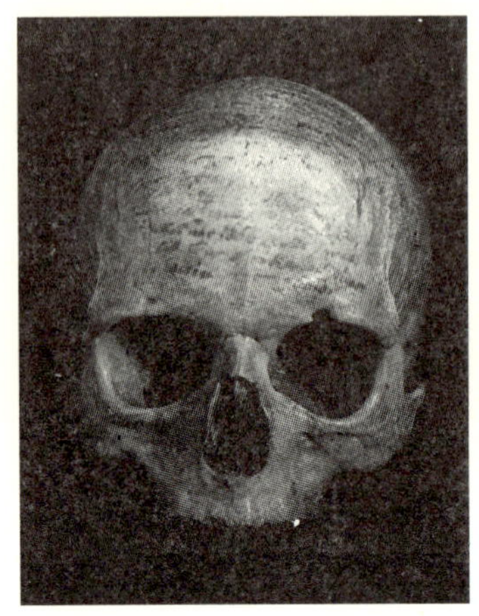
笛卡儿的头骨

统信仰。然而，自此肇始的理性主义的怀疑精神则引发了启蒙运动。

大革命期间，巴黎的教产广遭破坏，埋葬笛卡儿的圣热内维耶芙教堂也被暴民洗劫。非常之时必有非常之人，有个叫勒努瓦的人提出，革命不是毁灭法国的历史记忆，并在革命委员会首肯下抢救出不少文物、古董和名人的遗骨，其中就有笛卡儿。

后来，他在塞纳河左岸建起一座法兰西纪念馆，用以安置这些收藏。这个纪念馆还为后世的博物馆开创了一个先例，即一切收藏都要服务于一个预设的主题：它要求展品强行脱离原有的文化、地理、社会文脉，再重新组织成一个关于历史进化的叙事。

可问题是，不论参观自然博物馆还是艺术博物馆，我们总是看到历史的退化，而不是进步。这是进步论的话语失败，也许科技馆是个例外，但科技恰好又为生命质量的衰退提供了最佳佐证。

今天，汽车就是我们的轮椅；无处不在的显示屏幕和耳机，则是我们的老花镜和助听器。在美术馆中，法国古典主义作品是艺术贫血的起点。自然博物馆中陈列的哺乳动物化石，在恐龙面前就是一群侏儒。不论从强健、敏捷、多样性，或是统治地球的时间而言，恐龙都是脊椎动物界最成功的物种。很多人会指出人类在智力上的优势，但那是因为我们牙齿钝钝，气力小小，跳不高，跑不快，只好学得聪明点儿。

大革命结束后，勒努瓦的纪念馆使命也得以完成，所藏艺术品分别流向卢浮宫和凡尔赛宫。至于那些名人遗骨，比如拉·封丹和莫里哀，则迁葬到城东的拉雪兹神甫公墓。而笛卡儿，他既没有加入这个行列，也没能像伏尔泰、卢梭那样进入著名的先贤祠。

1819 年，复辟王朝把他葬入圣热尔曼教堂。这是巴黎最老的教堂，广场对面是聚集过无数文化精英的“双偶”和“花神”咖啡馆。然而，他们埋葬的遗骨却不是笛卡儿。直到后，瑞典人将他的头骨送回法国，谜底才被揭开——这是本书最有意思的部分。

法国国家纪念馆和人类博物馆早已迁至铁塔对岸的夏悠宫，这是为 1937 年世博会改建的一座建筑。当时自由世界哀鸿遍野，几个实行铁腕统治的国家倒是一派兴旺。那届博览会上，也是苏、德展馆两强对峙。苏联建了一座巨型雕像，工人农民手持锤子和镰刀，后者的屋顶上则是带纳粹万字符的鹰徽，而英国和美国馆都是矮小寒酸。真是此一时也，彼一时也。

那座苏联雕像今天还在，2002 年，它被收拾出来，准备摆放在俄罗斯承办的世博会上。可惜他们预想中的国际盛会将出现在上海，而不是莫斯科。

让他们开汽车

在纽约买到几本偏门的旧书，其中之一是艾琳·摩斯比的《人民大街13号》。作者做过合众国际社记者，报道新闻的同时，自己也客串新闻人物（可以“谷歌”到她在好莱坞裸体采访时的照片），上世纪60年代被该社派驻莫斯科。

在本书的开始，摩斯比开车去莫斯科郊外的普雷德尔金诺村参加帕斯捷尔纳克（《日瓦戈医生》的作者）的葬礼。那里是苏联作协的别墅区，轻易不对外国人开放，作者沿途看到不少有趣的景象。先是一个村头的大幅标语：“多产牛奶，超过美国！”你能一下嗅到赫鲁晓夫时代的气息。那时，有才气的俄国人已经被斯大林清洗得差不多了，否则让马雅可夫斯基之流编点儿口号，肯定精彩得多。

接着，作者看到很多路边摊在卖冰镇格瓦斯。改革开放之初，北京啤酒供应紧张，国营副食店也拿这种饮料糊弄中国人。书里说格瓦斯是用过期面包发酵酿制的，看得我心里一阵添堵。

就像每个初到东方国家的西方人，女记者事前对俄国有过不少想象，那些先入之见来自1956年的布鲁塞尔万国博览会。根据苏联馆向观众分发的宣传画，摩斯比猜想那是一个面貌崭新的国家，拥有机械化的生活方式，公民们都是拿着锤子和镰刀的英雄式人物。可惜，那只是一个国家尚未实现的观念。或者说，那是他们国家的努力方向。

在莫斯科，很多西方记者喜欢那些老式的木结构房子，每家门口有个手压水泵，他们觉得那是俄国建筑最可爱的部分。可当地人不那么看，他们向往有朝一日搬进厂房似的单元楼。至于那些旧时代的遗迹，最好全部拆掉，好给新的苏维埃化城市建设让路。

很多人有了住处，可冰箱却是空的，尤其是逢年过节。农民喜欢把果菜肉蛋拿到自由市场倒卖，因为那里的价钱比国营菜市场高。冬天，暖房培植的蔬菜价格几乎就是“沙皇的赎金”，而且有价无市。除了食品，各种日用杂货也都供应短缺，包括卫生纸。结果，公共厕所里到处丢着被裁成小块的《真理报》。

但并不是所有的苏联人都这样生活，当时已经出现了所谓“新阶级”。他们是老革命的后代，占据了体制中的要津。他们习惯于都市生活，说英语（不再是法语），出入涉外餐厅，以接触外国人为荣；男的穿套装，打领带，女的烫发，穿百褶裙；他们管警察叫垃圾．而高尔基大街在他们嘴里成了百老汇。流风所及，基层一些年轻人也起而效仿，而且干起卖淫、倒卖外汇这类非法营生，就像二十年前北京那些出没于宾

当年的伏尔加 GAZ-21 汽车

馆饭店的烂仔。

摩斯比观察了很多追求西化的俄国男人，发现他们内心都有一块“东方自留地”。比如，他们参加狂欢派对从来不带妻子。不止一个人对她声称：“亲爱的艾琳，我要向美国丈夫一样获得解放。”作者听了苦笑——要是哪个美国男人外出社交不带老婆，那他死定了。那些人还会醉醺醺地声称：“我们不需要资本主义的破烂货，可我们的女人需要。”

让摩斯比在莫斯科大出风头的，是她的 MGA 跑车。“几缸？能跑多快？”街上的行人围着她问。他们摸摸车头的保险杠，或是轻轻踢一下轮胎，赞叹说：“这小车造的，看着都养眼。”认识她的人会说：“这回安全部门不用盯梢，就能知道你在哪儿。”还有些人抱怨说：“你不该让苏联人民看到他们还没拥有的东西，这会动摇他们的建设热情。”说这些话的都是男人，他们关心资本主义汽车的热情，绝不逊色于他们的女人。

美国史学家西格尔鲍姆在新书《同志们的汽车》里，分析了苏联人对待汽车的矛盾态度。据他描述，苏联汽车工业自创立之日起就是矛盾的产物。这项巨型社会工程在技术上依赖美国，却又要在意识形态上自圆其说。简单的解释就是，“要底特律，不要亨利·福特”。假如换成乔治·奥威尔《动物农场》里的那群农畜，它们或许会喊出这样的口号：“大企业好，企业家坏！”

和美国不同，当时的苏联急需的是卡车和拖拉机，这样才能建设公路和厂房，然后才是一个工业社会。直到赫鲁晓夫时代，私人汽车的问题才被遮遮掩掩地提上议事日程。官方的说法是，对汽车的需要是社会主义的，而对汽车的欲望是资本主义的。汽车允许人们在公共空间内拥有一个私人空间，而在一个短缺经济中拥有汽车，又促使人们光顾黑市以获得汽油和备件。

当年我爸有一套苏联唱片，是里赫特录制的贝多芬的五部协奏曲。玫瑰红的唱片封套上印着莫斯科的结婚蛋糕式建筑，几辆伏尔加翘着脑袋在街上跑，我就管那套唱片叫“红汽车”。斯大林式建筑加伏尔加汽车，也许还有古拉什牛肉，这幅场景，是否也是不止一代中国人想象中的“玫瑰人生”？

龙生凤

20年前，纽约世界金融中心办过一个恐龙展览。当时展出的不是一般博物馆中常见的化石标本和复原像，而是电脑操纵的机器恐龙。这些史前怪兽的机械复制品来自南加州的一家科技公司，它们进食、打斗、嘶吼，更离谱的是它们身上那斑斓的色块，结果，整个展区成了好莱坞的科幻片厂。

在多数古脊椎动物学家眼里，这是离经叛道。他们认为，现存动物当中与恐龙亲缘关系最近的是鳄鱼，而鳄鱼不是黑色就是深绿的。那次展览的学术顾问是古生物学界的明星罗伯特·巴克，离经叛道本来就是他的招牌。

针对同行的质疑，他争辩说，就解剖和新陈代谢水平而言，鸟类才是恐龙的近亲，既然鸟在交配期间用鲜艳的毛色吸引异性，恐龙同样可

《恐龙异说》封面

以。他认为，世界各大博物馆的恐龙展览是在误导公众。他还穷追不舍地抖落出纽约自然史博物馆的丑闻：他们在重龙的骨架上错误地装上了室龙的头骨。

争执的焦点是古生物学界一个至今悬而未决的问题，即恐龙究竟属于恒温还是冷血动物。争论的缘起，是上世纪60年代巴克参与发起的一场名为“恐龙复兴”的科学革命，当时他还在哈佛大学读研究生。我们熟悉的小说《侏罗纪公园》及其电影改编版，就是这场运动影响下的产物。其主要论点是恐龙并非生存竞争中的淘汰者，而且它们并未真正灭绝，现代鸟类便是由兽足类恐龙演化而来的。而早在19世纪，《天演论》

的作者赫胥黎就曾注意到餐桌上的火鸡骨骼和巨齿龙非常类似。

1986年，巴克在《恐龙异说》一书中，全面阐述了“恐龙复兴”的主要思想。这部科普读物使他成为颇具影响力的公共知识分子，也让他在同行当中饱受“不务正业”的诟病。在这一点上，写过很多描述古代中国的畅销书的史景迁和他有着相似的际遇。很多人认为，他们的工作是对公众趣味的曲意逢迎。然而，换个角度看，他们未尝不是服务于一个专业之上的、更高的文明秩序。

《恐龙异说》对于恐龙的生理结构和行为方式，提出了一系列惊世骇俗的论断。通过分析腿部关节，他指出，恐龙的躯干依靠腿的力量支撑离地，完全不同于鳄鱼和多数蜥蜴那样匍匐行走。这就需要大量进食，以此维持相应的代谢水平。

他的分析时有惊人之笔，比如，他发现侏罗纪蜥脚类恐龙的牙齿无一例外的细小无力，这意味着那类大型食草动物不能充分咀嚼它们摄取的粗硬的纤维质食物。可能的补救办法，一是像偶蹄目哺乳动物那样反刍，再就是像某些鸟类一样，依靠胃石帮助研磨食物。而他在发现腕足龙化石的地点，的确找到了被磨成圆形的石头，位置就在恐龙的腹部。

很长时间里，恐龙被描绘成物种进化史上的不适应者。最好的例证就是体格巨大的蜥脚类，如梁龙、腕足龙等。它们行动迟缓而呆滞，只好终生泡在湖沼中，靠水的浮力支撑其四肢无力承受的笨重躯体。

巴克认为，如果此说成立，那么在发现这类恐龙的岩层中，就应该包含鱼和贝类的化石。然而，没有。他研究了重龙的足迹化石，发现它们只能形成于旱地，非常类似现代大象的脚印。

这还不是重龙和大象共享的唯一特征。重龙的鼻孔位置接近头顶，很多专家把这归因为水中生活，认为它像鲸鱼那样，是在半潜姿态下呼吸的。巴克则认为，重龙的这一解剖特征更接近大象，并推论，重龙应该长有类似的长鼻，以便吃到位置更高的枝叶。读到这里，就连我这个门外汉也觉得牵强，但我仍无法拒斥作者那神话般的想像力——那就是我们称之为“天才”的东西。

《恐龙异说》讲的其实是一部生存竞争史，作者的行文具有与其内容相配的史诗般的力量。书中不惜笔墨地描述了食草龙和食肉龙，以及食草龙和植物之间从未间断的“军备竞赛”，很多有趣的细节在此无法一一转述。更有意思的是，再残酷的竞争，也不是只有你死我活一种结果，总会有一些参与者会被引向，或逼入全新的领域。有些物种潜入海洋，有些则选择了天空。结果，恐龙中的一部分最后进化成鸟类。

早在 19 世纪，巴伐利亚的索伦霍芬采石场就已挖掘到始祖鸟的化石。1975 年，古生物学家霍纳发现慈母龙具有近似鸟类孵育后代的行为特征。还有科学家发现，伤齿龙科的寐龙，像鸟类那样，具有把头埋入腋下的睡姿。长有雏形羽毛的兽足类恐龙，近年又在中国辽西地区不断被发现，使得整幅图画才渐渐完整起来。你看，当年巴克的所谓“异端邪说”，多数已经作为常识被我们接受了。

四年多前，美国人在落基山区发现了一具 6800 万年前的霸王龙化石，股骨中竟然有类似血管的软组织存在。科学家还在它的骨组织中提取到胶原蛋白，其结构非常接近鸵鸟和鸡。

在诸多新版复原图中，一身彩色斑斓的羽毛已经成为白垩纪兽足类恐龙的标准行头。在此过程中，中国古脊椎动物学家贡献巨大。但在公共视野中，他们更像被传唤到庭为控辩双方作证，而案情大纲，早已被巴克这类学界逆子当众宣读过了。

叙事中的“拐点”

奎奇顿的科幻小说《侏罗纪公园》一上来就是一串大场面，从蒙大拿山区的化石挖掘现场到中美洲热带雨林，再到恐龙主题公园，效果十分震撼。一来为电影改编预埋伏笔，二是不给读者喘息之机。

然而，诚惶诚恐之余，作者也留下了一连串的漏洞。比如，那些科学家复制动物的同时，忽略了动物赖以生存的生态系统。而且氧气在中生代大气中所占比例远高于现代大气，怕是只有恐龙当中的“登山健将”，才能在今天的地球上苟延残喘。

单靠场面宏大，并不足以保证故事的吸引力。这就需要作者设计一个关键性的“拐点”——把情节推向过山车轨道的最高端。没有这个势能储备，再多的场景堆砌也只能是毫无动感的平铺直叙。这样的小说（电影亦然），就像设计平庸但又不能退票的游乐场，缺德透顶。

《侏罗纪公园》的拐点出现在基因工程专家吴博士的实验室。他在琥珀矿中拣选叮咬过恐龙的中生代蚊虫，再从它们吸食的血液残留物中提取所需要的DNA，然后进行克隆。对于我这样的外行读者，这个构思极富创意，虽然一些保守的科学家告诉我们，这种方法的可操作性只能在虚构文学中成立。而很多恐龙生性凶猛，不得不严加控制，因此，主题公园只圈养雌性动物，各个种群的数量短缺要靠无性繁殖的个体补充。

为接补DNA的残缺部分，吴博士借用了非洲一种蛙类的基因。由于现代学术体制的繁密分工，这个生物工程高手却对蛙类毫无了解，不知道自己经手的两栖动物会根据环境变化自动变性。结果，他克隆出的恐龙一半变成了雄性。它们开始自然繁殖，且数目激增，最后系统失控，灾难降临……

另一个例子出现在意大利作家艾柯的《傅科摆》中。在这部百科全书式的小说里，三个出版社编辑扮演着智力上的“三剑客”。一个偶然的机会，他们看到一份中世纪加密文件，据说出自神秘的圣殿骑士团。

这是十字军时代的一个武装教团，为去耶路撒冷朝圣的香客提供保护。另外还在圣地承包工程，并替参加东征的贵族管理财政，为此还建立过一套类似古代中国“飞钱”的信用体系。也就是说，这个武装教团兼营着镖局、钱庄和建筑公司。1407年，深陷财政危机的法王菲利普四世见财起意，借口协助教皇调查骑士团崇拜异教偶像事件，将教团首领悉数捕杀，并将其财产抄没入库。

关于圣殿骑士团，历史上众说纷纭，遂成为一大疑案。前些年爆红一时的《达·芬奇密码》对此也有一些装模作样的猜测。所幸，艾柯没有指控这本书是剽窃。

三个编辑炮制了一个阴谋论。在他们的故事里，骑士团部分成员逃过清洗，藏身于欧洲各地。这些幸存者发现，地球表面环绕着一种神秘电流，而控制它们的装置，就是盛过基督之血的圣杯，找到它，就等于掌握了和整个世界讨价还价的筹码。于是，每隔120年，他们都会派出代表，按照事先约定和其他分支的成员会合、交换研究信息。16世纪末，藏身于法国的骑士团成员渡过海峡，北上密会英国同袍，但接头未果。

此处正是《傅科摆》这本书布设拐点的地方。这位思虑缜密的作者，想起教皇格里高利十三世曾于1582年颁布历法改革敕令，废除误差明显的儒略历。对罗马教廷深怀戒惧的英国王室怀疑其中另藏机诈，执意不奉新颁正朔。迟至1752年，他们才接受了沿用至今的格列历，也就是我们所说的公历。来自法国和英国的两拨人，根据各自国家的历法安排接头时间——其中相差整整十天——结果自然是失之交臂。

当时，文艺复兴进入高潮，西方人正陷入历史性的知识狂热。讽刺的是，圣殿骑士团的知识研究计划，却在此时阴差阳错地陷入绝境。艾柯的故事并未就此打住：三个编辑说鬼见鬼，歪打正着，发现阴谋统治世界的地下社团就在身边，甚至威胁他们交出自己虚构的秘密，这些文弱书生可不是电影里神勇无敌的印第安纳·琼斯，灾难临头之际，他们只有任人宰割。

《傅科摆》的故事背景是1968年后的米兰和巴黎，学运风波余音宛在，一些人开始批判西方文化中过分膨胀的工具理性传统——这是历史的拐点，也是历史叙事的拐点：知识分子不但要改写文化的历史，还要改写自然的历史。

这一时期，美国古生物学家巴克通过一系列异端言论，引发了影响至今的“恐龙复兴”。他一反前辈对于生命演化史的达尔文主义解读，把恐龙描述成聪明而敏捷的热血动物，彻底推翻了它们笨拙呆滞的传统形象。于是,《侏罗纪公园》里的速盗龙窜房越脊，跟人类打斗，活像一群古脊椎动物版霹雳娇娃。

不久后就是巴黎“五月风暴”发生 40 周年的时间。上述两本小说都是那次运动的遥远回响。40 年后，我们这里也普及了奇装异服、摇滚乐，以及文化上的各种正确和不正确。

洛丽塔与蝴蝶

当年，我在北京的一个大学混日子，刻意培养出种种怪癖，令自己的言行比较失常。后来，一个受到富布赖特奖金资助的美国教授喜欢我用英文写的短诗，却不能忍受我那低俗的阅读趣味。一次课后，我聊起爱伦·坡的悼亡诗《安娜贝尔·李》，教授听了十分不屑。诗中有这样一段："那时我是孩子，她也是孩子 / 在海边的一个王国里 / 我们用爱去爱 / 而那不止于爱。"

1947 年，流亡美国的俄裔作家纳博科夫给当时尚未交恶的朋友——评论家威尔逊写信，说他想写一部小说，关于一个有恋童癖的中年男人，标题就叫《海边王国》，还有一部名为《问题中人》的自传。两个构思耗时二十年，终于成书。前者就是惹出过道德风波的《洛丽塔》，有点像法国人所说的"丑闻的成功"。

《洛丽塔》的男主角有个终生未了的心结，就是他初恋情人的夭折，以及他们在海边初试云雨的失败结局。这里，作者借用18世纪浮华、夸张的辞藻，还引用了上述爱伦·坡的那段抒情诗，很有一点恶搞的意思。海滨假期，失落的爱情，这些都是叙事俗套的最佳养料，而恶搞往往又是免于流俗的有效手段，至少在我们这个日渐失去真诚的时代。

这个情节还有一段本事，出现在纳氏的自传《说吧，记忆》的第七章。这个章节原本有个小标题叫《初恋》，讲作者早年随父母去欧洲度假，在法国南方海滨遇到一个长着美人痣的巴黎女孩。由于对方出身于市民阶层，还有一些卑俗的生活习惯，社会地位远低于纳博科夫一家，这段感情自然无疾而终。

那个女孩的影子，似乎始终在作者记忆中作祟，并最终通过洛丽塔这个文学形象借尸还魂。这个形象后来被制作成电影和时尚产品，进入人们的日常生活。而所有这一切，恐怕都让作者始料不及，很有一点“蝴蝶效应”的感觉。

有意思的是，搜集和研究蝴蝶恰恰占据了纳博科夫一生的大半时光。作为鳞翅目昆虫学家，他的成就也许不亚于文学写作。他的作品中常有摆弄蝴蝶标本的描写，刻画之精细，非终年浸淫此道者莫能。正是这种博物学家的偏执，把他的自传变成集邮册式的记忆收藏。

纳氏曾说，他不相信时间。这是实话，说到最后，收藏家都有一种抗拒时间的冲动。那些历史遗物的占有者，把过去的一切剥制成永恒的偶像，供奉在私人想象的博物馆中，不管这种努力在时间的流逝面前何等徒劳。

萨特经常散步的卢森堡宫花园

几年前，纳博科夫的儿子季米特里由于财务原因，把父亲遗留的蝴蝶标本拿出来拍卖。不幸的是，这样珍贵的收藏居然没有人出价全套买下，只好拆散出售。这批蝴蝶标本的聚散也恰恰证明：无情的时间成了最后的赢家。

纳博科夫抗拒的不仅是时间，还有随时间展开的历史。而这恰好包括了俄国发生的重大事件，尤其是十月革命。他在书中记述了多次欧洲旅行，其中一处文字为不少人称道。这里，作者细致描写了火车夜间经过莱茵河边的威斯巴登，少年时的作者隔着车窗，看到站台路灯下的飞虫。在当时的现实中，从彼得堡到柏林之间的广袤土地上，正在酝酿一场历史的巨变。但这一切，在他的书中均付之阙如。

这部自传的俄文版有个完全不同的书名，叫《别处的海岸》，似乎更加切题。作者对于现实的漠视，就像卡尔维诺笔下那个栖息在树上，拒绝回到地面的男爵，最后随着偶然经过的热气球飞上虚空，后面是一群稀有的蝴蝶，为他编队护航。

对于更多知识分子，这种面对真实世界的漠然姿态显得太过奢侈。成长环境如此优越的人，毕竟少之又少。西方的另一位伟大作家萨特也曾写过一部自传，在这本题为《词语》的小册子里，作者以不逊于纳博科夫的诗意修辞，谈到一种想必纳博科夫也曾有过的感受：他像一个海水中沉浮的潜水员，必须借助鞋底不断增加的配重铅块，才能在深处的海床上脚踏实地。

《词语》出版于 1964 年，那是萨特一生中一个收获颇丰的“大年”，尾声是他拒绝接受诺贝尔文学奖，就像他此前拒绝了法兰西学院院士的称号。一个官方体制的不合作者，就此完成了自己的哲学肖像。不同于纳博科夫，萨特的自传里，外部场景仅限于家庭生活和巴黎左岸的卢森堡宫花园，后者是他日常散步思考的舞台。

萨特写的是头脑中的世界，而这个世界来自他自幼的阅读经历，其中的居民包括古代英雄人物和美国西部牛仔。就智力类型而言，他属于比较形而上的那个传统。他把自身的存在归结于思想活动的结果，而非相反。

萨特自幼便有这样的信念：世界的真实不在事物本身，而是关于事物的柏拉图式理念。不同的是，他还是个自认的马克思主义者，不但要认识世界，还要干预世界。他的干预方式是言辞，于是说过不少昏话，好像脑袋让地铁车门给夹了。也许，他命定要以一生的幼稚言行为《词语》这本杰作准备素材。在这本书中，他为现代知识分子描画了一幅最为传神的精神肖像。

上述两本文人自传，都是伟大头脑的产物。至少他们的笔触从不涉及私人之间，尤其是同行之间鸡零狗碎的恩怨是非。

铸犁为剑

我早年是个“军事迷”，手头的书刊讲的全是战争和武器。相信很多人都是这样，毕竟，人类古往今来的惊人表现大多发生在对抗激烈的领域。当年，让我震惊的事情之一，是美军战机配置的“火神”机炮能达到每分钟六千发的射速，其奥秘就在于它的加特林式多管结构。

理查·加特林是19世纪的美国发明家，对机动车辆、抽水马桶、现代犁铧和拖拉机的发展均作出过重要贡献。但他最出名的作品，却是世界上最早的实用连射火器——多管机枪。这种武器的结构并不复杂：它通过摇动枪身尾部的手柄，把各枪管依次旋转到12点钟位置击发，以提高射速和便于散热。当每根枪管完成一周回转，相应的枪机会沿导槽往复运动，完成填弹、闭锁、击发、开锁和抽壳，而处于非发射状态的枪管，则在这个过程中得到冷却。

加特林速射枪

今天这种武器只能在博物馆和西部片里见到了。这个笨重的家伙必须安装在老式的双轮炮架上，行军时用骡马拖拽。当它投入美国内战时，只能配发给北军的炮兵，而不是步兵部队。

顺便提一句，加特林是联邦派，内战中站在北方一边，虽然他是南方的北卡罗来纳人，生长在一个蓄用黑奴的种植园家庭。

前些天读到一本题为《加特林先生的恐怖奇迹》的传记，传主自然是上文所说的那位发明家。作者朱丽娅·凯勒是得过普利策奖的名记者，现在为《芝加哥论坛报》撰写文化评论。

本书不单描绘一个人的生平，在这个人物背后的大背景是工业革命时代的美国，作者的描绘充满意想不到的细节。今天的非虚构文学作者通常会在社会的整体文脉之下，对人物的行为进行“纵深描述”，这是非常有效的写作方式，不论作者还是读者，都很难拒绝它的吸引。在接受一家报社采访时，凯勒说她采用这种写法的目的，是为了设身处地地了解笔下的人物。

加特林少年离乡，成为一个走在路上的人。同时，他见证了美国各地的工业化过程，其主要标志之一，就是现代交通系统的出现。他出生于1818年，当时人们的旅行方式主要还是步行和马车。而到他去世的1903年，莱特兄弟已经成功进行了人类历史上的首次动力飞行试验。

那是一个社会发展急剧加速的时代，同时也是一个人类控制自然，压榨自然，破坏自然，并受到自然惩罚的过程。加特林年轻时，美国具有世界上面积最大的森林资源，仅仅一代人的时间，这些林地几乎被砍伐殆尽。汽船和铁路交通的普及，把原本彼此隔离的社会群落联系起来，在方便人员、物资流通的同时，也使疾病在更大范围内传播。加特林本人就得过天花，或许就跟这一时代背景有关。

加特林机枪并非严格意义上的自动武器，它的机件运转要靠外源动力，而不是由火药气体推动完成，唯一的例外是弹药的装填。这是该枪真正的创新之处，它配有一个漏斗形装置，枪弹受重力作用不断落入下面的进弹槽。有趣的是，这一装置的灵感居然来自加特林本人发明的自动播种机。因为出身农家，他一生中的43项发明中，有18项和农业机械有关。是啊，既然可以用机器把麦种均匀地植入犁沟，子弹为什么不行？

加特林是个处处与人为善的好心人，就是这样一个好心人，却无意中搞出了一项变农机为武器的发明。这项工作完成于 1841 年，同年，美国内战爆发。开战之初，北方联盟相信，就凭自己的实力完全可以速战速决，可战端一起却是旷日持久。留在后方的加特林目睹数以千计的死伤士兵，不由痛心疾首。

很多年后，他这样回顾当时的心情："当时我想，要是我能发明一种机器，确切地说是快速发射的枪械来装备我们的士兵，就可以在战场上以一当百。这样就可以极大减少投入的兵员和伤亡人数。"原来，他是希望强大的火力能尽快结束战争，长痛变短痛。

不过，他也是想拿自己的发明赚钱——美国的发明家本质上都是生意人。

美国的开国元勋都是些极富远见的人物，早在立国之初，他们就制定了世界上最早的专利法。他们知道，激励发明创造最有效的手段是让创新者致富。

到了 19 世纪，美国出现了大批发明家，比如摩斯（电报和电码）、贝尔（电话）、辛格（缝纫机）、麦柯米克（收割机）、古德伊尔（硫化橡胶）、泰斯拉（荧光灯、交流电、感应式电机）、威斯汀豪斯（无线电发射机、气动刹车）、爱迪生（他的就太多了），以及我刚刚谈到的加特林。他们的发明，构成了我们现在物质生活的基础部分。

再说回加特林机枪。这种武器的实战表现并不抢眼，于是，很快被马克沁设计的机枪取代，后者才算是真正的自动武器。历史证明，强大的火力大大增加了战争的残酷性，而不是相反。美国式的技术崇拜，在这里显得极端幼稚。

历史暂停之处

这年头说事，老是这个盛宴那个盛宴的，故援此例。假如说文学是一场盛宴，在众多来宾中，德语文学肯定不是最抢风头的一位。可当你跟它交往几次之后，继而建立起的交情却可能坚若金石。现在还流行拿风景打比方，这里也套用下，假如德国文学是一道风景，它未必是旅游者的首选，却可能提供诗意的精神居所。

很多年里，德语文学对我来说就是《少年维特之烦恼》、《茵梦湖》，加上黑塞笔下情调浪漫的修道院小说。我早年被大人按着脑袋练琴，由此了解的德语世界就是巴赫、莫扎特和贝多芬描述的那个样子。但很快，这个世界的幻影就被后来学到的历史知识打碎了。

于是，我们读到伯尔和君特·格拉斯沉重阴郁的作品。这批作家严肃地探讨集权主义及其后果，他们的作品中回荡着一个整齐划一的背景音响，那就是纳粹军靴踏出的森严脚步。他们近乎自虐的自我剖析能力和勇气，值得每一个中国作家脱帽致敬。已故作家王小波认为，诺贝尔文学奖得主当中，除了罗素，只有伯尔够格。话虽偏激，但我能理解。然而在中国，说到德国，似乎就只剩下奔驰、宝马、拜仁慕尼黑。

这些说法让我想起曾流行一时的“历史终结论”，历史当然没有终结，只是关于历史的现有论述对于理解我们当前的现实，并不足以提供有效的参考。在此背景下，历史在文学叙述中暂时退场，也属题中应有之义。同时，我得出这样的看法：一个民族的历史罪孽一经判定，文学世界便会剥夺它拥有现实的权利。当然，我的看法未必正确。

我对德国当代文学的兴趣，源于几年前《纽约时报》上一篇介绍德国年轻作家的文章。作者介绍说，对于这批年轻作家，历史已成烟云，重要的只是 Ich（德语“我”的意思）。近年很走红的女作家尤迪特·海尔曼认为，老一代作家沉湎于过去的创伤，而她所属的一代则把注意力投注于自我。他们的主题不再是二战和大屠杀，而是德国统一后的新问题，比如移民、新一代人的心理状态，以及后柏林墙时代知识分子的社会角色等。这些说法让我联想到国内热闹过一阵的所谓个人化写作。

恰好，设在海德堡的德国—美国学院传来一份开会通知。在德国旅行期间，我向一些朋友咨询那里的文学状况，通过一鳞半爪的信息，隐约感到事情远非报纸所说的那样简单。但作为非德语读者，我的疑惑一直没能解决，直到最近读到上海译文社出版的一本书《红桃 J——德语新小说选》。

至少，这本选集所呈现的文学景观，绝不是一小撮自我中心分子能创作出来的。书中收录的篇目来自不同国籍和文化背景的24位作者，作品的风格和主题也绝无雷同。

其中，克莱因的《叔本华音乐》是德国人最擅长的哲学小说。故事的主角是个平庸的学者，依靠私人关系掌管着一批叔本华的手稿，其中包括一台不为人知的、演奏怪异音乐的自动机械设计。这个隐喻式的的装置，显然意在揭示暗藏于机械文明深处的野蛮本质。埃尔彭贝克的《西伯利亚》，讲一个苏德战争中的女战俘，历尽艰难逃回老家，在重建生活的同时，却怀念起战俘营周围的西伯利亚风光。老一辈作家施林克在长篇小说《还乡》中，也同样表现过这个主题，但《西伯利亚》具有一种女性特有的乐观口吻，让你不得不信生活具有愈合历史创痛的力量。

罗特的《泄密的心》，是书中最富匠心的一篇，它采用的是巴洛克式复调叙事手法。故事的叙述者回忆少年时跟随一个英国姑娘补习英语，因为迷恋爱伦·坡，男孩要求女家教为他细读这位美国浪漫派作家的《泄密的心》。阅读过程中，男孩的青春期萌动也被纳入爱伦·坡笔下的阴郁情境。男女之间，现实与故事之间，连绵着卡农曲式的微妙心理对话。最后，女家教也像爱伦·坡小说里的女主角一样死去，死因却是吸毒。现实的粗暴力量，在它几乎被文学想象俘获之前，又骤然挣脱。

假如说德国越来越多的年轻作家有机会沉潜于私人经验，那是因为他们有不止一代伟大的前辈，在他们之先偿清了道义上的历史债务。只有穿越历史，才有可能超脱于历史。这样丰厚的家底，实在令我们由衷嫉羡。

《红桃J》的编选者樊克是慕尼黑的汉学家。就个人印象而言，西方汉学家大略分为两类，一类关心文学，另一类关心中国文学，这本小说集的编者显然属于前者。或许，这就是他“不务正业”地向中国读者介绍德国文学的原因。

这个问题牵涉到知识分子的文化职责。如今，不论中外，知识分子一旦进入非专业领域，总是以服务公众的名义炮制出一堆低标准宽要求的货色。他们不知道，自己的正业乃是服务于狭隘专业利益之上的一个更高的文明秩序。

至于后一类汉学家，他们更热衷于对中国文学指指点点，就像《巴黎圣母院》里的那位丐帮老大讥讽诗人的一番话——拿人家的事说给人家听，还问人家要钱。

三脚恋

我要说的这个书名《三脚恋》，其实也可译作《三角恋》。而所谓“三角”，指的可不是三角关系，而是三角钢琴。这是一本关于钢琴家古尔德的书，但作者凯蒂·哈夫纳的着眼点并不是挖掘名人隐私。虽然，我们知道古尔德真的经历过一次三角恋情，女方是个搞艺术的有夫之妇，美国加利福尼亚人。此事之后由多伦多的一家报纸披露出来，至少证明古尔德终身不娶，并非龙阳之癖所致。

古尔德的一生，是充满八卦的一生。他的诸多怪癖至今为各国乐迷乃至评论界津津乐道。除了演奏坐姿和手法不够主流外，他还是个“套中人”——大热天也要穿大衣，戴手套。更有意思的是，他还曾戴着防毒面具公开演奏过。而在灌制唱片时，他要求录音室把暖气调得极高，与他合作过的女高音施瓦茨科普夫就被折磨得苦不堪言。古尔德对人与

《三脚恋》封面

人之间的身体接触极端敏感，一次，钢琴厂的技师拍了一下他的背，差点被他告上法庭。

古尔德曾说，莫扎特死得不是太早，而是太晚。或许，后者的钢琴作品鲜有表现左手技巧的机会，而古尔德却是个左撇子。同时，他也反对莫氏后期作品中的戏剧化倾向，可他自己恰恰是个极富戏剧性的角色。最出名的是他弹琴时，嘴里从不闲着，跟着音乐又哼又唱，那些哼哼唧唧的背景音伤透了录音师们的脑筋。

《三脚恋》一书要讲的，便与此有关。古尔德对于琴的音色抱有柏拉图式的原型理念，结果，任何一台钢琴都达不到他的理想。他的哼唱是对乐器物理缺陷的修正，他也知道这纯属徒劳，因为音乐不可能摆脱物质的具体形态。

首先是乐器。现代钢琴大多混响泛滥，对演奏浪漫派作品而言比较理想，但古尔德要求的是晶体般的音色和轻如鸿毛的指触响应，和巴洛克时代的羽管键琴庶几相近。这样的键盘，也只有控制力极佳的手指才有资格触碰。另外，他反对滥用踏板也是基于同样的道理。所以，他弹奏的巴赫永远没有那种假嗓子般的俗艳音色。

纽约史坦威琴厂素有结交明星的传统（始于霍夫曼、拉赫玛尼诺夫那个时代），对古尔德这样的人物自然极力笼络。可就算技师们折腾得差点吐血，也没听到这位大爷的半句表扬。或问，干吗不去挑一台汉堡琴厂的产品？这一点书里没讲。据稍早的一本传记介绍，古尔德并不热衷于跨洋旅行。

1960 年，在多伦多的一家百货商场（那座建筑的顶楼用作音乐厅），在那儿，古尔德发现了一台标号 CD 318 的史坦威琴。他隐约记得，那台钢琴他早年曾在哪里弹过。要知道，像演奏家一样，钢琴也会四处巡回，出现在不同的地方，不同的舞台。作者写道：“他的耳朵没有忘记它的精致音色——高音清越，低音沉敛，他的手指也记得琴键受到触击时的灵敏反应。”这是故事的第一个高潮。

这样一件乐器纵有千般好处，却像是水性杨花的尤物，得时时悉心伺候。于是，调琴师艾德奎斯特出场了。此人出身贫苦，自幼半盲。作者告诉我们，旧时代有很多调琴师是盲人，他们的听觉异常灵敏，结果不能适应喧嚣的日常世界，很多人终老于疯人院，晚景凄惨。和古尔德一样，艾德奎斯特也是职业领域的完美主义者，他们的雇用关系算是相得益彰，就像布罗茨基诗中所说：“一匹无鞍骏马寻找骑手。”

这台琴古尔德用了11年，很多录音，包括那些离经叛道的贝多芬奏鸣曲版本，用的就是它的声音。在这11年里，艾德奎斯特以他的技艺和敬业精神，把这件乐器保持在能让一个偏执狂音乐家满意的状态，这本身就是奇迹！

想想看，一台钢琴容纳了多少细小机件！除琴弦外，琴身多为木制，而且处于不断往复运动中。可惜的是，这台琴却在一次搬运中摔坏了，没能赶上古尔德前后两次录制《哥德堡变奏曲》。

古尔德是一个阐释音乐的巴赫金，而不是照本宣科的朗诵演员，并为此备受争议。有人问波格雷里奇对此人有何褒贬，答曰："他没有教养。"我知道他所谓的教养指什么，那是一种巴甫洛夫式的条件反射，发现有谁背离从李斯特到拉赫玛尼诺夫的趣味规训，就要满怀浪漫主义的义愤。这一褊狭、势利的审美立场背后，有其自觉不自觉的功利动机。

钢琴家罗森曾在一篇文章中提及早年亲聆巴托克教诲，包括大师谈及自己钢琴作品的演奏。作为钢琴家，巴托克是李斯特的再传弟子；作为作曲家，他的背景则复杂得多。这里怪事出现了：巴托克所受的浪漫派演奏训练使其不能准确演绎自己的作品，所以，他只能鼓励年轻人独立摸索。

两年前，美国的芥末工作室用软件分析了古尔德1955版的《哥德堡变奏曲》，再把数据输入电脑控制的自动钢琴（日本产的"山叶"牌），演示震惊了听过古尔德本人演奏的乐评家们。随后发行的唱片我没听过，机器最多复制已知的东西，而古尔德是一个不断触及未知的人。

据同代人记载，贝多芬最好的音乐是他的即兴弹奏，所以写下来的作品才会有那种分量。就像霸王龙的化石骨架早已失去血肉，威势却能胜过虎豹。回到机器本身，它最大的好处就是驯服：它只弹不唱。

北非猫影

检点一下自己的阅读史，一大部分竟是小人书构成的。这种图文并茂的阅读，想象空间自然比不上“字书”，可想象又是一件多么累人的苦差事。我甚至有过这样的猜测：人类从没放弃过对于象形文字的缅怀。想必出于同样原因，近年的民意调查发现，不论国别和文化背景，人们普遍厌恶抽象绘画。

我最早是看“文革”后期的电影小人书，里面是一幅幅黑白剧照，就像不断定格的影片。那年头的电影除了“三战一哈”，就是几部《砂石峪》、《小兵张嘎》之类，而电影小人书大概相当于原始的录像或影碟，供你回顾电影院里一闪而过而未及用心品味的细节，比如某将官肩章的款式，或是盒子枪保险栓的准确位置，等等。至于早熟一点的孩子，他们的欲望对象是那些着涂口红，歪戴船型帽，出入“大世界”的女特

《拉比家的猫》英文版封面

务——她们是那时候的“上海宝贝”。

我得承认，这里说的全是男生的事，但抹杀性别的责任却不在我。在我们的现实中，“女性”一词往往伴随的是消费主义。故而日本式的“少女漫画”根本不在我们的想象范围之内。据说，日本漫画产业的兴盛，也是因为战后缺少拍摄电影的资金。于是，漫画家们在页面设计上刻意追求蒙太奇效果，结果歪打正着，形成一套打破对称布局，强调叙事动感的视觉风格。

日本连环画的流行，还要等到中国开放国门。然而，我感觉那些千人一面的“视觉糖豆”太过甜俗，远远赶不上过去的旧小人书。中国小人书向儿童提供的是成人世界的想象，而日本漫画却是在展示糖衣裹覆的“恋童欲”。当然，现在的小朋友可能会有不同意见。毕竟，人都是特定时代趣味的产物。

当年谁要存了几本旧小人书，如骑马打仗的那类，那家的孩子很多事都不用愁了——作业有人代抄，打架有人帮拳，就连在大杂院盖小厨房，也有同学帮着去工地上偷砖头、洋灰（水泥的旧称）。自然，这些勾当我全干过。

来路不正的读物影响了我对很多事物的看法。比如，我始终认为西凉马超是汉末内战时期最酷的战将，就是看小人书看的。

那些集体创作的早期作品具有神话般的品质，可堪相比的只有《蝙蝠侠》、《蜘蛛人》那批美国经典漫画。后来，我们的小人书变成了“大人书”，里面的法家英雄，全长着一副昂首含泪的“文化大师”脸。而此时，西方的连环画已经发展成真正的“第九艺术”。

本人比较偏好法国的一些通过私人叙事展示宏大历史的作品，像大卫·B的《病入膏肓》，以及我手头这套印制精良的《拉比家的猫》。

《拉比家的猫》的作者若昂·斯法尔时年35岁，犹太裔，父系由阿尔及利亚移居法国。在这部作品中，他对祖辈的北非生活进行了一番想象中的“血缘考古”。故事背景是在上世纪30年代的阿尔及尔，叙述者是一只尖嘴猴腮的公猫（是以作者家的暹罗猫为模特），猫的主人是一个犹太区的拉比，姓斯法尔。一天夜里，猫把拉比养的一只饶舌鹦鹉给偷吃了，然后开始口吐人言。这是个绝妙的铺垫，好像还没有谁想出来过。然后，这只猫开始给拉比的女儿讲自己每天在外游荡见到的新鲜事。

《拉比家的猫》英文版插图

主人见状，不许猫再去女儿屋里。他说犹太猫要守戒律，不能胡说八道。猫则辩解说，自己没受过割礼，不算犹太猫。这让拉比犯了难，毕竟还没有过给猫施行包皮环切术的先例。于是，拉比坚持他的猫必须学习《圣经》和《塔木德》，以提高道德素养。猫又要求接受成人礼，这样就能对自己的行为负责，呆在女主人屋里。可根据犹太法典，男子十三岁、女子十二岁算成年，而这只猫只有七岁。猫又想出一个理由：它的一岁等于人的七岁。

斯法尔拉比只好抱上猫跑去请教自己的拉比，老拉比一听急了，说神圣的律法不能用在猫身上，因为人是按照神的形象被创造的，猫却不是，会说人话也没用。猫问他凭什么证明，除非他能拿出神的相片来。老拉比在神学辩论中理屈词穷，盛怒之下，要他的学生带着猫滚蛋。

连环画里的阿尔及尔依然充满天方夜谭式的异国情调，但也酝酿着各种剧烈冲突。那些冲突发生在犹太人、阿拉伯人和法国殖民当局之间，也发生在犹太社区内部之间，传统社会与现代性之间，世俗化与宗教信仰之间，巴黎与殖民地外省之间。那只古怪精灵的丑猫，既是冲突的目击者，也是参与者。很多地方，它的故事又像是《丁丁历险记》的山寨版复述。

《拉比家的猫》是一部后现代之后的作品，充斥着通俗化的反讽、自我指涉和文际关系。斯法尔的画风继承了60年代地下漫画的激进风格，但纸媒连环画本身，却已经蜕变成一种怀旧的艺术，不论对于作者还是读者。

鲨鱼和黑天鹅

稍有文化的人，就算他们对当代艺术再不感冒，也该听说过英国艺术家赫斯特。他把一批作品拿到索斯比拍卖行，斩获将近两亿美元，创下历史记录。至于那些作品，就是一些泡在福尔马林溶液里的动物尸体：有牛，有猪，还有羊。除这“三牲”之外，还有一条虎鲨和别的零七八碎的动物肢体。

几年之前，赫斯特就用鲨鱼尸体做过一件装置，后来卖出1200万美元的天价。那条死鱼有个冗长拗口的标题，此处从略，现在，它被收藏在纽约大都会美术馆。这是一件典型的当代艺术品，具备艺术的一切传统功能，只除了观赏。也就是说，它们有价而无值。

43岁时的赫斯特，其作品最高卖价已超过毕加索、达利和安迪·沃霍尔等人同龄时的总和。这年头，一个歌手的身价可能让你觉得莫名其妙，但也没像美术圈这般离谱：好像艺术上的成就可以靠拍卖所得的货币量来打分。看来，我们真是活在一个数字化的世界。

英国有个商学院教授桑普森写了一本畅销书，谈他对艺术市场的观察，题目就叫《1200万美元的鲨鱼标本》。从书中我们得知，早在赫斯特之前，英国有个电工就把一条鲨鱼做成标本展出，而且处理得当，不像赫斯特的那条已经开始腐败的臭鱼。可这件做工良好的标本，却卖不出臭鱼价钱的零头。那个由画廊、经纪人、拍卖行构成的艺术品行销体制，已经花费巨资把赫斯特这样的人包装成明星。所以，这些艺术家本人才是真正的作品。而那些哄抬艺术家身价的买家绝对不会砍价：买价越高，越能显出其身份之高不可攀。

问题是你得有钱，自然，对有些人来说，钱不是问题。据说对冲基金的经理们平均年薪5亿美元，1200万对于他们就是一个星期的收入。何况这还是一项有利可图的投资，除非鲨鱼烂在自己家的储藏室里，那就彻底不划算了。于是就要转手，转手就会增值，加上做工和原料成本低廉（除了赫斯特那件白金钻石骷髅头），又不污染环境，简直是一项绿色产业。

在美国这样的地方，收藏家可以把作品捐给博物馆，除了抵税，还能博取美名，这可比欧洲那样由政府资助艺术来得划算。至于美学标准，那是见人见智的问题。

西方艺术名利场有两个现象，最近开始向其他国家传播。一是艺术明星甩开画廊，直接拍卖从未上市的新作。他们巧立名目，包括上演爱国主义政治秀，拒绝参加某些展出等。近十几年来，全世界进入收藏行

赫斯特这条鲨鱼拍卖价 1200 万美元

列的富豪暴增了 40 倍，他们中的很多人是大老粗，财产来源可疑，有现钱，急于买进现货，根本没耐心在势利而排他的画廊体系中慢慢补课。

再就是艺术批评全面失效，市场行情本身已经成为最高评论权威。有人在纽约现代美术馆做过统计，发现观众在每件作品前的平均停留时间为 7 秒钟。至于很多人跑到卢浮宫，20 分钟看完“三大件”走人，就更不是什么稀罕事了。所以，审美上的事，根本不必较真。行家们只关心这些昂贵而丑陋的摆设是否能够保值，泡沫是否会破灭，以及何时破灭。

现在的美国一下疲软了，利令智昏的钱商们发现，他们倒卖的债权终于像臭鱼一样烂在了手里。用 2009 年另一本畅销书的说法就是他们遇上了“黑天鹅”，这个隐喻是指不可预测的极端事件。

《黑天鹅》（国内已有译本和评论）的作者塔勒布以此强调经验的不可靠，不能依赖既有信息判断情势。直到 17 世纪荷兰人发现澳大利亚黑天鹅之前（书中说是 19 世纪，大错特错），欧洲人坚信所有天鹅全是白的，直到第一只黑天鹅出现。那是当然，只要一个外星人降落在华盛顿广场，人类世界观的很多方面就都统统成了胡扯。

书中提到，2001 年 9 月 11 号之前，人们很难想象美国本土会受到袭击。因此，那次恐怖袭击就是一个典型的黑天鹅事件。

是这样吗？早在 1947 年，纽约帝国大厦就曾被一架轰炸机撞击过，何况世贸中心 1993 年就已经遭受过恐怖袭击，人们大可根据经验采取防范措施。就像人们大可不必为一条 1200 万美元的鲨鱼而大跌眼镜一样，因为赫斯特不过是马塞尔・杜尚和安迪・沃霍尔的一个更为粗俗而平庸的文化后裔而已——问题不在经验是否可靠，而是人们过于健忘。

塔勒布把世界划分为庸常国度和极端国度，前者可以预见不测，而后者则不然。作者举例说，持续努力可以让人开宝马，当名校教授，而问鼎诺贝尔奖或是拥有私人飞机，则要靠运气。另外，他反复指责人们在金融这样的高风险极端领域使用正态分布数量模型。

我不懂数学，但我知道从事某些行业，比如艺术，肯定不像体操比赛那样打分，即刨去最高分和最低分，再把其余分数均除。这里只有最高分和最低分，至于你的最后得分，跟掷色子没什么区别，这是常识。

人们也都知道，即使你有一百套预案应对突发事件，可给你致命一击的，恰好就是第一百零一种。当然，也有正面意义上的黑天鹅，比如一种为治疗心脏病研发的药物，后来成了伟哥。再有一个现成的例子，就是塔勒布这本行文散漫，充满老生常谈的畅销书。可以说，《黑天鹅》本身就是一个“黑天鹅”。

君子未必远庖厨

前一阵子住在巴沙迪那，这是东洛杉矶的一个小城，知名度跟西边的贝佛利山、好莱坞肯定没法比，但也有玫瑰碗体育场一类的名胜，以及每年一度的玫瑰花车游行。

作为地标建筑，巴沙迪那那座具有地中海复兴风格的市政厅常在电影中出现，如阿尔·帕西诺主演的电影《西茉娜》。当地的美术馆和交响乐团也都有相当水平。据说，不少人把贯穿市中心的科罗拉多大道当做南加州的香榭丽舍大街。姑妄听之吧，就像所有那些“东方巴黎”、“北方威尼斯”一样。

最近发现这里出过一位名人，跟法国真有不浅的渊源。我说的是首创电视烹饪讲座的朱丽娅·柴尔德。她出身殷实人家，父母本打算把她嫁给一个银行家，可受过高等教育的她，满脑袋自由思想，哪看得上一个开钱庄的俗汉。战争期间，她为军方情报部门工作，爱上一个有文化的同事，叫保罗·柴尔德，于是，两人选择了没钱但是有趣的生活。战后，他们被调往驻法国的美国情报处。

1948年末，柴尔德夫妇在诺曼底的勒阿福尔港登陆，驾车经过满目战争疮痍的乡村，驶往巴黎报到。他们到达卢昂时，正是午饭时间。保罗根据《米其林指南》提供的地址，找到当地的花冠餐馆。那是一座中世纪老屋，内部陈设既不奢华也不简陋，经理向每桌客人详述菜品的原料来源，包括禽畜的饲养方式，以及烹制手法等，殷勤体贴但不失自尊。简而言之，就是举止得体，落落大方。

那是朱丽娅第一次领略正宗法国餐点。她用鼻子捕捉侍者从厨房带出的每一阵菜香，暗自揣摩其中的成分搭配，一个未来的名厨从此时开始孕育。一到巴黎，她马上苦学法语，然后报名参加有名的蓝带厨艺学校，没过多久便被一家美食家俱乐部接纳为会员。

回到美国后，她跟朋友合作，陆续写出几本畅销烹调书。那是一个繁荣的时代，电视在美国刚刚普及，美国中等人家的主妇开始以擅长烹制异国菜肴为荣。波士顿新成立的公共电视台意识到这是个机会，于是找到朱丽娅，录制了世界上第一套烹饪节目。余下的，则已成为历史。

历史形成传统，朱丽娅·柴尔德的传统最近有了得力传人。2002年，《纽约人》的文学编辑比尔·布福尔德作出一个决定。他辞职投奔到格林尼治村的老爹餐馆，在厨房打下手，还不要工钱。这在一般人看来简直是疯狂：四十岁的人，干着一份多少人眼红的差事，可他非要当厨子。一个半路出家的二把刀，又是讨人嫌的书呆子，混在一帮粗人堆里，光气就少受不了。刀光叉影、烟熏火燎的工作环境，就更不用说了。

话说“老爹”是餐饮大王马里奥·巴塔里的旗舰餐厅，在曼哈顿，它以意大利面食成为同业中的翘楚。布福尔德就想学这门手艺，为此，他不怕吃苦受罪，每天从天亮忙到半夜，大厨还不给好脸色，但他却能用审美的眼光看待厨房里的一切。每天早晨，备好的料下了锅，出了味，他一边干活，一边享受这嗅觉中的“复调音乐”。

能进《纽约人》当编辑，肯定聪明过人。不管什么，他一学就会，所以没过多久就被提升为烧烤师傅。可好景不长，一次，他烤出的肉火候不到，老板罚他滚回基层切胡萝卜丁。这种差错不是开玩笑，万一点菜的是哪家大报的餐饮记者，只要一篇恶评，巴塔里的“旗舰”就成“潜水艇”啦。何况，老板自己就是这样一路熬过来的。结果，经过几番历练，一年后，布福尔德掌握了厨房里的所有技巧。

但他还要再上一层楼，于是去了托斯卡纳的山城波莱塔，找到老板当年的师傅学做当地传统面食。那是个刁蛮的老太太，听说过去的徒弟在纽约发了大财，心里一直不平衡，见到找上门的布福尔德，打算训练他日后跟巴塔里抗衡，权当报复。她的方法经常很简单，比如擀面，只要在案板前端下面垫上一根细木棍，几下就能把面皮擀薄。还有些东西她就是不肯痛快讲，一是怕教老虎上树，二是担心哪天他回到纽约，把自己的诀窍传授给巴塔里。

在意大利，他还给一个屠夫当过徒弟，结果第一次操刀卸猪，就把猪里脊割断了。在这个爱唱《我的太阳》，言必称但丁的托斯卡纳屠夫身上——毕竟是文艺复兴故乡的子孙——布福尔德发现了一个传统世界的回光返照。在那个世界里，技艺和艺术是用同一个词表达。屠夫拒绝像巴塔里那样跑到纽约，一门心思只想着赚钱——就像布福尔德自己，不愿整天操心谁更有资格为《纽约人》撰稿一样。

一番历练之后，布福尔德已非昔日的吴下阿蒙。回到纽约后，原来的老板巴塔里邀他加盟，打理一家新开的餐馆，他谢绝了，说自己依旧是个文人，不是厨子。可布福尔德没有把手艺放下，一次，他去屠宰场买了半扇猪肉，装在小推车上，鲜血淋漓地穿过车水马龙的曼哈顿。在被他找来帮忙的朋友里，有一个是华尔街的银行经理，一脸无奈地帮他推着车，沿着第五大道招摇过市。

后来，巴塔里放下身段，再次向他发出邀请，但布福尔德已经买好了去巴黎的机票。他的下一个目标，是去学习技艺更为精致烦琐的法国烹调。

都市行者

认识一座城市最简单的办法，就是把它从头到尾用脚抚摸一遍。

本人早年的壮举之一，是从百老汇的最北头，一路走到曼哈顿南端的炮台公园。80年代的纽约，朱利安尼还没当上市长，地铁车厢上的涂鸦五色杂陈，就像前线开来的迷彩军列。哈莱姆区不用说了，就连闹市区的时报广场周边也是鳞次栉比的成人用品商店，还有一堆堆站街的流莺。当时，我们的访问陪同一再叮嘱大家，两眼直视前方，谁也不要答理。

二十多年后，英国作家乔夫·尼科尔森在《失传的步行艺术》一书中写到一段类似的经历，翻阅起来自然备感亲切——作者正是以自己在伦敦、纽约和洛杉矶徒步漫游的经历作为该书的经纬。作者说，走路如同性爱，都是人体的不断往复运动，它可能单调乏味，也可能由此产生出复杂精致的文化活动。通过行走，你可以象征性地把整个城市据为己有。

这样的心境，相信每个人都不会陌生：在午夜无人之际，穿行于冷落的商业街区，浮想联翩，暗自享受对于公共空间的虚拟主权。

每个步行者都有自己的“想象空间”，用步幅丈量出一个私人世界的面积。有时，你的两脚就像接通了自动驾驶仪，不经意间走到某个意想不到的角落，揭示出你隐秘的内心期待。这时，你已踏入记忆的纵深。

想象中的世界都有一条历史的轴线，就像串联起一叠旧式索引卡片的铁条。一次，在北京路过童年时候住的那条街，无意中发现，当年帮我妈买酱油常去的那家副食店被拆了。那时，我深切地感到一个时代已经不复存在。这时，变换的历史章节也已不再是一种概念，而是可以嗅觅、触及的实体。

贯穿尼科尔森书中的历史记忆，更多属于集体、文化，而不是个人，这毕竟不是一本自传或城市导游手册。只是，他的行文风格更近随笔，而非史笔，一些闲碎掌故，只好姑妄听之。《失传的步行艺术》一书东拉西扯，视点漂移，所有想法都像来自步行途中，而不是书房的摇椅。

作者说，湖畔诗人华兹华斯一生行吟，总共走了 18 万英里；被汽车撞死的步行者中，40% 喝醉了酒；洛杉矶的私人警卫都有一份地图，标明路人常在哪些阴暗角落非法便溺。

洛杉矶是一个汽车世界，整体环境对步行者极不友善。据最新统计，只有 3.4% 的洛杉矶居民步行外出。据说，这些步行者不是穷鬼就是疯子，受到警察盘问也属活该。不用据说，本人就是他们中的一员。我不会开车，也没有学习的打算。

城市是一个共享空间，至少在物质层面。这是从事交往的场所，所以才能成为一个社会心智生活的动力车间。而汽车则是公共空间中的私有空间，像一些封闭的移动孤岛。即便坐在敞篷车里，外界也会被噪音的隔膜阻断。

走在洛杉矶的街上，谁能看出这是一个举办过两届奥运会的城市？确切地说，这根本不是城市，而是无数郊区的集合体。写下这些题外话，是因为我的老家北京，大有成为下一个洛杉矶的苗头。

移居好莱坞后，尼科尔森坚持在周边城区徒步穿行，继续他的想象地理勘察，为这座城市曾经有过，后来被汽车文化排挤出局的步行传统招魂，检阅街头生活支离破碎的瞬间。用波德莱尔描绘19世纪巴黎漫游者的话说，他像植物学家一样采集人行道上的浮世标本。

他沿着钱德勒笔下的私家侦探菲利普·马洛的足迹按图索骥，发现了一个埋没已久的文化地层。马洛侦查罪案，他则探访虚构侦探身后的现实背景，包括他的住房原型，以及某个案件可能发生的地点。或许不久之后，他还能再写一本《菲利普·马洛和他的世界》。

美国的小说人物中，马洛的名气仅次于汤姆·索亚和盖茨比，除了为“黑色电影”提供素材，还为无数后世作家效法。硬汉侦探们抽“骆驼”烟，喝“四玫瑰”威士忌，还有一副侠骨柔肠的矛盾性格。其中最有意思的是《谁谋杀了兔子罗杰》里面的埃迪·瓦连特。他替在情景喜剧里捧哏的一只卡通兔子调查制作公司违约的内情，可揭露出来的却是一桩谋杀案。看过这个故事，你没法不同情那只愤而反抗强权的兔子，即使他似乎就是杀人犯。

国内未必翻译过加里·沃尔夫的这本小说，但公众应该更熟悉由此改编而来的电影。和原著相比，这部以战后洛杉矶做背景的影片吵闹而俗气。所幸除了炫人眼目的特技，有段情节还影射了上世纪40年代的“通用汽车阴谋案”。

当年，几家公司游说政府，废除了便捷、廉价的有轨电车系统，同时修建高速公路。接下去就是洛杉矶的汽车化和郊区化发展，然后是严重的污染和浪费，不论能源还是时间，以及人们对于孤独的病态恐惧。于是，“煲电话粥”和网上社交，也就成了生活中的所谓“刚性需求”。

步行最大的益处，或许是让人恢复独处的能力。毕竟，人类的重要发现大多发生于孤独之中。

远道而来的说书人

因为新书参展，于是跑到法兰克福做宣传。写书容易卖书难，对我这样一个写外文的尤其如此。发短信给朋友，说要是累出个好歹，那也是“推销员之死”。回复曰：还想混一工伤不成？确实不成，干我们这行没劳保。

中国是2009年的书展主宾国，作家协会斥巨资派出作家军团，架势好像是参加奥运会一般。于是，看到不少国内的同人，拎着鼓鼓囊囊的超市购物袋四处招摇。

如同我们的运动健将，作家们的志愿也是冲出亚洲，走向世界。只是他们的公关主题太过直抒胸臆，除汉学界长期力挺的两三个文坛老兵，其他人也就弄个公费旅游。我们经常痛心疾首，纽约、柏林一时纸贵的何以总是几个相貌奇特的美女作家？

中西文化交流的前提从来就是彼此误解，《点石斋画报》上的西洋景就是例子。有些历史错误甚至成了遗产：我们至今管《时代报》叫《泰晤士报》；《天演论》的名头也远大于《进化论与伦理学》这个正确译法；更不用说严复大人硬把斯宾塞那句“适者生存”的口号，派到赫胥黎的头上。

再有一个流行的说法，就是充满偏见的西方媒体如何如何。偏见或许不假，可最好告诉我们是哪些媒体，什么偏见，谁说了些什么。是在《纽约人》、德国电视 2 台还是法新社？也许，说这话的时候，他们自己正为行业竞争打得不可开交呢。

在这个尚未终结的全球化时代，不同文化的人交往多了，难免好奇彼此的来历。然后，就有故事要讲，真的也好，编的也罢。不久前，我陪母亲沿美国西海岸跑了一趟。平生头一回参加旅行团，挺新鲜，周围每个人都有一堆故事，从柬埔寨讲到以色列，或是别的什么地方，再扯回美国。

所谓国际文学，大体也就那么回事。就像梅里纳在《俄罗斯 Disco》中所写的：柏林的这个角落，隔壁卖摩洛哥工艺品的是个巴西人，街口的中国炒面馆老板其实是斐济来的……姑妄听之吧。就算有谁脸皮厚得像城墙，话说得大了点儿，好像也不必当真。每出戏都有自己的丑角，而你我又都不愿当小丑，这时有人自告奋勇，又何必扫大家的兴？

可别小看那些自我异国化的奇观写真，即使你通过移民、旅游、阅读或影视观赏发现其中的漏洞，传奇已经升格为神话，木已成舟了，文化资本也已积累了。这时，你发现那些大概齐的粗略叙事，本就没打算经受细致的推敲。

文化，作为东西方之间最后的边疆，随着铁幕的消失已经变得模糊。现在，只有一些大学城还像是最后的壁垒，护佑着虚拟的“外国”及其文化情调。问题在于，那里的居民，不论师生，多为临时住户。

一个移民压倒原住民的时代即将到来，中国自己的文化英雄，不也多是北漂？我们这些原来的城里人，只好漂到别处，在新的文化市场争取一些配额。随时有输赢，随时在洗牌。然而，细致微妙的审美感受，却只能属于定居者。他们世代沿袭，不断丰富着一套共享的文化系统。

移民社会没有可以通行的文化密码，只好使用更为直截了当的方式维系人际间的平衡。社会关系必须简化，以法律而非风俗构成文化秩序的基础。俗艳的文化扑满中，各种符号硬币叮当作响。

其实也不尽然。偶然重读出身萨拉热窝的作家海蒙的作品，他因南斯拉夫内战流亡美国，后来用英文创作小说。在《无以为家的人》一书中，叙述者小时候和父亲出去看电影，放映到一半时，父亲起立高呼：“同志们，这些都是假的，是欺骗！”从此，父亲决心自己拍电影，片名就叫《真实》。

父亲从旧货店买来一台8毫米摄影机，然后编写剧本，讲一个乡村少年离家去大城市谋生。接下来是选角，他的儿子被指定扮演过去时态的老子。像多数“作者电影”一样，这部片子也有很强的自传色彩。老子要求儿子忠实再现自己当年背井离乡时的情景：村前的小路，少年肩扛木棍，挑起裹着衣物的包袱，向留下自己童年记忆的木屋挥手告别。

儿子演得十分投入，而且表现出一点演艺才华，以流出的眼泪为证。

拍摄甫毕，父亲兼导演突然想起草地上应该还有蝴蝶，于是决定重拍。这回蝴蝶有了，眼泪却没了。如此这般，反反复复，等儿子再次有了分泌伤感体液的征兆时，蝴蝶又被一窝马蜂代替。儿子抱头鼠窜，告别的挥手动作像节拍器，柔板一下变成急板。父亲追求的“真实”终于沦为矫情，电影拍摄也就此告吹。

海蒙的写作提出了一个问题：族裔身份和文化处境，是否足以构成恶俗和欺诈的托辞？

狼图腾

纽约有个特烦人的影评家，言必称斯皮尔伯格，好像斯皮尔伯格拍过的每一格胶片，都应该在索斯比拍出一幅凡·高画作的价钱。要依这厮，电影史上的头号经典非《E.T. 外星人》莫属。他说，该片探讨了人类如何通过“他者”获得道德上的启示和指引。另外一个影评家则反唇相讥，说外星人的叙事功能就像很多影片中帮助人类儿童完成道德觉醒的狗。这话我同意，狗具有太多我们欠缺的优良品质，大可胜任人类的德育教师。

除了狗，有些人的学习对象甚至转移到狼身上。狼是狗的祖先，却素有恶名。中国人怎么看待狼就不用说了，英国人霍布斯也有“homo homini lupus（人之于人无异于狼）”的名言。但在近年来的伦理法庭上，狼的辩护者多了起来。如马克·洛兰兹的《哲学家和狼》，就是眼下常被评论的一本书。

洛兰兹是个哲学教授，在欧美之间不断变换住处和职位，同时还写过不少面向非专业读者的哲学书。他杜撰过一个概念叫“vfame”，专指富家女帕里斯·希尔顿之流的变态人气——这种人出名只是因为他们有名，不是因为任何有益社会的贡献。他认为，这一现象背后，是启蒙主义文化式微导致的价值相对论。

在《哲学家和狼》一书中，洛兰兹却提出了一个跟启蒙思想极不合拍的反人类中心论。他还告诉我们，狼在西方古典语言中和光明一词同源，而阿波罗即光明之神，也是狼的保护神。

本书由一个生离死别的场面开始。几年前在普罗旺斯，洛兰兹豢养多年的公狼布雷宁到了癌症末期，他驾车把狼送到最后的安息地。11 年前，他在美国一家农场买回这只血统纯度达到 96%（法律允许的极限）的狼崽布雷宁。一到家，小家伙就开始大肆破坏，从此他们形影不离。每天一早，布雷宁会把洛兰兹叫醒，舔他的脸或是往他身上丢一只死鸟，下午则跟着主人去哲学系讲课，烦了就在教室里溜达，还偷过一个女生的午饭。

洛兰兹发现，狼没有人类那种线性的时间观念，布雷宁存在于循环往复的世界里，每个瞬间都是一次尼采所说的“永恒的回归”。从此，他不再把生活的意义定位在某个设定目标的实现，后者是人的生活态度—— 一切价值的依据只是利益，而世界则被视为一系列可供利用的资源。为了维护这种利用关系，人类建立起复杂的社会体系，我们管它叫“文明”。所谓人是知善恶的物种，但善恶本身只是功利判断，没有任何终极性。

这种“四条腿好，两条腿坏”的两分法或许不应推荐，但洛兰兹讲述的故事却具有一种超越的诗意。在专业圈内，作者以鼓吹“外在论”哲学观为人所知。他认为，人的意识是外在的，而不是内在于人本身。或许是源于此，他以第一人称讲述的这则狼的故事，更像是一次连绵不断的主体间性研究。

由此，我想起另一本关于狼的书——《野性变奏》，作者艾蕾娜·格里穆是一位移居美国的法裔钢琴家。和洛兰兹类似，她的自我定位也是人群中的异类。再就是，她也通过与狼的接触经历了一次人生顿悟。

若干年前，作者住在佛罗里达。一次夜间散步，她遇见一个陌生男人牵着一条大狗。仿佛有心灵感应一般，那头巨兽跑来向她示好。后来，她才知道那狗是狼和狗的混血种。从此，她开始研究狼的资料，并投身于狼的养护工作。本书采用畅销书常见的夹心饼干结构：一条线索转述各种有关狼的神话传说，另一条线索则是作者的自传。至于本书讲的究竟是狼还是人，个人的观感更倾向于后者。

普罗旺斯是狼布雷宁生命的终点，却是女人格里穆的人生起点。作为埃克斯（塞尚的老家）一个中产家庭的独生女，她自幼表现出强烈的神经质，孤僻，并有伤害自己身体的习惯。所幸，其钢琴方面的才华让她小小年纪就进了巴黎音乐学院。在学院里，她不甘忍受刻板的、按部就班的技术训练，却被一家公司看中，灌录了唱片。然后，她又不顾教授的反对，跑到莫斯科参加柴可夫斯基钢琴大赛。那年，她 14 岁。然后，就是退学和意外的成名。总之，运气永远站在她一边。

书中的关键部分写得心不在焉，只是罗列了一些关于狼的道听途说，完全没有洛兰兹那种身心投入式的体察。格里穆的这本书更像是一本明星自传，读者看到的总是她、她、她。至于外部世界，不过是布景而已。即便是莫斯科那段重要经历，她的描述也不如一般的新闻记者。

读这本书是因为我父母收藏有一张格里穆的唱片，封套上印着一个超级美女。如今的音乐明星相貌都不错，包括我们的郎朗。

我听过一次格里穆的现场演奏，在洛杉矶新落成的迪士尼音乐厅。那天，她弹的是舒曼的《a 小调钢琴协奏曲》，触键草率，机理含混，还有不该出现的错音。那次音乐会与她合作的指挥安德鲁·戴维斯，上世纪 70 年代末曾率多伦多交响乐团访华，并在中国掀起一股喇叭裤热潮。

也许是巧合，二十多年后的音乐会仍由勃拉姆斯的《海顿主题变奏曲》开始，只是，当年那个略显做作的年轻才子，已经变成一个胖老头。那是一次未完成的回归，因为我的时间是线性的，我不如狼酷。

替古人担忧

1453 年，奥斯曼土耳其攻陷拜占庭帝国最后的堡垒君士坦丁堡（后改名伊斯坦布尔）。随之而来的烧杀淫掠自是难免，作为世界奇迹之一的圣索菲亚大教堂也被改建成清真寺。那些逃亡的希腊人带着财产和家眷，纷纷涌入亚得里亚海北岸的威尼斯共和国。

威尼斯，这个当时控制着地中海贸易的城邦，到处装点着昔年十字军第四次东征时从拜占庭洗劫得来的战利品，包括圣马可大教堂正门上的四匹青铜骏马。而拜占庭那批丧失家园的流亡者，已再也顾不上清算这些陈年旧账了。

唇亡则齿寒，唯利是图的威尼斯人这次必须直接面对土耳其人的威胁。经过 16 年的战争（雅典卫城的帕提侬神庙便毁于这次战火），他们击溃了奥斯曼土耳其的海军，却丧失了扼控东地中海的要塞塞浦路斯，并于1479年被迫订立城下之盟。签署合约时，奥斯曼土耳其苏丹穆罕默德二世提出一个附加条件，要求威尼斯方面选派一位最好的画家去伊斯坦布尔为他画像。作为战略上的输家，后者欣然从命——宗教争端再重要，也比不上和新崛起的东方霸主做生意来得实在。

元老们把这项使命指派给詹蒂利·贝利尼，至于他在总督府未竟的装饰工作，则改由其弟乔瓦尼接任。在中国，这位弟弟要比哥哥出名，他曾调教出两个更为出名的徒弟：乔尔乔内和提香。也正是这一时期，也就是艺术史上常说的Cinquecento（1500的意大利文简写，指十五世纪），盛极而衰的威尼斯开始在文化上和佛罗伦萨分庭抗礼。也就是说，他们可以输出价值了。这也证明，一个国家的软、硬两种实力，并不总成正比。

到达伊斯坦布尔后，贝利尼不辱使命。他为苏丹绘制了一幅笔法工细的侧面写真，很有领袖像的感觉，于是颇得荣宠。同时，他还创作了一批深受伊斯兰细密画风格影响的作品。然而，穆罕默德二世苏丹晏驾之后，他的继任者却没有继承他对西方艺术的偏好，而是把贝利尼留下的画作送到集市上贱卖，后来又被识货的欧洲人陆续买走。那幅苏丹像历经辗转，最终落户于伦敦的国立美术馆。

根据宫闱秘闻，威尼斯画派的影响并未就此终止。一百年后，一位苏丹下密诏给四位细密画师，命他们为一部歌颂其丰功伟绩的书籍做装饰，其中包括一幅苏丹本人的画像。奉旨办差的画师分为两派：一派受到所谓“法兰克风”的影响，试图再现人类看到的世界，强调透视、光影效果和细节描绘；另一派则沿袭尊奉伊斯兰教义的波斯传统，认为艺术只能模拟安拉神眼中事物的形态，因而拒绝一切外来的“奇技淫巧”。

美学冲突很快激化成两条路线的殊死斗争——暴力往往是争论以特殊方式的延续。于是，“人本派”和“原教旨派”各有一名巨匠死于非命。

五百年后，这两起谋杀出现在一本名为《我的名字叫红》的土耳其小说里，该书作者帕慕克曾获2006年度诺贝尔文学奖。书中的故事似乎在向读者暗示：西方文明即使没有坚船利炮的殖民扩张，单靠其纯粹的美学力量，也能把其他文化折腾得鸡飞狗跳。

很多人都有这种感觉，包括我本人在内，虽说这种感觉本身不无可疑之处。所谓东方与西方的世界划分，不过是一种描述历史进程的权宜之计——它源于历史，也终将归于历史。

负责此案的大臣从波斯战场召回自己的外甥——他的名字叫黑——责命其即日缉获真凶。有迹象表明，凶手就在几名画师内部，他的作案动机只是不能容忍外来画风对传统细密画的侵蚀。黑的侦办手段，是从那些画作的笔法破绽中找出蛛丝马迹，因为笔法属于风格范畴，是艺术当中最为个人化的部分。

于是，悖论产生了。因为伊斯兰艺术传统的最高境界，正是对于个人风格的否定。历史上很多细密画大师往往弄瞎自己的眼睛，以避免扭曲安拉神创造的本真世界，并免于受到感官色相的干扰。或许，正是这个原因，最终导致这门艺术的衰落。

就这样，黑的办案过程变成一系列关于艺术本质，以及艺术家与造物主关系的哲学讨论。同时我们读到，16世纪末的土耳其，因东西两线同时用兵，导致国力衰竭，社会内部腐败丛生，不义盛行。这些描述让人联想到巴列维统治后期的伊朗，而这正是滋生原教旨主义的理想温床。所有这些，使得《红》具有不同于一般探案小说的百科全书气质。

作为小说，《红》属于历史探案一类。这种类型的小说，对学者型作家具有特殊的吸引力。他们通过故事帮助读者大众增长知识，比如历史掌故、旅游指南，以及常用的古典词汇。荷兰汉学家高罗佩（《中国古代房内考》的作者）的名作《狄仁杰探案传奇》就属于这个类型。正是这点实用功能，给小说这一濒死的文学样式注入了一线苟延残喘的生机。

就我个人的看法，意大利符号学家安贝托·艾柯的作品《玫瑰的名字》，代表了这一门类迄今为止的最高成就。穿行于帕慕克营造的伊斯坦布尔迷宫般的古巷，你会听到那部杰作的隐约回响。

中产阶级的情趣教练

当初，我和作家李冯是邻居。回想起来，还是他教会我使用“视窗”系统。一次他过来串门，带给我一本过期不算太久的《纽约人》杂志，这在当时算是稀罕物。那时候，朋友之间尚有通财之义。那期杂志里有厄普代克写的书评，里面谈到阿兰·德·博东的小说《爱情随笔》，那是我第一次听说这个年轻的英国作家。

那本书后来我从图书馆借过，属于夹叙夹议的一路：建筑师“我”搭机从巴黎回伦敦，那条航线虽短，但浪漫指数颇高，他对邻座的姑娘，一个平面设计师，渐生情愫。跟着是一段罗曼史，伴随一系列花式纷繁的欲望研究，直到所有激情被分析得精光。其间还穿插着一些戏剧性的场面，比如为情所苦的“我”自杀未遂，吞服过量维生素 C，口吐白沫。尾声是巴黎—伦敦旅程的再现，布局好像《哥德堡变奏曲》。

这本“现代双城记”中有性感的人物（年轻专业人员），也有性感的背景（西方大都市），非常适合译成汉语摆在三联书店的橱窗里。通俗文学中的情人都被娇惯坏了，一上新加坡到香港的飞机，顿时变得羞涩木讷起来。

德·博东是某类流行作家的典型，作风专业，产品质地优良，著作可以划归高等《心灵鸡汤》一类，如同现代公众的“风雅判官”（罗马诗人彼德罗尼乌斯以风仪辞令获此称号）。他的作品里没有昆德拉那种似是而非的形而上学，也没有村上春树式的力不从心的情调渴望。

作者审视人情世故的眼光更像记者、律师，甚至会计师，而不是诗人和心理学家。在他背后是一种以人算揣度天算的文化，好像命运的方程，可以用经济人的算计求解。这类作者满足了我们不少消遣的需要——并非所有阅读都为探求真知，就像不是所有的写作都出于作家名垂青史的野心一般。

后来，我在北京的一家出版公司做版权引进，偶然在书展上看到德·博东的《普鲁斯特怎样改变你的人生》。在这本赤裸裸的自助读物里，博东把普鲁斯特一家改写成励志样板——行医的老爸白手起家，悬壶济世，最后功成名就，被册封荣誉军团骑士。儿子马塞尔则像鲁迅那样，决心用笔改良社会公众的心灵健康。他的巨著《追忆似水年华》，自然被归纳为治愈心理伤痛的九步疗程。

当时鄙人高瞻远瞩，预言一个小资文化市场正在中国大地（起码是大城市）形成，而德·博东的“懒汉版普鲁斯特”，简直就是为此量身定做。于是向老板上报书目，可我的老板投身书业之前的资历，更多是在成衣销售领域，所以只知道余秋雨，没听说过普鲁斯特，结果贻误了商机。

顺便说明一下，这里没有褒贬余先生的意思，虽然我也不会成为他的读者。他的走红由市场供求所决定。既然我们的写作圈拿不出一个余光中，购书者自然转投余秋雨。

近年电视上有一位口音很重的女士讲解典籍，神态举止很像街道上的计生干部。赶上政治正确的好时代，我们多少受过一点文化相对主义的规训，可标准再怎么灵活浮动，听见有人把孔子的学说讲出东北二人转的味道，还是吓了我一跳。抛开那些白字和望文生义之处不提，我仍然觉得把蔡志忠创作的类似主题漫画改编成动画片，效果可能更好。

对于孔子的形象，我们这些门外汉还是有些特殊的想象和期待的，就当是一种文化势利眼吧。纽约的布鲁克林有座庵堂，洋尼姑们总在佛像前供奉可口可乐。每次经过那里，总有种古怪的感觉，挥之不去，虽说我也知道四大皆空的道理。

回到德·博东，就像很多成功人士那样，他也从事多种经营，包括电视制作。英国广播公司四频道播过他的专题《哲学的慰藉》，从古典希腊到尼采，一共六讲，很受公众欢迎。节目的标题借自中世纪哲人贝迪乌斯的狱中遗作。

贝迪乌斯原为东哥特王国的重臣，后被诬私通拜占庭皇帝查士丁尼，图谋不轨，被以叛逆论罪。在狱中，他每天想象自己与哲学女王对话，并形诸笔墨，以此化解赴死之前的恐惧。后者对他曾如是训诲："尔等凡夫俗子，何以一再奢求外在的幸福？幸福内在于你的身心。"

这个电视片，我只看完介绍苏格拉底的那部分（介绍伊壁鸠鲁的看过一半），作为一档普及型节目，内容很少越出老生常谈的范围。但有个片断很有意思：主持人德·博东在雅典的闹市拦下各色路人，用不同语言追问他们对于正义有何见解，活象“雅典牛虻”再世，除了眉目太过清秀。

六条腿的更好

有个年轻朋友，因为做模特，经常泡在京城的波希米亚圈子里。她爱讲一些熟人的声色犬马、恩怨情仇故事，当然，还有他们的艺术，言语间不时夹杂一些我这个北京人听不懂的北京话，什么“拧巴”、“得瑟”、“范儿”之类的。原来，在这座城市里，还有这样一群古怪物种潜行滋生。于是乎，时尚人物的八卦，因此也就有了如《伊索寓言》一般的韵味。

首先，想起了《伊索寓言》中有关蚱蜢和蚂蚁的故事：蚂蚁勤勉劳作，耐心积累，而蚱蜢则终日游荡，不务正业，结果冬天一到，连冻带饿蹬了腿。这则寓言不断被后人转述，包括 17 世纪的法国人拉·封丹。到了迪士尼的动画版电影里，则给蚱蜢安排了一个惭愧受教的光明结局。总之，人无远虑，必有近忧，我们不能不为自己的未来谋划投资，先积累，后消费。如有可能，还应适时吊销“蚱蜢们”的信用卡。

蚱蜢属于不可与之言冰的夏虫，相比而言，蚂蚁却拥有未来。工蚁一般存活 3 ~ 5 年，蚁后的寿命则超过 10 年。经过 1 亿多年进化，它们发展出严密的社会组织。我们的星球表面，分布着 1.4 万余种蚂蚁，总重量约等于全体人类的体重之和。于是，昆虫学家中专门分出一支来研究蚂蚁，也就不足为怪了。近年最出名的是德国昆虫学家赫尔多布勒，以及美国社会生物学家威尔逊。

1990 年，这对搭档合作出版了《蚂蚁》一书，并于次年获得普利策奖。尽管很多章节读起来十分晦涩，比如那些功能各异的腺体的术语名称，但该书的内容本身，却足以吸引非专业读者。

这些内容基于作者对蚁群社会行为的长期观察。比如，纺织蚁像蚕一样吐丝，通过个体之间微妙的交互协作，把大量树叶缝制成精密的巢穴。南美洲的一种蚂蚁，在地下构筑深达数米的隧道网络，里面还有空调系统。更神的是切叶蚁，它们早于人类上千万年便发展出了“农业”，把切碎的植物叶片鱼贯运回蚁穴，用作营养基，培育菌类作物。

有些蚁种甚至还会搞“畜牧业”。我从小就知道，蚂蚁经常保护蚜虫不受七星瓢虫的攻击，因为它们需要的糖分主要来自蚜虫粪便。而《蚂蚁》一书告诉我们，一些蚂蚁为了获得稳定的“甜食”供应，甚至会驯化蚜虫，不但圈养蚜虫，而且还会放牧蚜虫。

除少数专职与蚁后交配的雄蚁，蚁群的所有成员全是雌性。虽属母系社会，它们的协作精神却不总是用于和平目的。除捕猎其他动物外，同类间的战争也是家常便饭。旺盛的繁殖力孵育出强悍不畏死的炮灰，前赴后继死而后已。有些蚂蚁甚至在战斗中充当“自杀炸弹”，通过腺体分泌有毒粘液，冲入敌群，用专门的肌肉引爆自己的身体——这种蚂蚁有点像我们身体中负责对抗病毒的白血球。

对此，赫尔多布勒和威尔逊在新书《超机体：昆虫社会的美、优雅与奇异》中做出了解释。两位作者把研究对象由蚂蚁扩大到白蚁、马蜂和蜜蜂，借用美国昆虫学家维勒 1928 年提出的“超机体”概念，解释上述物种的社会组织。

在超机体中，每个昆虫个体的功能就像我们身体中的细胞，而工蚁、兵蚁、蚁后这些角色分工，则相当于人体的不同器官。在昆虫和人类社会之间妄加比附，可能显得不够严肃。至少在现代人群中，社会分工带有很大灵活性，很多人一生从事多种职业。以笔者为例，成年之后有过教师、门卫、职员、社会闲杂人员及翻译等诸多身份。士农工商，四居其三，还没算上无赖这一条。

人并未忘记自己仍是自然界的一部分，一再情不自禁地把自然现象拟人化，既要“套磁”，又放不下身段。所以，伊索的传统生生不息，迪士尼的产品也因此大卖。《超机体》中最有趣的部分，是对蜜蜂社会民主精神的描述：当蜂群扩大到特定程度，蜂后会带领大部分成员另辟天地，把家当留给继承后位的年轻雌蜂。

在择址另建新巢之前，会有一些蜜蜂充当斥候探路。四出的侦骑一旦返回集体，就用舞蹈动作卖力地推荐各自中意的地点。大家通过它们的动作，评价谁的信息更有说服力，表决之后，再蜂拥前往新的殖民地。

同人一样，昆虫当中也有操纵公意的现象。布鲁塞尔有个昆虫学家把机器蟑螂渗透到真的蟑螂群中，发出有害信息，将它们引到不利的地点安家，甚至“忽悠”它们赴汤蹈火。

几十年前，当博尔赫斯谈到弗洛伊德时说，人对心理学的热情，应该匀一部分给伦理学，这话精辟。同时依个人愚见，今天的伦理学，应该吸收基因、生态、历史、经济和动物行为研究。这样，在学究天人之际，才能找到生命现象的共同结构，作为人类行为的参考。

给文化减肥

1786年，莫扎特的歌剧《费加罗的婚礼》在维也纳首演时，当时的皇帝约瑟夫二世向作曲家诉苦："音符何其多也，爱卿！"在这座城市，每次走过舒伯特、勃拉姆斯或西玛诺夫斯基的旧居，你的脑海中自然会不断播放一些几成俗套的曲调，即使是在郊外，你也难逃那张无所不在的"旋律之网"。

在维也纳森林脚下的德布林区，我曾经意外地发现一条溪水，和不远处的多瑙河平行不到百米，便消失在一个村落深处。暮色渐深，林中杜鹃和夜莺似乎在做接班，鸟群的轮唱似曾耳闻。我忽然想起，贝多芬在《牧歌交响乐》中描绘的，不就是这个地方？果不其然。村尽头是一小片空地，两块交叉的路牌向路人指示，那就是贝多芬小道和英雄巷的会合处。由此向西，便是大师度过余生的地方。

如此优雅的所在，却处于一个直面东方威胁的历史地理坐标点上。19 世纪的奥地利名相梅特涅，就有过亚洲始于维也纳城下的夸张说法。

这座外观明艳的城市（莫扎特和茜茜公主是其形象大使），空气中永远带着一丝微甜，却又弥漫着文明前哨特有的紧张气氛，挥之不去。本地人时刻准备展示自己的教养，证明他们属于西方的正宗血脉。不止一次，我在街上用英语问路，对方会用法语答复。我怀疑他们会像《奥赛罗》中的苔丝狄蒙娜一样，被文明的丝绒被柔软地窒息。这地方出过弗洛伊德，看来并非偶然。

最近有机会重访那座城市，于是翻阅了几本有关的杂书，其中最有意思的是《维特根斯坦的维也纳》。我喜欢出游之前做些预习功课，只是这次仍下不了决心学习德语。所幸，两位作者雅尼思和图尔敏是英国人，对于我没有语言障碍。

本书指出，要想理解早期的维特根斯坦，必须摆脱逻辑实证主义的传统思路。作者引用当年维氏写给一位编辑的信为证："《逻辑哲学论文》一书包括两个部分：即已呈上的部分，以及笔者尚未动笔的部分。确切地说，第二部分才是要义之所在。"因为维特根斯坦所关切的，更多是在伦理方面，而不是纯粹的语言逻辑问题。

这些问题应该留给专治哲学的内行，对于我这样的门外汉，本书更有意思的部分是作者对世纪末维也纳的描述，以及它对维特根斯坦的人格和思想成长的作用。那是一座歌舞升平的梦幻都市，经过弗朗茨·约瑟夫皇帝的重建，1848 年革命的痕迹早已扫除殆尽——城墙拆除后的地基上筑成华厦林立的环城大道；佛拉芒复兴风格的市政厅，建立在昔年土耳其大军围城时的营地；《蓝色多瑙河》的流行，恰好掩饰了奥地利对普鲁士战败的屈辱。

这种气质一路延续至今。在这里，你不会像在柏林那样，看到苏军占领时的痕迹，一切伤痛都深埋于心，但又会像耶利内克笔下的女钢琴家那样不时发作一番。

19 世纪的重建耗资巨大，却没能解决多数市民的居住问题。居室狭小，加上取暖困难，很多人只好白天跑到咖啡馆消磨时间。结果歪打正着，刺激了公共空间的发展。没错，凡是小资文化盛行的城市，市民的居住条件大都相对局促。

即使对于维也纳人，咖啡馆也是异国情调的所在。咖啡毕竟来自土耳其，这就有了浪漫的精神性，而表现精神的理想做法，莫过于阅读。报纸副刊的地位，便由此重要起来。于是，出现了众多撰写文化散文的名家。他们点评的事件大多发生在舞台上，比如戏剧和音乐，并以舞台的尺度衡量日常生活，其中最出名的就是茨威格。

这种缺少现实感的文化，来自保守的政治体制，缺乏竞争的垄断经济，以及由此而来的言论管制。由于文化的市场化程度低下，文艺界人士只好想办法在国家项目中分一杯羹，而当国家财源日益枯竭，他们又要仰仗工商业寡头的保护和资助。

维特根斯坦的父亲是奥匈帝国的钢铁大王。这个精明的赌徒，靠各种灰色手段成为巨富，然后成了文化赞助人，著名的维也纳分离派之家就是由他出资建成的。而在音乐方面，勃拉姆斯、施特劳斯、勋贝格等大腕，都是他的座上宾。

1938年，奥地利与纳粹德国合并后，维特根斯坦一家因为其犹太背景受到清查。维特根斯坦家的艺术收藏有一部分在盖世太保的搜查中散失了，其中，仅音乐家手稿一项，就有一部巴赫的《康塔塔》、两首莫扎特的钢琴协奏曲、海顿的一部交响曲、贝多芬的一首晚期奏鸣曲、舒伯特的《鳟鱼》、勃拉姆斯的《海顿主题变奏曲》，以及瓦格纳的《女武神》草稿。

财富和文化教养并未让这个家庭免于灾难，维特根斯坦家的五兄弟当中，三个死于自杀。幸存的两个，包括独臂钢琴家保罗·维特根斯坦和哲学家路德维希·维特根斯坦，不过他俩也都有过自杀的打算。

养育维特根斯坦的，是一种言不及义的文化，精致但无用。后来，他的自我放逐，还有极简主义的写作风格，或许正是对这种文化的反动。

也是一种忏悔录

上一次被一本小说所震惊，已经是很多年前的事了。多数小说就像解剖台上的尸体，骨骼、脉管、脏器全都明摆着，看得人都麻木了。手上这本书《蝴蝶》的作者夏利埃尔，是上世纪20年代巴黎的一个黑社会分子。此人外号叫“蝴蝶”，因为在他胸前有一块蝶形刺青。于是，这个外号就成了书的标题。他不是职业作家，所以，写出的书也只能是部略带夸张的自传。

夏利埃尔17岁应征入伍，在海军服役两年，然后跑到巴黎，游荡在社会边缘，做些捞偏门的营生。1931年，他被指控在蒙马特区谋杀了一个拉皮条的。他坚称无罪，但在法庭上，公诉人安排线人做了伪证，加之辩护律师是个废物，夏利埃尔被判终生苦役，流放到南美洲的法属圭亚那。

在他横跨大西洋的航行开始之前，狱卒们的暴虐便已表露无遗，囚犯之间的争斗仇杀也是家常便饭。任何脑筋还算正常的人，肯定会想到逃跑。他们要去的，是世界上管理最为野蛮的流放地，越狱的成功率几乎为零。即便如此，还是有人以身试法，尤其是夏利埃尔。他不光打算逃亡，还想潜回巴黎报复构陷他的人。他的榜样是大仲马小说里的基督山伯爵——有些时候，文学还真能影响人生。

要想越狱，先得准备好一个计划。所谓“计划”，就是将一根细小的金属管，塞进一些卷好的纸币，然后插入直肠藏好，所幸当初X光机还没普及。到达圭亚那后，夏利埃尔的第一次越狱尝试是靠装病。被送进医院后，他和另外几个犯人联手，趁警卫松懈，劫持了一条帆船。当他们航行到哥伦比亚海岸时，正好进入赤道无风带，帆船寸步难行，结果被巡逻队发现，又被抓回岸上。

在哥伦比亚拘押期间，夏利埃尔再次逃跑。他跑到沿海一个印第安土著村落，靠潜水采珠为生的村民收留了他，还把一对十多岁的姐妹嫁给他。没过几个月，他又待不住了，非要赶回巴黎报仇，可没跑多远，便又被当地警察抓获送进监狱。此后，他几次尝试越狱，包括往警卫的咖啡里下蒙汗药，未遂，结果被移交回法属圭亚那当局。

作为惩罚，他被囚禁到一个与世隔绝的孤岛。在那里，他继续伙同其他犯人策划逃跑，但消息很快泄露给监狱当局。他杀了告密者，结果被单独关押在囚犯谈之色变的魔鬼岛。那里的狱卒尤其残暴，他们私设公堂，只要那里的“袋鼠法庭”判谁死罪，管教就会喊来一个犯人头目，帮忙把此人送上断头台，同时勒令一干人犯跪地山呼：La justice est faite

（正义伸张啦）！

在此地，夏利埃尔有过一次立功表现：一个当地小女孩在鲨鱼出没的海中遇险，被他冒险救出，为此受到嘉奖。但他依然贼性难改，继续纠集同伙谋划出逃。经历了一连串失败之后，他找到机会，从悬崖上跳入下面的海湾。之前，他预先准备了一袋椰子，靠着椰壳的浮力在海面上漂浮多日，最后在英属圭亚那登陆。几经辗转，到了委内瑞拉。又经过一段刑期，他就地归化成为那个国家的公民。

早在夏利埃尔之前，魔鬼岛上还关押过一个更出名的犯人。1894年，法国犹太裔军官德雷福斯被诬陷为德国间谍。定罪后，他在那里熬过了整整五年。这座监狱是法兰西第二帝国的产物，拿破仑三世誓言要把所有的流氓送去改造。有人问他派谁管理那些流氓，流氓皇帝说，就派一批更坏的流氓。

《蝴蝶》出版于1969年，在法国售出了上百万册，还被美国人改编成电影。于是，这位业余作者终于回到了巴黎。当时，一位部长对此痛心疾首，抱怨社会道德堕落到了超短裙和《蝴蝶》的水平。那是火热的60年代，西方文坛上尽是另类人物当红。

在法国这类自传作者当中，夏利埃尔绝对不是最牛的。在他之前的一百多年，有个面包师的儿子叫维多克。此人自幼就是问题儿童，偷家里钱，跟野鸡鬼混。大革命期间进过保皇军，算是反革命分子。在部队，他打架斗殴，挨过无数处分。离开军队后，又四处流窜。后来他靠坑蒙拐骗，打家劫舍，得到人生第一桶金。

他认识太多不三不四的女人，很快把钱挥霍一空，还为她们争风吃醋，跟人决斗。蹲了几个月监狱后，他又干起印伪钞的买卖。接着是二进宫，越狱，做海盗，再入狱，再越狱。如此几经反复，其间还跑到乡下教过书，很快因为勾引女学生被赶走，他过去的女人和同伙也上门敲诈勒索。无奈之下，他做了当局的线人，阴差阳错混入警界，而且很快成了便衣头子。

维多克是以恶制恶的典型，他的手下全是罪犯出身。然而在他的治下，法国的治安戏剧性地好转了。但他富有争议的办案方式，也使他树敌不少。七月王朝复辟后，他在政治上失宠，于是退出警界，开办了一家印刷厂，这家厂印行的第一本书就是他的自传。此外，他还是世界上最早的私人侦探，发明了弹道学和足迹印模技术。

晚年的维多克迷恋写作，但不成功。然而，他却以其他方式获得了文学上的不朽。在巴尔扎克笔下，他化身《人间喜剧》里的伏脱冷；在雨果的《悲惨世界》里，他的形象则分裂为冉阿让和沙威警长。

文学写作大概分三种：自己写别人，自己写自己，别人写自己。而境界最高的，当属最后一种。

时间深处的避难所

人是从不听劝的，所以文学阅读的功能最多也就是娱乐。再有别的说法，准是诗人或者小说家妖言惑众。

1898 年，有个不务正业的美国珠宝商罗伯森发表了一篇海难小说，讲 20 世纪将建成一艘豪华邮轮，叫“泰坦号”。在纽约到朴茨茅斯的处女航半途撞上了冰山。当初的设计者相信这条巨无霸永不会沉没，所以，船上没有设置足够的救生舢板，结果数千人葬身冰海。

14 年后的一个凌晨，一艘名叫“泰坦尼克”的超级邮轮以小说描述的方式沉没，除了航向相反。根据船东的档案，当时船上的阅览室中就有罗伯森的那本小说，书名叫《徒劳》。

罗伯森还写过一部小说，说某年 12 月，日本人偷袭夏威夷珍珠港，把美国拖入全面战争，后者动用腹部设有弹舱的巨型飞行器，向日本城市投放威力巨大的“烈日炸弹”。

挺神的，是吧。可该发生的事情，还是照发生不误。

这种小说应该划到科幻类吧，很多正宗文学人士嫌这个叙事类型十分“下里巴人”，其实问题的关键，是要看具体作品偏向于“科”还是“幻”。后者的服务对象是智力上的未成年人，没什么好说的。至于前者，则赋予很多伟大作品以不同的形式。

刚回北京时，曾经路过三联书店。那地方我不常去，里面尽是先锋影像、古典音乐、新左派、普罗旺斯这类从小资中来、到小资中去的商品。那天，看见里面在卖托马斯·品钦的《万有引力之虹》。这是一本十分科幻的作品，核心意象是导弹的抛物线弹道，像一道道死亡彩虹，隐喻着不可更改的历史轨迹。

我怀疑这样的大部头作品，究竟会有多少人真会去看。很多偶像级巨著——除《万有引力之虹》，还有戴夫·华莱士的《无穷搞笑》和罗贝托·波拉尼奥的《2666》——都像庙堂上峨冠博带的泥胎木偶。

1945年初，一个名叫库尔特·冯尼格的美军战俘被德国人送往德累斯顿，在当地一家生产维生素的工厂做工。他所在的部队不久之前在比利时被击溃，他本人也做了俘虏。很快，英国皇家空军开始发动空袭。冯尼格躲在地下肉类冷藏库中逃过一劫，而德累斯顿这座巴洛克古城，则被燃烧弹彻底摧毁，平民伤亡数以万计。

冯尼格战后回到美国，结了婚，在大学里进修过一阵人类学，同时给一家报纸的法制版当记者，后经其兄引介，在通用电气公司谋了份差事。但这位老兄志不在此，每天下班后他就猫在家里，写出一篇篇故事，记述他在德累斯顿噩梦般的经历。开始是本分的写实风格，几次退稿之后，他发现自己必须给故事包裹上怪诞的科幻糖衣，否则自己作品中的虚无情绪，不论对于编辑还是读者，都实在难以下咽——怎么能这样描写伟大的反法西斯战争呢？

直到1969年，他的二战小说《五号屠宰场》才问世。当时，美国正深陷越战泥沼，人们开始悟出春秋无义战的道理。

《五号屠宰场》中布置了不少后现代主义噱头，这里无法一一细表。故事中的男主角比利，像作者本人一样，在突出地带战役中被德军俘获，被囚禁在德累斯顿一座废弃的屠宰场。盟军空袭期间，他躲进地下冷藏库，成为少数幸存者之一。

在小说后边的章节里，比利被外星人劫持到他们的星球，圈养在动物园供游客观赏。外星人还弄来一个女性地球人，一个电影明星，和他配对。这些外星人生存在四维空间里，他们能看到自己生命中的每个瞬间，知道自己无力改变命运的轨迹，只能专注于生活中的一些片段。一个外星人说，他造访过37颗有人行星，只听见过地球人在谈论什么自由意志。

从此，比利在时间中不断穿行，不由自主，那些虚虚实实的人生经历，就像轮回转世。死亡的恐惧对他而言，就像登上不同舞台之前的怯场反应。和一般科幻小说不同，《五号屠宰场》里的时间旅行，更像一种无法控制的心理现象。这里没有威尔斯式的时间机器，当事人也不会跑到过去或未来去干预历史进程。但这本书具有当代科幻小说常有的一个特征，即强烈的宿命论倾向。

说到宿命，冯尼格有一个开五金店的曾祖父。1903 年，美国发生过一起剧场大火。当时逃命的人群拥堵在剧院出口，挤死了向内开启的门扇，造成 600 多人死亡。读到有关报道，老冯尼格设计了一个杠杆型机械，安装在屋门上。一旦发生意外，该装置可以通过屋内的推挤压力把门打开——这就是我们今天常见的太平门的前身。

60 多年后，库尔特·冯尼格在小说中给自己指出了另一条逃脱之路：逃到外星，逃到时间的纵深之处。

作家在行动

1941 年的一天，几个英国特工撬锁潜入纽约洛克菲勒中心的日本领事馆，他们的目标是日本人的密码本。参与行动的成员之一，是英国前海军情报员伊恩·弗莱明，此人后来成了著名的间谍小说家。这段经历后来出现在他的 007 系列小说《皇家赌场》中，出于文学夸张的需要，小说的主角 007 开枪把一个日本人给杀了。

当时，英国人穷于应付德国的猛烈攻势，急需把保持中立的美国拖进战争。为达成此目的，他们必须扭转美国朝野的孤立主义情绪。首相丘吉尔想出一个歪招，他召集了一帮不像间谍的间谍。这些人大多是帅哥，给人的印象是吊儿郎当。丘吉尔的打算，是利用这些年轻人的魅力，让他们混迹于华盛顿的上层社会，进而影响美国的决策和舆论。那些人中除了弗莱明，日后出了大名的还有以赛亚·柏林和罗纳德·达尔。

一般人知道罗纳德·达尔多是因为他创作的儿童文学，尤其是《查理和巧克力工厂》，很多人即使没看过原书，也一定看过约翰尼·德普主演的同名电影。早年，我在《外国文艺》上见过他写的小说，一直把他当成是喜欢逗逗小孩的老阿伯。

最近，达尔成了美国作家珍妮特·寇南特的新书《非正式人员》的主角。由此我们知道，他刚出道时做过战斗机驾驶员，被派往美国之前，已经在北非和希腊战场击落过几架德军轰炸机，后来因伤回到后方。他的这番经历，跟写过《小王子》的法国人圣埃克絮佩里（也是飞行员）有一拼。

达尔的正式身份，是英国驻美使馆的助理空军武官。他在华盛顿的主要任务，是在各种社交场合偷听美国大人物的谈话。另外，他很好赌，还在牌桌上把平生第一笔稿费输得精光。

这种做派，加上仪表出众，谈吐机智，达尔的身边自然少不了女人，其中之一就是女参议员鲁斯。除了身为政要，鲁斯的丈夫还是《时代周刊》的老板。这种人物的枕边风，情报价值自然很高。另外对他青眼有加的，还有第一夫人埃莉诺·罗斯福。总统夫人很喜欢他写的儿童故事，还曾邀请他去白宫。

自然，总统本人具有明察秋毫的识人之能。他找了个机会，旁敲侧击地提醒达尔，意思是说，小伙子，别以为我老头子不知道你是干吗来的。达尔在美国的主要成果，是结交了一些影响公众舆论的新闻界人物，包括马什和李普曼，这是于公。于私，是他把早期创作的空战小说卖给了迪士尼公司。

英国作家服务于秘密部门的传统，始于16世纪都铎王朝的克里斯多夫·马洛。只是到了达尔这拨人时，“老大帝国”已是江河日下了。至于他的同袍弗莱明，也只能向壁虚构一个超级特工007——这是一个英国版超人，也是一个失去了帝国的帝国主义者。

还有一本讲英国作家的书很有意思。作者利波多夫的正职是律师，但他的书却一向很畅销。他的新书《同一个人》，融入了他多年来研究伊夫林·沃的心得，出版时刚好赶上沃的小说《故地重游》拍成电影。电影是1981年版英国同名电视剧（国内译作《故园风雨后》）的重拍版，效果没法跟旧版相提并论，但媒体上话题不少，利波多夫的书也由此沾了光。

伊夫林·沃比弗莱明和达尔那拨作家要年长半代，是西方现代文学史上的大人物，不止一本书成了经典。这个人从小欺负同学，长大了又是个“思想反动”的势利眼，也确实，一个人从小生长在等级森严的社会里，想不势利都难。这个中产阶级子弟（老爸是出版商）总想混入上流社会。于是，他费尽心机娶了个名门闺秀，却对妻子不忠；他曾想投海自杀，又被水里的海蜇吓回岸上。他随后皈依了天主教——毕竟，天国里没有公爵和平民的划分。

不同于今天的势利小人，沃的攀龙附凤，很大程度上是审美需要。而且，他不是孬种。二战期间，他也没在后方闲着，他的作战表现勇敢到近乎鲁莽。后来，他得到了梦想的一切——财富、名声、地位、体面的婚姻。然而，他知道，这些都是镜花水月。在《故地重游》一书里，中产阶级子弟赖德目睹牛津时代贵族同窗的家族日渐败落，那种悲凉之雾遍布华林的气氛，全是作者的有感而发。

《同一个人》并不是伊夫林·沃的个人传记，这本书还有一个传主——沃的同龄人乔治·奥威尔，一个人格上和沃完全相反的作家。奥威尔是一个社会主义者，同样深谙保守社会的等级差异，但他却要跟这种秩序作对。然而，他的自我改造并不成功。一次，他跟一个工人套近乎，结果对方一听他的伊顿口音，立刻叫他“大人”。

奥威尔也上过战场，在西班牙内战期间，他被佛朗哥军队的狙击手打穿了脖子——仅差毫厘，否则我们就看不到《动物庄园》和《一九八四》了。他从小在寄宿学校受人欺负，对强权恨入骨髓。他批判斯大林式集权政治的文集，行文之尖锐，就连 T. S. 艾略特这样的编辑都不敢发稿。

作家汤姆·沃尔夫有个说法：从小欺负人的，长大变成保守派；从小被欺负的，大多成为自由派。好像有理。

利波多夫把沃和奥威尔比喻为同一个人，因为他们是同一个社会、同一个时代的一体两面。而且，政治立场的对立，并不妨碍他们在文学上惺惺相惜。这种品质在如今的作家当中，已经非常罕见了。

第三编

天堂的滋味，只要一文钱

失忆的城市

几天前，被一个朋友叫去后海吃午饭。我对北京的路况信心不足，于是早早出发，到了烟袋斜街路口一看表，比约定时间整整提前了一个钟头。我决定去附近的小胡同转转，把这一小时打发掉。

先溜达到鼓楼。这座始建于元朝的重檐楼阁建筑，曾经在北京的天际线上占有支配性地位，如今深陷于高层塔楼合围的“人造盆地”，好像那四面楚歌的霸王。

售票处门口有个三轮车夫招手拉生意，说要当我的导游。听口音，那位师傅应该是河北蓟县一带的人。我逗他说，还是您坐后边，我蹬车拉您兜一圈吧。70年代，我常去那边找我表哥玩，玩得晚了，就住他们那儿。较之来此谋生的移民，我这个“遗民”对周边街区的砖石草木，有着更加完整的记忆。

勒·科比西耶设想中的巴黎 La Défense 办公楼区模型

在进步主义者眼里，很多类似的城区代表了死去的北京，没落、腐朽、不求上进，除非开发成游乐项目，作为隐藏于这个城市机体内部的“他者”，被现代化乌托邦的居民玩味。

如今，他们不用再抱怨什么：这里的曲折街巷在为汽车道让路，不符合现代化舒适标准的破败院落，正被体量巨大的水泥“多米诺骨牌”排挤成互不关联的孤岛，就像中世纪西方城市的犹太区。那些楼盘被冠名为现代城、后现代城（那座楼的设计一点儿也不“后现代”），露骨地宣示着达尔文主义的价值观。

借用一位建筑开发商的话说，这是一个伟大的建筑时代。

这更是一个伟大的拆毁时代。就像当年勒·科比西耶谈到纽约时所说的，一个社会在纽约形成，它的目的是拆毁曼哈顿。那里的摩天楼群，僵化了有机的社会生活，把行人变成匍匐于高塔脚下的甲虫。街区的景观拥堵、晦暗而令人绝望，只有顶层的巨头们享受到心旷神怡的远景，为此，他们乐于支付巨额费用。自然，更不用说摩天楼天然具有的广告效用了。

不过，这位国际风格建筑的奠基人，对城市规划却有着更为激进的想法。在他看来，当工业领域已经实现流水线生产，任何不规则的城市布局都是落后于时代的表现。为了避免一触即发的工人革命，就应该把城市重新纳入规则的布局，为产业劳动者提供合理的居住和交通条件。

于是，在上世纪二三十年代，勒·科比西耶像他的前辈——那个第二帝国时期重建巴黎的圣热尔曼男爵那样，按照新的时代精神，描绘规划巴黎的蓝图。就像很多当时的知识分子，他相信技术本身可以改良社会。

他的设想是，拆毁塞纳河右岸大部分的原有建筑，代之以预制件构成的单元楼房；每栋建筑由承重立柱托离地面，以保持更大的绿地面积；建筑内部设有升降机构成的“垂直街道”，建筑之间由桥式走廊连接，社区之间则建有几何型布局的交通网络。

再就是商业中心，那是一些高层楼群，被设计师本人称为“笛卡儿摩天楼”，楼顶铺设一层用于防备空袭的装甲。所幸，他的观念没能变成现实，因为说到最后，人不是流水线上的产品。

就像当年的西方人，今天，我们潜意识里的口号也是“要绝对的现代化”，只是，我们缺少他们那种人道关怀。结果，北京正在变成一座遗忘之城。

这里，往昔的遗迹纷纷隐退，只有一些昔日的地名还在提示我们这座城市曾经的面貌。我们可以据此猜测，哪里有过商贩云集的集市，哪里是囤集运自南方的盐铁粮米和陶瓷的货仓。多用点儿想象力，说不定还能复原出一幅京版《清明上河图》。如今，那些漕运终点的水道，早被封固成沥青马路。

上世纪初的一帮未来主义者，在威尼斯宣布和这个腐朽的城市决裂。他们要烧光平底船，把运河填平，改造成车道；他们要把古老城市从颓废的世纪末氛围中解放出来，而解放的手段，则包括破坏性的改造，甚至战争；他们呼唤一座工业化、军事化，能够统治整个亚得里亚海的新城市，它的天空装饰着工厂冒出的滚滚黑烟。

上述号召，是诗人马里涅蒂 1910 年在凤凰歌剧院的一次讲演中提出的。威尼斯的市民被他给吓坏了，纷纷抗议。那些极端的想法，就连墨索里尼这样的狂人都不敢付诸实践——墨索里尼也不过在威尼斯兴建了一座电影宫而已，直到今天，那里还在举办一年一度的威尼斯国际电影节。

盛行于西方的激进思想有其特殊历史背景，建筑可以规约人的行为，这个信念流行至今。还是在维多利亚时代，写过《简・爱》的小说家夏洛蒂・勃朗特两次跑到水晶宫，参观首届万国博览会。她说，那座宏大的玻璃建筑让她感受到一种“看不见的影响力”。

后来的很多人都想用这种影响力规划人的生活。上世纪 50 年代，建筑师山崎实（即纽约世贸中心的设计者）受勒・科比西耶思想的影响，在美国的圣路易市搞过一个居民点，结果，楼房之间的空中走廊为不法之徒提供了不少作案便利，市政当局只好把那些水泥怪物炸掉了事。

酿制群星

近年还在看的中文报刊，只剩两三家，全是经济类。所为无他，就是冲着作者们就事论事的好习惯。我不需要别人告诉我哪里有一条“亮丽的风景线”，或是谁又备了一桌“视觉盛宴”。写作态度不端导致败坏的用语习惯，其中之一，就是舍词汇而取辞藻。

再一个让我不堪下咽的流行语，就是所谓“原汁原味”，好像作者们的电脑全都摆在酱肉作坊里。这个说法的应用范围其实有限，所昭示的，也只是一些人对待外来生活方式的原教旨主义态度。他们不断训诫：宜家在欧美是大陆货品牌，麦当劳则更是垃圾食品。国人对于这等廉价货趋之若鹜，他们便有义务狠狠蔑视几眼。顺便提一句，我对麦当劳的唯一不满，是包装上的浪费，包括托盘里那张用过即弃的垫纸。

商品的廉价与昂贵，跟特定社会的一般购买力关联较多，而跟文化——更不用说道德品位——关联较少。我相信，世界上的任何语言中，昂贵和高贵都不会是同义词。至于说文化，如生活方式，在传播中一路变异，本属题中之义，不值得一惊一乍。据说，茶叶刚传到英国时，当地人把它放在鸡汤里煮沸，倒掉汤汁后再食用锅底的残渣，既没原汁，更没原味——小资媒体上津津乐道的英式午茶就是由此演化而来的。

关于昂贵的生活，老外有个说法叫做“香槟加鱼子酱”。鱼子酱来自东方，香槟酒更是几经辗转，才有了后来的身价。说到酒中发泡，更是意外的结果，换句时髦话叫“黑天鹅”。

追本溯源，“香槟”指的其实不是酒，而是法国东北部的一个地方。该地区的名胜包括兰斯城的圣母院大教堂，自克洛维斯起，历代法王均在此加冕。

在香槟地区，种植葡萄的历史可远溯至罗马人统治高卢时期，可这里酿出的酒却一直不怎么样，只能供农家自己佐餐，或是赶集时换两个小钱补贴家计。中世纪时，诸多封建势力在该地区交集。这里的土地曾被划归很多不同的领主，如勃艮第公爵、德意志神圣罗马帝国皇帝，还有难以计数的中小贵族，而且彼此纷争不断，经常大打出手，只好由教会出面调停。最后教会规定：宗教节日和星期日禁止械斗。

根据一些资料，这项禁令后来歪打正着，成为周末休息制度的起源之一。不知此说是否属实，姑妄听之吧。

虽有戒令，可贵族领主之间的争斗并未就此息止。叫人们安息日不干活可以，不打架就太难了。直到11世纪，本地一个葡萄园主的儿子当选为罗马教宗，他就是后来大大有名的乌尔班二世。乌尔班二世在位时积极推广家乡的葡萄酒生产，颇有做“托儿”之嫌，不知是出于故土之思，还是家族经济利益的考虑，抑或兼而有之。这位教宗更为出名的举动，是发动了首次十字军东征。顺便说一句，十字军关涉到一段——确切地说是几段——极为复杂的历史，远非史书中宣传的侵略与反侵略战争那样黑白分明。

对于教皇敕令，香槟人的反应尤其积极，后果之一是该地区出现了前所未有的内部团结局面；其次，制造群体事件的适龄男子上了前线，留下的妇女儿童和老人可以在平静的环境中致力于生产建设。在地理上，香槟地处欧洲纵横两条商道的交汇点，上抵北海，下达地中海，东西则联系起日耳曼及法兰克两大族群。结果，这里很快发展成一个热闹的物资集散中心。来自四面八方的人汇聚于此，交易产自尼德兰的蕾丝花边和挂毯、意大利的皮革和首饰、西班牙的刀剑、俄罗斯的皮毛，以及本地的羊毛。

当年，香槟的主要物产不是酒，是羊毛。这里出产的葡萄酒产量有限，甚至不敷本地需要，还要从勃艮第购进，尽管运输成本不低，情况直到 13 世纪才有改观。当时的羊毛商人想出一个促销手段，为吸引买主，他们在货物边上摆上免费的葡萄酒。此举成功得一塌糊涂，不但羊毛销量大增，就连一向无人问津的本地葡萄酒也有人订货。而且，葡萄酒这个配角的地位，很快超越了羊毛这一主打产品。如今，还有多少人知道香槟曾是出产羊毛的地方？

上面说的仍然不是今天所谓的香槟酒，尤其不是带气泡的那种，这是一种粗酒，廉价是其主要优势。剩下的故事和教会有关，十字军时代

贝西尼昂长老像

在香槟地区造成的影响之一，是很多贵族在远征巴勒斯坦之前立下遗嘱，声明万一不能生还，他们愿将包括葡萄园在内的财产捐献给教会，以赎生前的罪——很多这类遗嘱后来确实得到了执行，这就是教士阶级改良葡萄酒酿造工艺的缘起。

很多人喝过一种名为“贝西尼昂长老”的香槟红葡萄酒，这个名字来自17世纪的一个本笃会修士。该修士刚好和法王路易十四同年生，同年死。除了生卒年的吻合，以及葡萄酒这一共同爱好，此二人一个终生苦修，一个穷奢极欲，属于完全相反的类型。

贝西尼昂长老后半生担任香槟地区一座修道院的窖头僧，致力于酿酒技术的改进。然而，一些野史把香槟汽酒的发明归功于他，却引起不少异议，理由是他毕生的努力方向，正是去除酒中的气泡。

葡萄酒的发泡现象，源于酒中残留糖分的二次发酵。这在当初是个大麻烦：一旦有酒瓶因内压过高而爆裂，往往会在垛存葡萄酒的酒窖中引发连锁反应，轻一点的也会造成瓶塞迸飞。为此，贝西尼昂长老想出了一个在瓶口缠绕铁丝的办法，就为防止发生后一种情况。

他的另一项贡献是推广有机酿造，拒绝在葡萄酒中使用任何添加素。至于装瓶前通过添加酵素和糖分人为制造气泡的香槟酒，则要等到 19 世纪才出现。

不论史实如何，有关香槟酒的种种故事还是让我兴奋，尤其是其间种种历史的机缘巧合。有个传说讲到，贝西尼昂长老本人第一次喝到带气泡的白葡萄酒时，这位修士狂喜之中招呼众人："快过来，我在喝星星！"

我记起小时候第一次喝"北冰洋"汽水的感觉，与之极为相似。

唐人街大巴的故事

在纽约当翻译的那些日子，常带客人去周边城市办事。他们有的要办绿卡，有些是自己的餐馆或是杂货店被罚款，需要有人帮着说话。客人大多不富裕，于是，我建议他们去唐人街，搭乘中国移民经营的长途汽车，华埠居民俗称“唐人大巴”。

大巴总站设在东百老汇大街，头顶上是曼哈顿桥（就是跟布鲁克林桥平行的那座蓝色索桥），每隔不到一分钟，就会有一列地铁列车隆隆驶过。假如这时你正用手机通话，对方多半会以为唐人街正遭遇轰炸。桥下有一家海鲜餐馆，据说不少偷渡的人蛇到了纽约，都选在那里跟家人汇合。

那是我平生见过最脏的街道，至于怎么个脏法，这里不便多做自然主义描述，反正和小资们理想中的纽约相去甚远。

由此向东有个路口，当街立着一尊全副冠带的林则徐铜像。这位大清国两广总督兼道光皇帝的钦差大臣，是中国人抵抗外来势力的民族主义代表。而在纽约，华人们自己成了外来分子，于是，偶像的身份被改造得极其暧昧——花岗岩底座上用中英两种文字铭刻着："林则徐将军，国际反毒品先驱"。

唐人大巴最大的好处是便宜：10 块钱到波士顿，华盛顿双程 35 块，到费城的往返票价最低到过 7 块钱，略贵于一包万宝路香烟的价钱。以这样的价格，该公司受到各界、各族裔人民的广泛欢迎，也属必然。

2002 年我第一次坐他们的车去波士顿，车上只有一个外族乘客。那是个专为华人打官司的穷律师，一个心肠不错的犹太老头，名字也叫大卫，喜欢吃烤鸭，喝五粮液。

逐渐地，搭唐人大巴的"老番"多了起来。每回一出荷兰隧道，乘客们纷纷打开报纸。一片《侨报》、《星岛日报》当中，也会点缀几份《纽约邮报》——这是传媒大王默多克旗下的一家小报，俗气而热销，压得同样俗气的《每日新闻》几无容身之地。再后来，车上开始有穿戴得干干净净的白领读《纽约时报》和《华尔街日报》。

2004 年初春，我最后一次坐唐人大巴，从里士满回纽约。路上，邻座的小伙子在读马丁·艾密斯的《黄狗》。艾密斯的小说未见得高明，却也属于偏"酷"的一类，在中国得划到后现代派，不是受过点教育、文化上有点追求的人不会去碰的。

这里，我们看到一条上升的曲线。那些乘客的成分，用某些人士的话说就是在不断地"上档次"。而这，自然要触犯一些人的利益。市警署不断传出话来，说要取缔华人的汽车公司。这当然是有人想让官府出面，把对手扼杀在摇篮中。至于借口，无非是恶意竞争，车况不符合安全标准，员工待遇有违人道，等等。

提出这些指控的，自然是本地人开的大公司。他们拥有市场上的垄断地位，家大业大，雇员福利好，经营成本高，不但要算经济账，而且要算政治账。一算政治账，经济上就要付成本。当然，政治的终极目的也是经济利益，只是，通过政治手段追求的利益，大多都未必正当。正当的利益应该来自公平竞争，以及自由准入的市场。这是常识，本不必多说。

大公司的车我没少搭，尤其是“灰狗”巴士。大公司的规模大，线路四通八达，带我走遍大半个美国，可我在他们的车上丢过行李。他们那些体重超标的司机，开不出多远就要停下来喝咖啡，还会在用餐时间，把乘客放在烂得不能再烂的速食店门前。至于那些店为什么不是麦当劳或汉堡王，要问他们自己。

他们的卫生也不比华人搞得更好。至于说到安全，一次，他们的汽车在西部沙漠里抛锚，那是7月底的一个下午，3点钟，艳阳高照，差点把我晒成人干。此外，80年代的一些优惠服务也取消了。就这样，他们还有脸亏损。所以，不管是哪国人，只要不是顽固坚持狭隘民族主义立场的红脖子老粗，只要线路对头，都会选择乘坐唐人大巴。

华人的车队是小本经营，斤斤计较，锱铢积累，这样的小生产无时无刻不在自发地产生着资本主义。反观西方人，跟现代社会主义运动殊死搏斗了一个多世纪之后，发现自己正在为维护他们的社会主义传统而奋斗。

于是，纽约市政府就要将唐人大巴这棵“资本主义毒草”连根拔起。千钧一发之际，《纽约时报》的一位据说来自北京的年轻记者，为此写了一篇精彩的报道，在纽约市民中引起热烈反响。文章讲了车队老板白手创业的故事，还为车队为人诟病的安全问题做了辩护。

从这件事可以看出两点：一、很多来自第三世界的新移民，代表了美国人正在失去的美国精神；二、占领舆论阵地，是一项何等重要的工作。

唐人街上有一种我这个北京人陌生的中国文化，去那里搭车，先要弄清楚路线的终点。费城、华府这些好说，但“波地亩”和“满地可”是哪里，就要费些周章了，各位何妨一猜?

真实的谎言

“海龟”跟江东父老介绍自己在外面如何如何，就像有人喜欢跟外国人说自己在本国如何如何。虚荣还是真实，当事人冷暖自知。

晚清时有个书生叫丁敦龄，因为当过长毛，不远万里流亡到法国。也是机缘巧合，他成了葛蒂叶的座上宾。葛氏是法国大诗人，尤长于咏物，波德莱尔的诗集《恶之花》便是题献给他的。雨果曾说此人一出，“不可描述”一词便要从字典中删除。

自大革命到巴黎公社，法国人在风口浪尖上混了近百年。几次革命闹下来，葛蒂叶的那点家产几乎告罄，只好鼓励两个女儿自食其力。要做到这点得有点技能，于是，葛蒂叶便请人教女儿汉语和日语——这两种语言在当时非常冷门。

葛家二小姐是个奇才，中文没学两天，便和那位说不上几句法语，

亨利·罗素的《火烈鸟》，1907

但以诗人自居的丁先生合译了一本中国诗选。此事被钱锺书讥为“颜厚逾甲，胆大过身”。然而，中国诗歌第一次被系统地介绍到西方，就是这么个情形。

那部诗选叫做《玉经》，此书后来转译成其他语言，包括德语。马勒的《大地之歌》有两段合唱，歌词就出自其中。至于诗的原文，专家们一直都在努力勘定。作曲家一定未曾料到，他的部分灵感竟来自一个卑琐之徒。看来，无赖在参与历史的创造中起的也不都是负作用。

文人艺术家的话，只好姑妄听之。马尔罗自称 1931 年跑到广州参加革命，可英国警方的档案证明他被控走私文物，当时正在香港蹲班房。但是，不可否认，他凭借勇敢的想象，写出了描述省港大罢工的经典小说《人的状况》。

还有一个法国人，画家亨利·卢梭，出身行伍，老说自己曾被派到墨西哥打仗，其实一辈子也没迈出国门一步，小偷小摸的事儿倒是干过不少。他笔下的热带丛林，乃是巴黎植物园暖房的写生加再创造，包括画中的动物。那里曾经有个动物园，里尔克那首著名的《豹》，就是在那儿得到的灵感。

卢梭死后，阿波利奈尔在他的墓碑上题诗一首：

请让我们的行囊免税通过，
我们将带给你笔、颜料和画布，
让你在真相的光辉下度过神圣的闲暇。

这里说的是些没有“硬权力”的知识分子。后来，马尔罗作为政治人物，借毛泽东的礼遇自我炒作，并涉嫌为戴高乐的自传捉刀，则是另一个性质的问题。

说起洛伦佐·达·庞蒂这个名字，知道的人大概不多。这个威尼斯犹太人1749年出生，14岁皈依天主教，后来还做了长老，但因生活作风问题被逐出教会。后来，他靠着文学天赋和音乐知识，翻过阿尔匹斯山去奥地利当了“北漂”。

在维也纳，他写起了歌剧脚本，先是投奔同胞——那个一度吃得很开，但被谣传害过莫扎特的萨利埃里，后来又遇到莫扎特本人。他为后者写过三个脚本，《女人心》、《唐璜》和《费加罗的婚礼》，全都成了不朽之作。但他此后运途多舛，由于莫扎特早逝，他只好带着一封皇家推荐信去了巴黎，可那里的革命形势正如火如荼。于是，他转道伦敦另投门路，又遇上牢狱之灾，只好飘洋过海移民新大陆。

达·庞蒂在纽约度过他 90 年不平凡生涯的后 30 年，开过小卖部，教过意大利语，还写了回忆录。记忆是他唯一的财产，也是拉赞助时必需的形象品牌。他主要写两个人，两个名人。除了莫扎特，另一个是卡萨诺瓦，欧洲历史上最出名的系列诱奸犯。据说莫扎特写作《唐璜》时，还向这位花花公子请教过偷香窃玉的心得。

最让达·庞蒂津津乐道的，是他在歌剧上对莫扎特的帮助。除了剧情设计，还要排除来自帝国行政部门的干扰。《费加罗的婚礼》彩排期间，约瑟夫二世下令禁止歌剧中出现芭蕾，于是戏里开天窗，出现一段没有音乐的默剧，最后达·庞蒂疏通了层层关节，作品才得以以完整的形式首演。

熟悉歌剧的读者对此大多一笑置之，权当一则八卦故事。1986 年拍摄的莫扎特传记片《上帝的宠儿》，再次复述了这段情节，把不谙世故的艺术天才置于卡夫卡式的权力城堡面前。本片为导演福尔曼再次赢得奥斯卡奖，只是片中并没有达·庞蒂的位置。

但时过境迁，最近此人突然成了文化圈的新卖点。在这背后，种种“社会能量”究竟是如何流通如何增值的，我不知道。比如，莫扎特 250 年诞辰之际，维也纳举办了一个达·庞蒂的生平展，叫《莫扎特的诗人》。

如今，飞往纽约肯尼迪机场的班机，着陆前刚好掠过达·庞蒂衣冠冢所在的骷髅地公墓——悲哉，这个一生不得安静的人，亡灵还要忍受飞机噪音的折磨。

大象，大象

美国内地有家动物园，象舍背靠高速公路，一头自幼失怙的大象，整天盯着过往车辆混日子。它心仪那些雄壮的货柜车，从不答理同类，一面徒劳地挥舞长鼻子，一面模仿着汽笛声，招呼那些呼啸而过的载重汽车。在它的意识里，自己一定属于那个钢铁的“想象团体”，成员都是十八个轮子的庞然大物。

学过心理学的人士或许能发现，不少专业术语在这儿都能用上，虽说那些名词都是通过人类现象总结出来的。

我小时候有个同学，就爱在马路边上看游行队伍，跟着那些穿绿制服的人一起高呼口号。我认为，他和那头大象属于同一个性格类型，比如，他们的自我意识都很容易被喧嚣的群体场面淹没。只是，对大象而言，卡车鸣笛更像是一种外语，做到这一点，还要多一层自我强迫。一念及此，下面这行大逆不道的字便掠过脑际——人之异于象者，几希！

1973 年，斯里兰卡把一头幼象作为国礼送给中国，当时人们还是头一次见到那么小的象。交赠仪式选在首都体育馆，一个涂了红脸蛋的少先队员，用英语向来访的该国女总理致谢。大家发现，在大庭广众之下说外国话感觉很牛，于是导致了中国的第一波外语学习热。

后来，又看过一个斯里兰卡电影，里面讲到一头幼象，成年后找到猎杀它母亲的种植园主，用计把他诱入丛林处死。那个人受过英国教育，和一个漂亮的英国有夫之妇偷情，作为一个自我想象中的英国人，他忘记了祖先的信仰。

在印度的《吠陀经》中，象头神迦内什（大神湿婆的儿子）则代表着智慧。

公元前 55 年，罗马共和国执政官庞培在大竞技场组织过一场人和象群之间的搏杀。所谓“面包加斗兽”式的御民之术，就是罗马诗人从那件事里总结出来的。大约 100 年后，博物学家老普林尼在《自然史》中对这一事件做过一番详述：

> 20 头大象被驱入沙场，面对一群装备投枪的角斗士。那些从事血腥职业的奴隶，事先经过专门演练。他们使用投掷兵器，无须和力大体重的巨兽近身肉搏。战斗甫一开始，前面的头象便被刺中前肢的腕关节，倒地之前，它用鼻子卷起一个对手，奋力抛向空中。紧接着，又一头象被直接命中右眼，当即死亡。剩下的 18 头象自知在劫难逃，于是停止战斗，向在场的人群齐声哀鸣。

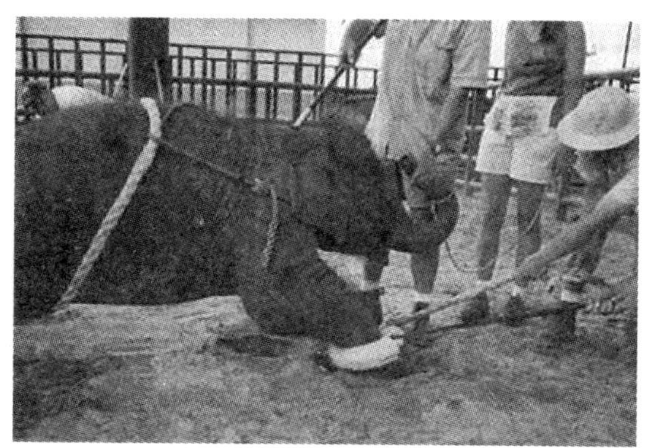

铃铃兄弟马戏团在训练中虐待幼象

它们的表现博得了观众的一致同情。以残暴著称的罗马人，这次居然有了同情心，他们愤然起立，齐声谴责他们的领袖庞培。

普林尼的记载或有道听途说之嫌。所幸，那场斗兽表演的目击者并不都是文盲，他们中的一位正是雄辩家西塞罗，而且对这一事件也曾有所议论。西塞罗的观感是：人象之间完全可以进行感情沟通。

当然，少数知行分离的智者改变不了一个社会的野蛮风俗，他们的舆论只是彩绘柱廊间的空洞回响。

此后，罗马步入帝国时代，独夫们从恺撒、屋大维、克劳迪乌斯直到尼禄，莫不热衷此道。

后来，出现了更大规模的猎象活动，同时伴随着血腥的象牙贸易。我小时候，家里的那台钢琴还是琴键包覆着象牙的老式产品。直到今天，我还能在音乐中隐隐听出疼痛。

1896年，德国的一家乡间马戏团里，有个叫布拉姆的男婴和一头印度幼象穆杜克在同一天降生。自幼相依为命，让他们对彼此的依恋超过了同类。据说，这家小戏班有个特别的传统：他们训练动物主要依靠关爱，而不是体罚与恐吓，而且收效甚佳。然而，一个资金雄厚的美国人，还是把那些动物全部买走了。

布拉姆闻讯后追到船上，连正在追求的梦中情人都顾不上了。他一面东躲西藏，一面在各层甲板和仓房中搜寻穆杜克。他的行踪被水手发现，船长同情他的遭遇，免了他的船票，可船却在印度海岸外遇难。穆杜克奋力营救小主人上岸，他们在南亚经历了无数奇遇和冒险，数年后到达纽约。

在美国，他们另有一番悲欢离合。其间，穆杜克加入了铃铃兄弟马戏团，成了动物明星。1942年，该团搞过一次独出心裁的演出，由伟大的乔治·巴兰钦编导了一场人象合演的芭蕾，穆杜克是大象方面的领舞（它甚至会用头倒立），它用鼻子一次次托举起纽约市立芭蕾舞团的当红舞姬。为了该计划，巴兰钦邀请也是来自俄国的作曲家斯特拉文斯基写了那首名曲《马戏波尔卡》。那场演出大获成功，成为当时重要的文化事件。

近年，铃铃兄弟马戏团在动物权益团体的压力下，为大象建立了退休福利制度。2000年，穆杜克的家乡，印度的一所高等法院根据宪法第二十一条的规定——即生命的尊严必须得到保护——发问：假如这是人类的天赋权力，那么，在众生平等原则下，动物何以不能享受同等保护？

英国伤病员

整整200年前，西班牙西南部特拉法加角的海面上，长夜将尽。英国前哨舰的瞭望兵，发现了下风处的法国、西班牙联合舰队。决战在即，英国旗舰“胜利”号上，纳尔逊上将8年前被炮火打断的残臂在风中抖动着——他管那截断肢叫“我的鳍”。随即，信号兵打出那条载入史册的旗语——英国望全体人员恪尽职守。20分钟后，纳尔逊下令各舰以双列纵队投入攻击。

特拉法加海战的后果是：英方大获全胜但统帅纳尔逊阵亡；法方司令战败自裁；拿破仑渡海入侵英国的设想告吹；英国建立起海上霸权及全球贸易体系；英语取代法语成为国际第一通用语言。

再有就是，英国的资本主义管理方式，即使是在军事领域也证明了它的优越性。它的舰长们以“承包”方式作战，可以分得一成战利品；

纳尔逊的旗舰“胜利号”的艉部

一旦战斗打响，作为水兵的表率，军官不得俯身躲避炮火。所以，那些跳小步舞比操舵轮更熟练的法国人，根本不是英军的对手。

“选择”这个观念，从此在英国深入人心，并成为英国的民族叙事观：英国的领导地位，是天命，是历史的选择；而英国之被选择，则因她具备了相应的品质。

纳尔逊麾下有个舰长叫奥斯汀——此君就是《傲慢与偏见》的作者简·奥斯汀的哥哥。他那位著名的妹妹的小说里有个永恒的主题，就是婚姻市场上的“性选择”，就好似自然界中动物的求偶一般。

拿破仑战争期间，英国人难得再去欧洲旅行，包括海军家属奥斯汀一家。于是，英格兰南岸的莱姆镇成了度假胜地。简·奥斯汀曾在家信中提到，当地有个叫安宁的细木工，这个不信国教的手艺人十分精明，但一家人还是难得温饱。拿破仑封锁时期，英国的面包价格上涨了 20

倍，安宁的九个儿女只活下来两个，而他自己也未能安享天年。

安宁死后，他的小女儿玛丽经常去海岸边的峭壁上凿取一些海洋动物化石卖给游客，赚取一些钱给寡母补贴家计。

12 岁时，小玛丽就已经成了一个化石挖掘专家。当时的很多博物学家，包括后来提出“灾变论”的威廉·巴克兰，都是她的主顾。1811 年，她靠哥哥的帮助挖到一具 8 米多长的怪异化石——脊柱像鱼，头骨像蜥蜴，长喙里的牙齿像爬行动物那样可以再生，眼窝巨大，还有支撑肺腔的肋骨——这就是我们今天知道的“鱼龙”。

这个怪物化石惊动了学者们，大家隐约觉出，在《圣经》中记载的诺亚大洪水之前，地球上生存过一些现代世界没有的动物。

1823 年，玛丽在峭壁上发现了一具更怪异的化石。它有海龟似的躯干和鳍，脖子却像蟒蛇，好似中国神话里的神兽“玄武”，这一发现造成英国生物学界“集体失语”。

学者们只好请教欧洲最伟大的博物学家居维叶男爵，这位重理念轻事实的法国人，轻率地断言化石是赝品，他的结论险些断了安宁一家的生路。幸而，更早的一些零星发现间接证明了这种动物存在的可能。有人语焉不详地把它命名为“类蜥蜴”，即一度被我们称做“蛇颈龙”的幻龙。

玛丽·安宁终生未嫁，后来，她皈依了国教。47 岁那年，她在乳腺癌的折磨下去世了。

与此同时，一个叫曼特尔的乡村医生的妻子，一次在筑路工地拾到一枚动物牙齿化石，这位博物学爱好者曼特尔由此发现了一个新物种。

由于化石和现存的鬣蜥牙齿结构近似，他便以“鬣蜥齿”为这一发现命名（汉语译名为“禽龙”）。

这是人类对恐龙的首次科学描述。再后来，地质学会接受了曼特尔的论文，并选他为理事。1849年，这个鞋匠的儿子被授予皇家勋章。曼特尔曾因车祸造成脊柱变形，他的研究是在长期的剧痛、孤独和贫困中进行的。

自此，一个史前动物群属已经呼之欲出，但为此完成点睛之笔的却另有其人。理查·欧文，一个解剖学的后起之秀，创造了“恐怖蜥蜴”这个名词，也就是我们现在所说的“恐龙”。

理查·欧文曾掠取并篡改了曼特尔的研究成果，利用自己指导首届万国博览会的职权，把错误百出的禽龙复原像安置在水晶宫展厅。当他向学术界的顶峰攀爬时，曼特尔则认真研究了玛丽·安宁发掘的恐龙粪便化石，发现主要成分是其他恐龙的骨骼残渣——这一结果揭示出恐龙世界的血腥真相。

生命世界的“真相”被继续披露。另一个为病痛折磨的英国人，讲出了一个更富“时代精神”的故事，他就是达尔文。如今，达尔文的理论已是家喻户晓：一切物种都是“自然选择”和“进化”的结果。呆笨的恐龙最终灭绝，为哺乳动物这一“天择”的“适者”清场。

依此逻辑，人是哺乳动物的最高形式，并最终超越了动物界。英国，在近代科学领域又代表了人类文明的一个巅峰。

那是一个奉行曼彻斯特式资本主义的英国，也是盛行马尔萨斯《人口论》的英国。岁月无情，现在，即便是英国，也不能成为“历史选择”

的例外。

在纳尔逊上将指挥的历史性战役200年纪念日之前，伦敦的特拉法加广场树立起一座裸女雕像，那是一个身体畸形的孕妇。为此，《卫报》发表了一篇评论，说该雕像具有“优雅的比例”。

艺妓的眼睛和蘑菇云

上次出差去华盛顿，办完事后去街上逛。这是个不太“美国”的美国城市，有人喜欢，也有人觉得假。对我来说，这里至少适宜步行，再一个好处，就是展览一律免费。

沿着 K 街走到 17 街路口的国家地理学会，那里有个《国家地理》杂志的图片展。被主办人用作招牌的那张照片拍摄于京都，上面是一个年轻的艺妓，浅色和服，竹笠下露出敷了白粉的两腮和涂朱的嘴唇。

照片里的女人有种邪恶的魅惑力，据说，很多人像都有这种效果。古罗马文学里常有这类故事，比如《变形记》里的皮格马利翁。最近，利兹市的亨利·摩尔学院有个古罗马雕像展，其中有个从卢浮宫借来的头像，据记载，那是美少年安提奴斯（哈德良皇帝的娈童）的头像。展览开幕前夜，有人发现，石像脸上有个新鲜的口红印痕。那个五迷三道的单恋者，想必是在展品从巴黎运往英国途中作的案。这条趣闻是我上网时，在一个古典学家的博客里读到的。

回到那张艺妓照。躲在相机后面的，想必是一只外国人的眼睛——假如是日本人，估计会把焦点落在模特的脖子，而不是嘴唇上——斗笠的宽檐恰好遮住女人的眼睛，否则早就把我吓跑了。我从小讨厌浮世绘里的艺妓，觉得那种眼神妖异得瘆人。化妆就好好画，干吗非要在大白脸上勾一副吊眼眉？

当时街上开始放日本电影，从那些片子里，我们看到日本人已经时髦起来，不再那么“日本”了。大概就从那时候起，我们决心以日本为榜样，塑造自己的未来。但日本人似乎并不满意自己的形象。于是，他们建起一个中欧风格的虚拟世界，里面的居民好像轻歌剧里的人物。

他们的生活在别处，于是，我们看到《花仙子》、《天鹅湖》这些动画片。这种情调日语里叫做“卡哇伊”，近年不少外国女人也引以为风尚——丁字皮鞋马尾辫，眨着“飞碟眼”，拿睫毛鼓掌。

一次，去看宫崎骏的《千与千寻》。放映结束，全体观众起立鼓掌。从此，本人一场不落地看日本动画片，直到后来看到《萤火虫之墓》。那是宫崎骏更早期的作品，气氛凄美，里面讲到几个日本小孩在美军轰炸中流离失所的惨状。然而，这种悲情叙事让我很不舒服。

就在几天前，我在《纽约人》上读到一篇东京都知事石原慎太郎的文章。在这篇报道里，石原谈到，自己童年时，漆着裸女和米老鼠图案的美国战斗机掠地飞行，那些飞行员以惊吓地面上的日本人取乐。所以，他恨美国。

几天后，我在宫崎骏的动画片里，看到同样的情绪，同样是倒果为因，看不到美国战机何以会“进入”（很多日本人谈论太平洋战争时，偏爱这个动词）他们的上空。更看不到的是，日军飞机污染中国、朝鲜和菲律宾等国天空的航迹。

1955年，23岁的石原出版了自传小说《太阳的季节》，描述一伙模仿美国“垮掉派”行径的不良少年，后来的“太阳族”便由此得名。而中国的“另类”文学写手，也可以算是他的徒子徒孙。此人后来成了极右翼政客，酝酿多年后，又出过一本《可以说“不”的日本》（与索尼公司总裁盛田昭夫合著），在中国拥趸更众。这种例子见多了，对那种靠放纵贪欲促进文明自由的乐观想法，自然不敢认真了。

一次，接受《花花公子》采访时，石原声称南京大屠杀是中国人的虚构。今年的东京国际动漫交易会上，他作为大会主席，公开表明他对米老鼠的憎恨。那些平日扮酷的艺术家们，也都穿起套装，呈“公司武士”状，决心拿出更过硬的出口产品。而本届获奖者的奖品是一个玻璃环状物，据说象征着“环球共荣圈”。在我看来，颠覆米老鼠霸权未尝不可，可万一取而代之的是些眼含怨毒、刻意装嗲的俗艳偶人，则另当别论。

近十年的经济萧条，没能妨碍日本大众文化在全球扩张。去年春天，纽约搞过一次日本当代美术展，包括村上隆、奈良美智等近年暴红的艺坛明星的作品。他们标榜“超平面”美学，涉足的领域从绘画、雕塑、装置到录像。

他们喜欢挪用现成的卡通形象，包括略加引申的米老鼠和机器猫，至于他们的人型设计，则大多充满暴力成分和色情暗示，神情中带有艺妓般的妖异。南加州的流行趣味和江户风俗版画在此合流。所不同的是，这里多了一重奥姆真理教式的末日色彩。

这次展览题为《小男孩》，除了作品中普遍的童稚化倾向，它还暗指当年美国投向广岛的那枚原子弹的绰号。在一篇宣言式的说明文字中，村上隆再次重复取消艺术等级的老生常谈，好像日本是后现代文化的天然祖国。接着，他言归正传，认为日本战后的和平宪法来自美国的强加，它剥夺了日本发动战争的权力，并把日本变成不能产生自主成年人的社会。

在美国参议院 1951 年的一次听证会上，驻日盟军统帅麦克阿瑟上将说："衡之以现代文明标准，日本相当于一个十二岁的男孩。"麦帅的评语，让日本人痛心疾首了几十年，他们的心里都有一本"变天账"。

蝶变

那是近20年前的事了，有个朋友编译了一本纳博科夫的小说集，因翻译人手短缺，不得已拉上了我。分配到手的篇目中，有作者写于1930年的短篇《蝴蝶专家》。

小说背景是大萧条时期的柏林。当时，我从没去过德国，只能根据格罗茨的画，再加少许旧照片，想象故事里的气氛。

小说的主角是个开杂货店的，粗俗，臃肿，贪杯……总之，是一个典型的中欧小市民。不幸之处在于，他还有一颗浪漫主义者的内心。作为狂热的蝴蝶收藏者，他对直翅目昆虫学有着超乎一般专业人的知识，就像作者纳博科夫本人。

小店主一生的最大憾事，就是从未亲手捕到过异国的蝶种。他的足迹从没出过德国边境。于是，出国成了他的梦。

去安达卢西亚，去巴西，去达尔马迪亚海岸……他在想象中设计着自己的旅程，并为此努力攒钱，可凋敝的经济把他的积蓄一次次地变为废纸。他甚至在一战时报名参军，以为能被派往国外前线，可惜体检又不合格。

多舛的命运把他扭曲得猥琐而粗暴。后来，他靠蝶蛹交易赚了一小笔昧心钱，于是，背着可怜的老伴，订了去西班牙的车票。正当他满怀憧憬嘟嘟囔囔地收拾行囊时，一阵心绞痛要了他的命。

我的语言知识有限，所以很少翻译东西，而这次例外更是彻底毁了我的情绪。每次想起这个故事，就像心里堵塞着不能破茧的蝶蛹。这个痛苦的孕化期绵延十几年，直到有一天，我看了一部就叫《蝴蝶》的法国电影，仿佛当年纳博科夫笔下的小业主再生，从一出压抑的黑色喜剧，转世到一个远为明丽的文本中。

在电影中，他"投胎"到上世纪90年代的巴黎。他是一个名叫于连的老鳏夫，收集养殖各种蝴蝶，唯一的缺憾，是一种大若团扇的伊莎贝拉蝶。当年，老于连的儿子夭折前，曾梦见这种稀有的彩蝶。对他来说，伊莎贝拉蝶就像他和亡子之间的灵媒。就在他准备去山区探访蝶讯时，邻家一个没人照管的小女孩闯进他的生活，和他一道远足，还让他惹上官非。

在西方的叙事里，迷恋蝴蝶经常牵涉到变态心理。除了纳博科夫这种蝴蝶专家，还有谁能把一部恋童传奇写到如《洛丽塔》一般入骨三分？再如约翰·福尔斯的《采蝶人》，还有那本《沉默的羔羊》。所幸，电影《蝴蝶》的编剧绕过了这一窠臼。

《蝴蝶》海报

山中历险的段落成就了一老一少的精彩对手戏，好像几段妙趣迭出的卡农组曲。他们采集到伊莎贝拉的蛹，带回巴黎，在于连家的暗室中化蝶，然后放生，老头内心的伤痛和儿子的亡灵一起得到超度。至于小女孩，在失踪几天之后，则收获到母爱。

乍看之下这是个有点甜俗的故事，可问题是，我们的眼睛偶尔也需要几颗巧克力豆，何况这糖衣之下还包覆着孤独、死亡和救赎这些大题目。

另一个城市，另一家影院。那里在演《你那边几点》，一位同胞的片子，也是关于孤独、死亡和救赎。一个男孩死了父亲，他在台北街上卖表，遇见一个要去巴黎的女人，他把手表调整到巴黎时间。女人到了巴黎无比郁闷，还做出几次不知象征什么的奇怪举动。最后，男孩父亲的鬼影佛教意味十足地走向杜伊勒里花园的费氏摩天轮。

影片的调子沉闷而做作，色情场面难看，除了女主角相当可爱。片中有两处（也许更多）影射特吕佛的名作《四百下》，似乎有些元叙事和向大师致敬的用意。可如今，这套后现代主义噱头，显得也太家常了吧？本应成为享受的观赏，结果成了忍受。

散场时意外碰到前女友和她搞电影的新情人，于是聊了几句观后感。他们用圈内人的口吻说，我在电影里嫌恶的东西，正是艺术。原来如此。

当时，隔壁放映厅在演《天使爱美丽》，那也是一部甜俗然而有趣的法国片子，讲蒙马特区一个咖啡馆的女招待，用搞怪的办法帮助陌生人。我很喜欢这片子，即便这让自己显得老土。

在同一个城市背景下，对《天使爱美丽》来说，巴黎是想象的起点，而在《你那边几点》里，巴黎则成了想象的终点。我好像看到蝴蝶以倒叙的方式变回毛毛虫。

我认识一些自认有文化的人，对所谓“表面的美感”十分不屑。过去一年里，莫扎特是当令话题，不少酷人贬低古典大师，也是因为所谓“表面的美感”。表面的美感固然有待超越，但它无论如何不是必须批判的对象。何况，莫扎特这个个案里，总还有些不那么表面的东西可谈吧？

世上的有些东西，在你具备之前最好别去非议。比如，作为一个穷光蛋，我就不会说富有是件无聊事，只要财产来路正当。这样说的前提是，人有选择不富有的自由，就像人同样有权不美丽一样。

戒之在色

李安属于那种称职的管理人员。世界上很多东西要管理，不仅限于人和钱。搞艺术的，先要管理好风格这种资源，就像打拳的套路和厨师的备料。这位拍过《卧虎藏龙》、《饮食男女》的导演长于此道，也由此斩获颇丰。于是，有人照猫画虎，既无巧手，偏要为无米之炊，把花里胡哨的旧食品袋往席面上一摊，管这叫做“视觉盛筵”。有个清汤寡水的电影，抠门得连一碗阳春面都舍不得上，居然也叫《夜宴》。

但李安最近有点灰头土脸，影片《色·戒》公演后饱受苛评，他在威尼斯获奖，也是颇有争议的一幕。有评论家建议观众把本片掰成两截：喜欢古装片（旗袍算古装）的看前半段，想看三级片的可以赶后半场。这还算客气的，只是讥讽剧情转折的生硬。

然而，该片故事的不近情理处，来自小说本身的单薄，而改编者面对先天不足的原作，又显得太过愚忠。在电影院坐了半天，发现该戒的倒不是色，而是我们的一种恶习：遇事先把女人拉出去牺牲掉，再发些红颜祸水之类的感慨。

《色·戒》的好处是渊博但不事张扬，一个个细节，熨帖着我们对故事所处时代的想象。我指的不是场景的复制，而是导演对于经典风格的援引。片中充满上世纪中叶流行的“黑色片”元素：阴雨、陋巷、百叶窗遮暗的室内空间、带霓虹灯的暗淡街景、不断闪回的叙述、受人性弱点驱使的人物行为。南京路那家电影院门口贴着希区柯克的《深闺疑云》海报，也可算是双重意义上的点题。

哪怕是一个杂货店，管理得井井有条就是本事。再说，也不是所有人都会一面观片，一面回忆施坦贝格的《不名誉的女人》（奥地利女特务刺探俄国情报），或是梅尔维尔的《阴影部队》（法国抵抗组织处决叛徒）。

导演显然在向我们暗示什么。梁朝伟那副亨弗莱·鲍嘉式的阴郁眼神，还有抽烟的姿势，不时把我拉回历史，电影的历史。于是，问题来了：印象中的鲍嘉是银幕上扮酷的始作俑者，所饰演的角色，多为面对堕落世界单打独斗的侦探。而老易却总像蜘蛛一样藏在暗处，牵纵权力的网络。这本该是个复杂得多的人物，可结果却单薄得不像来自小说，而是少男漫画。

至少，我看不出他沦为汉奸的动机——跟老蒋的人不合，被日本人捏着了短处，还是身败名裂也要待在上海滩？

汤唯演绎的女主角，也是个看不懂的角色。她为什么参与行刺？出于爱国心、冒险天性，还是孤身弱女子对集体的依赖？她看着更像有些心机的性感小猫，而不是密谋者。

黑色片中常见的“致命女人”，从来是以情欲为饵，驾驭男人于股掌之间，而非相反。她们也会在故事终结处走向毁灭，但这并非依循情节发展的逻辑，而是好莱坞向《海斯法案》妥协的结果，属于舆论导向问题，是要用“天网恢恢”的古训昭告世人，以儆效尤。

操控女主角的，不是情欲，而是洋场文化。她是个再穷也要去戏院的影迷，结果落了俗套——老电影里的女刺客，肯定会在行动半途爱上自己的目标，捕猎与被猎的关系，就此宾主易位。

王尔德有句老话：生活模仿艺术。艺术里的生活，更要模仿艺术，何况是电影这样一种自以为是的艺术。单凭这一点就该知道，鼓吹大众文化改良社会的学界诸公，恐怕是脑子进水了。

正是这一点，使女主角更像一个待嫁时的包法利夫人，只是她住在大城市，也赶上了大时代。可背景再大，也去不掉她的小家气。王佳芝这个名字本身，就说明她成不了搞暗杀的料。换了张爱玲自己，怕也不会把胡兰成诱入伏击圈送死。凭她那身逢末世的虚无感，怎么会有为国锄奸的冲动？由此不难看出，一个流行文人跟福楼拜这种级别的作家差别有多大。艾玛·包法利就是后者自我观照体会的结果，故有“包法利夫人即在下”之说。

有评论说，李安就像小说的原作者，对身跨两个世界的处境别有会心。不同世界的相遇没什么稀奇，尤其是我们这个时代，“全球化”早已成了人人会喊的口号。问题是相遇的过程当中或之后，究竟谁占有谁，谁操控谁？就像《色·戒》里那对男女。这个世界的运转，更多是本着丛林原则，而不是市场准则。

很多人看了《色·戒》，议论最多的是作为殖民地的上海。由此看来，该片唯一的主角，是一座过去时态的城市。因此，上述人物作为龙套，纵有欠缺亦无大碍。

成为上海的影像叙事人，这是很多导演努力过的事情，只是他们词汇贫乏，讲起故事结结巴巴，就像外语系的新生。李安的成就，是为一种叙事定调。这是一个晦暗的调子，而且有继续流行的趋势。

据说，王家卫也要重拍黑色片经典《上海来的女人》。毕竟，世界正进入一个悲观的时代。

懒汉的修养

前不久，朋友约我给一家报纸写书评，当时也没多想就谢绝了。我对新文学几无涉猎，嫌吵。假如换取评论家头衔的代价是“魔鬼阅读”，我不干。反之，拿自己的无知招摇过市，更是欠妥，虽说干我们这行，只要不让外行看出自己是外行就算蒙混过关了。

法国有个文学教授写了本书，专讲如何评论陌生作品。此人出身微寒，父母也没什么文化，自己对阅读也不热爱，偏偏倒霉地搞上文学，常被教程逼着讨论一些没看过或没看完，或是看过后来又忘了的书。

美国有个叫泰勒·科文的经济学教授办了家网站，叫“边际革命”，招来好多聪明人讨论各种问题。其中不少帖子，就连我这样的门外汉也能明白个大概。他标榜一个简单的原则：凡事都得算计成本。可任何原则一旦实施，就会有很多具体问题跟原则相抵触。

科文有个继女，和很多青少年一样讨厌家务劳动。夫妻俩采用经济奖励，但有效期最多一个星期。后来，女孩读了继父的书，发现他是个天才，由此心生崇敬，从此每天自觉洗盘子，而且免费。

智叟们喜欢把人定性为 homo economicus（经济人）。这本身并无不妥，只要他们不把金钱的给予当成鼓励积极行为的不二法门。我至今认为，要想得到好诗，就不能给诗人开稿费。生活中，有很多时候，实惠的优先程度，远在虚荣之后。我有一个朋友的夫人，早年喜欢在电视剧里跑龙套，拿到的片酬远不够她置办行头，可只要看见自己比女主角漂亮，她就有此生无憾的得意。创造性领域就更不用说了，在这方面，死刑的胁迫都是徒劳。

科文教授不但研究经济，而且杂学旁收，从大部头历史著作到连环画无不饱读，这是一个相当宽频的文化光谱。此外，他还喜欢旅行和音乐，对于美食和收藏也颇有心得。于是，问题来了：人生也有涯。用他的话说，时间是头号缺稀资源，而他的爱好大多非常耗时。

最近大红的历史剧《乌托邦海岸》，一演就是四个晚上，跟《尼伯龙根的指环》一样，终场时所有观众都会领到一枚纪念章，印着"恭贺完成马拉松"的字样。人们不禁要问，像科文这样一个大忙人，究竟是如何成为一个准文艺复兴式人物的？科文觉得独乐乐不如众乐乐，于是撰文传道解惑，启发我们的笨脑筋。

举电影为例。既然很多片子看了开头就知道结尾，那就把影院里的放映厅全部串上一遍，这样等于买一张票看一堆新片。这样做的前提是文化消费超市化，不宜过分提倡。这种事我过去干过，所得只是身心疲夤，还有厌倦。而且，这种文化逻辑一旦推而广之，你大可以去便利店买一盒玛德莲娜糕饼，回家就着“李普顿”袋茶品味片刻，然后自称体悟到了普鲁斯特巨著的神髓。

在文化鉴赏方面，科文鼓吹的是集锦法，包括对大部头著作进行跳读（灵魂工程师们看了要吐血）。他还建议，当你逛博物馆时，与其身在展厅、心在餐厅地受罪，不如挑一两件最有可能把你教唆成雅贼的展品，仔细端详，或许还有助于摈除杂念。

他的办法在中等规模的场馆或许有效。每次去华盛顿国立美术馆，我会直奔雷诺阿的《昂德里奥夫人》和莫奈的《撑阳伞的莫奈夫人》，就像是走访熟人。而在慕尼黑现代美术馆，产生同样效应的是两幅街景，分别出自凯尔希纳和贝克曼的手笔。

至于大型博物馆，收藏浩如烟海（殖民主义和文化语境的话题另说），还是一路慢慢走吧。这种事讲究的是一种出神状态，好像你被对撞机中加速的离子命中，又好像你和世界的真相赛过一场拳击。

有个做旅游的朋友说，很多团队能在 20 分钟内看完卢浮宫。所谓看完，就是站在“三大件”底下拍几张照片，包括《米洛岛的美神》、《胜利女神》以及《快乐妇人》（俗称《蒙娜丽莎》）。这又是一重境界。

人生态度积极的人，大多会有仰视偶像的习惯，这是一种外省气质。其实，生机勃发的低端文化比起附庸风雅的“中等脑门”趣味，酷得何止一点半点。很多连环画和街头涂鸦，远比双年展上的平庸制作值得留心。

误 会 了

我发现，自己常犯“主观唯心主义”的毛病。简单地说，就是误听误信，自以为是。

过去常去一个女孩家。我们相处得挺好，唯独不能一起看电视。我在外屋看球赛，而她躲在卧室里，一集不落地追赶电视剧《天龙八部》。每过一会儿，隔壁就有一个女声“姐夫”、“姐夫”地嚷嚷。那是大侠被他的妻妹爱上了，当时不知剧情，还以为哪个丫头在追求一个名叫Jeff的家伙。

鄙人少时遍览武侠诸名家，独薄金庸。后来决定补课，可当时我们那边的社区图书馆，只有一本英译《鹿鼎记》，里面不时讲到某某戳到某某的“致命点”，害得我满头是包，后来才琢磨出那是点穴。再一个印象，就是作者“路易斯·查”先生，对众凰求一凤的故事有点过分热衷。

巴黎工艺博物馆中的傅科摆

类似误会不光出在我身上。一次在北京开会，有个读书界的大人物，高谈阔论一本外国小说，叫《福柯的钟摆》。那次也是想得满头包，才弄清他说的是艾柯的《傅科摆》。此傅科（科学家）不是彼福柯（哲学家），虽说两家五百年前可能还一个灶上吃饭。这就像李太白不是李鸿章，更不是李大卫一样。前者发明的吊摆，可以用来证明地球自转，北京天文馆前厅就挂着一个。

刚读到一篇闲文，作者去歌剧院听《提图斯的仁慈》。幕间休息时，洗手间里有人问：铁托时代的南斯拉夫，真像莫扎特的戏里演的那样？这里需要说明：铁托和罗马皇帝提图斯在意大利语里重名，直到18世纪，意大利语仍是歌剧舞台上的国际通用语。我知道，对于今天的很多人，这种笑话并不很逗。逗和不逗，是一件非常“主观唯心”的事情，关系到当事人的先入之见，甚至刹那间的情绪。

几年前搭长途汽车穿越美国大陆，到达克利夫兰时，正值半夜时分，司机吆喝大伙在总站等另一班车。当时靠窗睡得正熟，被人喊起来排队，自然是满腔怒火。两个小时后重新上路，已经睡意全消。我翻开在纽约买的一份《书市》杂志，里面有卡尔维诺写于上世纪50年代的《美国纪行》片断。真巧，其中一段，讲的就是他对克利夫兰的负面回忆。真是搔到痒处，好像和冥冥中的作者心有灵犀。现在回想起来，我对那座城市唯一的直观了解，就是汽车总站附近有一座体育馆。

这让我想起不少人写文章，声称要告诉我们一个“真正的美国”。于是，我们便读到一些关于美国的流言飞语，其深刻程度大致相当于我对克利夫兰的观感。很多大大小小的马可·波罗式人物，让这个世界充满有趣的误会。比如，从前翻译成汉语的外国小说、电影，所有人物说话都像在演文明戏，包括那些没念过书的老粗，害得我们以为洋人全都特文明。

反观洋人也是一样。有人告诉我，嗜茶如命的英国人，最早是把茶叶在鸡汤里煮，然后把汤倒掉，再吃光所剩之物，他们听说中国人就是这样干的。当然，这是有了东印度公司之后的事情。

更早的时候，英国还出过一个更加主观唯心的人，姓哈德逊。这是个靠探险混饭吃的船长，一直希望打通抵达亚洲的北极航道，可惜时运不济，几次远征均告失败。其中一次，他几乎成为最先到达北极点的人，可惜是几乎。由于职业记录欠佳，他在祖国混不下去，只好转投荷兰另谋出路。

也不知道从哪儿道听途说，哈德逊认定，世界上存在一条天然水路，可以直穿北美大陆抵达太平洋，只要找到这条航道，也就掌握了从欧洲到达中国的最短航线。为此，荷兰人给他配备了船只、人员和给养，他们漂洋过海到达北大西洋西岸，居然很快找到一个河口，然后沿河上溯，这才发觉自己是驶向北方，而不是西面的太平洋。

再次惨遭失败后，哈德逊只得原路返回河口。当地一个印地安部落接待了他，那些原住民管他叫“咸人”，因为他来自海上。后来，哈德逊听说，早先还有另一批“咸人”航行到这里。根据我们对于历史的了解，那应该是意大利航海家维拉扎诺的探险队。再后来，就有了荷兰人用烧酒和玻璃珠子和当地人交换岛屿的故事——那座岛叫曼哈顿。

当时的曼哈顿乱石丛生，既没有帝国大厦，也没有时报广场，然而周围的水域却盛产牡蛎，被荷兰人运回欧洲牟利。财富招来更多的移民，他们建起一座城市，叫新阿姆斯特丹。再后来，荷兰人换成英国人，新阿姆斯特丹也改名“新约克”。这块殖民地成了牡蛎流水席，直到一代代的开发者把资源彻底耗尽。直到今天，纽约的地下还埋着大量的牡蛎壳，好像一处微型白垩纪地层。

这个故事成了歪打正着的经典案例：一切都是误会，这个误会之所以与众不同，是因为它变成了纽约。哈德逊梦想的中国也始终是梦想，他的唯一收获是，那条经纽约入海的河至今冠以他的名字。但他本身的下场很惨，回航途中，船上水手组织哗变，把他抓起来沉入海中，同时遇难的还有他的儿子。

异类的眼光

曼哈顿联合广场的北面，是一间庞·诺书店。很多大牌作家来签名售书，都被安排在它的四楼。一次，我在那儿翻杂志，正赶上玛格丽特·阿特伍德介绍她的新小说，台下坐着纽约的两百来号铁杆文学青年。有个浑小子举手提问，说您待在加拿大的一个小地方，都有什么可写的。大师从容应对，说题材的重要性只是相对而言，美国作家不厌其烦地复述南北战争，而一个法国作家就不会有这种热情。

很长时间里，能让法国人滔滔不绝的是拿破仑战争，不光写，还得画，结果弄出一种标榜武功的文化。可对外国人来说，他们擅长的还是浮华和时髦，尤其是在美国先富起来的那部分人眼里。他们可不在乎你的什么“历史文化底蕴”，人家要看的是巴黎的花花世界。

正是这种低俗趣味，驱使美国人抢先积累起一批最好的印象派收藏，也给自己手上的热钱找到一个体面而又有利可图的投资去向。虽说当时已经有了摄影术，可那是黑白的，反映不出五彩人生。

衡之以巴黎官方学院标准，莫奈笔下的风景和静物，不过是业余爱好者的涂鸦之作，至于马奈、德加描绘的风月场所，更是暴露了社会阴暗面。而大人先生们推崇备至的，是卡巴耐尔伪托神话的色情暗示，和梅索涅描摹工细的战争场面。后者对当时西方主旋律文化的影响，赶得上现在的斯皮尔伯格，可如今谁还记得梅索涅是何许人也？倒是中国的徐悲鸿粉丝们，可以欣赏一下他画马的功夫。

历史的闹剧一再重演。如今，是我们目睹那些心灵、外貌双不及格的土产女作家、女艺人、女模特在外国露脸，并为此痛感洋鬼子没有眼光。

将近一个世纪前，有个叫藤田嗣治的日本画家不远万里来到巴黎，刚在蒙巴纳斯落脚没几天，就跟莫迪里安尼、毕加索、马蒂斯、莱热之流套上了交情。这路人在人际关系方面，往往有着超自然的才能。一本过去的法文课本里，印着他的速写自画像，猫头鹰眼镜人丹胡，活像老电影里满嘴“八格牙路”的鬼子中队长。可据说，他泡妞从没失过手，于是便以宇宙速度把日本黄脸婆抛在了脑后。

藤田很快混出名堂，他了解市场，懂得把法国盛行的野兽派作风和日本浮世绘传统相结合的道理，让他出名的题材是女人和猫。我喜欢他画的一幅群猫打架，气韵生动，像是为蔡国强的狼撞墙开了先河。而他笔下的裸女则单线平涂，肤色惨白得瘆人，就像艺妓的粉妆。他卖画赚了不少钱，家里甚至通了热水，这在当时可算是极大的奢侈享受。

模特们蜂拥而来，跑到他家洗热水澡，于是，他的描绘对象不断翻新。这批丫头里有个名模，是美国摄影师曼·雷的女朋友奇奇，她在当时的左岸艺术家圈里有“蒙巴纳斯女王”之誉。雷拍过一张经典照片：一个裸女背的腰部印着一对提琴上的f形音孔，照片里的女人就是奇奇。

当时客居西方的亚洲艺术家处境都是水深火热，唯独藤田例外。可他心里还是不踏实，因为日本国内对他恶评如潮。不论出于忌妒还是真诚的反感，日本艺术界普遍认为，他的东西全是炒冷饭，用脸谱化的日本传统艺术迎合西方的猎奇心理。

1933年，他回了一趟国，本打算衣锦还乡，可刚到家就挨了同行一顿闷棍。盛怒之下，他又上船去了法国。就在这段时间，欧洲政治气候突然大变。由于日军侵华，日本在西方营造多年的和平崛起神话顿告瓦解，日本艺术也连带变成身价暴跌的股票。

外国人痛恨纳粹德国，但不妨碍他们欣赏托马斯·曼，即便是曾经附逆的海德格尔和富尔特温格勒，也是毁誉参半。日本拿不出这样水准的文化人物，于是，皮和毛的关系，也就成了挥之不去的大问题。所谓异国情调，从来都是可有可无的摆设，它远未发展成不同人群的共同文化。

藤田在法国待了几年，估量前景不妙，于是再次回国。此时的日本已经更深地卷入战争。毕竟是日本的军干子弟，他顺应大局，投身于军部的政治宣传部门。专制国家的文人和艺术家面对国人和外部世界时，惯于摆出不同甚至相反的面目，令人备感困惑。

藤田这一时期的作品，我只见过印在杂志里的《血战阿图岛》，画风又跳到意大利未来派，画面塞满丫丫叉叉、肢体夸张的“活动变人形”。阿图岛属于阿留申群岛，中途岛战役期间日军曾在这里登陆，并和美国守军激战。日本投降后，藤田再次出国，声称在国内受到政治迫害，最后客死在瑞士。

东方独角兽

我读小学的时候，每个学期都有一段时间被送到厂矿农村，投身社会生产实践第一线，我对很多事物的了解就从那时候开始的。

因为劳动表现积极，我得到一份肥差作为奖励，跟另外几个小孩一起给故宫打扫卫生，也就是得每天早起，在 9 点钟开门之前，先把养心殿的院子打扫干净。这点工作，不到 8 点就干完了，于是，大家各占一张龙椅补睡一觉。用来叫醒我们的，自然就是满族皇帝们还有慈禧老佛爷把玩过的西洋自鸣钟。

那叮叮当当的八音钟可比俺们家的双铃马蹄表好听多啦。然后，我们列队去文渊阁除草。那是紫禁城从不示人的一角，里面破败不堪，一座石桥的汉白玉栏杆坍塌在下面的水池里，不少当年印制《四库全书》的木版就露天堆放在室外。

一个月后，我们已经把故宫里里外外勘察了一遍，除了皇极殿，那是压轴节目。最后，由博物院领导委派代表，率领我们参观陈列在一座偏殿的《收租院》群塑。雕塑本身不错，风格有些《加莱义民》的意思。阶级斗争教育完了，我们被领去观赏昔日皇家的宝物。有个当干部的女生盯着珠宝首饰，差点吸到眼里抠不出来，而男生则对盔甲刀剑比较来电。给我印象最深的展品是一座钟，产于18世纪的英国，充满罗可可装饰风，驮在一头鎏金嵌宝的印度犀牛背上。

以前，只见过动物园里的非洲双角犀，便觉着印度犀牛的独角或残或畸，非常奇怪。很多年后，我查到座钟上的犀牛确有所本：雌性，名克拉拉，生于印度。

这是当年欧洲匠人唯一可能见过的犀牛。1741年，一个服务于荷兰东印度公司的年轻船长把克拉拉运回鹿特丹，然后巡游各国，接受各色人等观赏，包括普鲁士王腓特烈二世和神圣罗马帝国女皇玛丽亚·特蕾西娅这些大人物。克拉拉天性温顺，只是跟水手处久了，嗜好啤酒和烟叶。

1749年，克拉拉被运抵凡尔赛，在法国宫廷掀起一波新时尚，贵族们纷纷把假发做成犀角的款式，海军新建的一艘快舰也被命名为“犀牛号”。当时，启蒙主义思潮正盛，博物学家布封为它做了体检，它的肖像和词条也被收入狄德罗和达朗贝的《百科全书》。

这还不是克拉拉第一次被人造像。此前，在德累斯顿，迈森制瓷坊的名匠坎德勒为它画过很多速写，然后按图制成瓷塑。故宫钟表馆的犀牛座钟，便是依照坎德勒的瓷塑拷贝而来的。顺便说一句：迈森（时属萨克森选帝侯领地）是世界上第一个未经中国人指导仿制瓷器的地方。

在克拉拉之前，西方人对犀牛的了解，仅限于纽伦堡画家丢勒1515年的一幅木刻图。那年，葡萄牙国王曼努埃尔一世从印度弄来一头犀牛，然后送往罗马，讨好当时的教皇。从里斯本到热那亚的这段路程只能走海路，当船经过马赛时，早已等候在附近一座岛上的法国国王弗朗索瓦请求一睹这头绝世奇兽。葡萄牙人不便拒绝，只得从命。法国人满足了好奇心，船只再次启锚，可没走多远便因风暴沉没了。

当时，画家丢勒身在纽伦堡，并未亲眼目睹犀牛的模样，只能靠他人转述作画。他刻画的犀牛肤质斑驳，好像一层铠甲，肩胛之间还多了一根突出的尖角。那层铠甲，其实有其来历。犀牛启程去意大利之前，曼努埃尔一世曾给它披上铠甲和一头幼象决斗。

罗马博物学家普林尼曾说，犀牛和大象是天敌。于是，葡萄牙君主决定验证一下古人的说法。当时，犀牛披挂的是莫卧儿王朝印度骑兵的马甲，肩胛处那根凸出物只是马鞍前的把手，帮助骑手冲杀时保持稳定，而并非西方人误以为的犀牛的第二只角。

正是这个有欠准确的形象，曾流行于西方达两个多世纪，直到克拉拉到达欧洲，才终于得以纠正。佛罗伦萨的美第奇家族曾根据它设计过族徽；西方动物学的开山鼻祖，瑞士医生盖斯纳在他的《动物史》中，就用这张画作为犀牛的图解；比萨大教堂的西门上，也有这个图案的浮雕。

直到今天，德语中仍然把印度犀牛称为“甲犀”。这些关于犀牛的逸闻背后，是一些知识的故事，以及比知识本身更加难解的历史。

去年，意大利的一家私人美术馆在中国搞过一次巡回展，主要是一批文艺复兴时期的作品。根据未经核实的传闻，外方曾有意拍卖其中的部分藏品，但不知什么原因计划没能成功。等我回到北京时，展览已经结束，只在朋友家看到一份展品目录，其中之一，赫然竟是丢勒的印度犀牛的木刻印本。

天堂的滋味，只要一文钱

晚清读书人黄协埙，因为仕途无望，便在上海滩投身新闻界，还帮洋人搞过翻译，后来成了《申报》最早的主笔。此人身后留下一部笔记《淞南梦影录》，从中可以看出，他在十里洋场上见了不少世面，除了洋枪队装备的西式军械（当时美国雇佣兵华尔和李秀成麾下的太平军战事正酣），还有原始的电话（德律风）、自来水、消防队，以及各种日常用度的舶来品。

这些事情详述起来一定有趣，希望我们的史家当中，也能出几个布罗岱尔式的人物。

《淞南梦影录》给我一个印象，就是作者对吃相当在意。也许中国记者的吃喝风，就滥觞于那个时代？住在上海这样的高消费城市，口腹方面的诱惑想必不少。各色饮食当中，最为作者津津乐道的居然是苹果：

"而尤以旧金山之苹果，为独出冠时。每一枚需五六十文，松如嚼雪，清胜餐花。每一登盘，觉龙眼荔枝，俱应退避三舍。"苏东坡泉下有知，一定觉得黄先生的口味比较反传统。

苹果原产于西亚，后传入欧洲，于是有了希腊神话里的帕里斯裁决，还有神箭手威廉·退尔射苹果一类的传说，后来又被亡命海外的欧洲人移植到北美殖民地。中国最早种植苹果，是在蒙古统治时期，但没有进入一般人的生活。等转过地球再次从美国引进时，已经是19世纪后期。没过几十年，这种对土壤、气候具有很强适应力的新种苹果便在中国落地生根，还培育出不少本地化品种，即使对于这里的穷人，也算不得什么稀罕物了。

大约二十年前，我们对日本货有一种拜物教式的感情，尤其是电器。不只是品牌，就连原产地也都迷信"日本制造"，据说，这样品质才有保障。于是，"原装"成了当时的流行词。

推而广之，这个词还被用到人身上——兹事体大，关乎名节。没过多久，我们开始为新一轮全球化运动打工，本地化生产极大降低了大众享用东洋品牌的代价，于是对于"原装"不"原装"也就不再那么计较了，何况还有产销带来的利润分享。我们的历史翻到了新的一页，这是物质的历史，也是心理的历史。

启蒙时代的英国思想家约翰·洛克有个说法，很有《实践论》的味道：你在真正品尝过菠萝之前，不可能正确了解菠萝的味道。他在不止一篇文章中，重申过这个意见，可见不是随便说着玩玩。他进而阐发道，一个人除非航行到西印度群岛，也就是出产菠萝的地方，亲口尝试它的味道，否则只能通过水手们的描述，结合一些已有的味觉概念作出想象，就像盲人描述一个物体的颜色那样。

终其一生，洛克从未有过菠萝味道的第一手经验。为讨论人的认识问题，假如以苹果为例，逻辑上也同样成立，但对于17世纪后期的英国人来说，苹果的滋味实在太家常了，菠萝则不同。当时，除非跻身上流显贵，或是航行到加勒比海，难得有谁享受过这份口福。少数幸运者做过各种描述：有人说它的黄色果肉有麝香味；也有人说吃起来更像草莓；还有人联想到甜瓜，只是略带“怡人的酸味”。

菠萝的魅力不仅在于味道，有幸目睹过的人对其外形也曾顶礼膜拜，包括它那疙里疙瘩的表皮。西班牙有一位方济各会修士，竟从果实顶部的一簇断叶，看出神圣的王冠形状。乔治时代，英国著名的威奇伍德瓷窑还烧制了菠萝形状的餐具。或许这跟当时的巴洛克审美风尚有关——如此美妙的造形，不被用来装点餐桌，简直是暴殄天物。

为迎合市场需求，有人尝试人工培育菠萝。英国地处北方，必须修筑暖房。首先，搭建温室的玻璃就不便宜，加上巨大的供暖火炉，还要雇用昼夜轮班值守的园丁。这是一笔巨额开销，然而，绅士们还是纷纷在自家庄园里添置这一设施，因为这是上等人“自尊心”的表现。用这种方法生产一个菠萝，成本高达80镑，折合成今天的人民币，大约相当于8000元左右。

上行下效，有上进心的中产阶级也要一尝菠萝的美味。结果，市面上出现了一个出租菠萝的新兴行业。市民们每逢宴请重要客人，便会去租一个菠萝，供放在餐桌正中，以提升宴会的档次。既然这种异国水果的观赏价值受到精英阶级的肯定，那么，是否品尝它的滋味，也就变得相对次要了。

不知洛克这个启蒙主义者对此作何感想，想来他会同情那些请客的主人，他们每次都在心中默祷，千万不要跑来一位不解风情的来宾，为获得对于热带美味的正确认识，真把菠萝剖开——那一刀可就插在主人心坎上了。由于菠萝都是多次租用，结果，下家们的客厅里，往往飘着一股烂果子味。

消费需求导致投资生产（包括进口量）的扩大，到了维多利亚时代，伦敦已经有人在地摊出售切成小片的菠萝，摊贩们这样吆喝："天堂的滋味，只要一文钱！"

老鼠大厨

聪明人干的最大蠢事，莫过于窥探权力的厨房。这种事玩不好，会惹大麻烦，可别的厨房他们又不屑一看。观赏灶台前挥汗如雨的杂耍表演，至少对胃口没有帮助，更多的人喜欢窥探别人家卧室。你看，现在哪个厨师的名气，赶得上帕里斯·希尔顿？

近年来情况稍有变化，至少意大利和法国的厨房正在变得“性感”。有关烹调书的旺销就是风向标，美国制片商也闻风而动。其中，迪士尼公司拿出了制作精良的《料理鼠王》(感谢译者没把标题弄成“美食奇兵”之类)，美国院线第一个周末就赚进 4000 多万美元，而且好评如潮，有人甚至在谈论它获得奥斯卡最佳影片的可能。即使在米老鼠过街，人人喊打的法国，它的票房成绩也是年度之冠。

倒退 15 年，巴黎郊区的迪士尼乐园开业，法国百姓差点揭竿而起，对“文化鼠疫”严防死守，差点重演攻打巴士底狱的一幕。现在，他们的评论家欣然首肯本片为历史最佳“烹饪电影”。可见，用老鼠厨师作为迪士尼新任形象大使，外交手腕可比美国国务卿高明多了。

出身草根的小耗子雷米，是那种受过人类文明启蒙的动物。它的天才不在文笔，而是味蕾。它把东拾西拣来的食料搭配成各种美妙的味觉和弦。它志存高远，背离了祖先的传统，跑到巴黎遇见一个高级餐馆的勤杂工，叫林奎尼（意思是一种意大利面条）。

那小子人如其名，是个软兮兮、老往地上出溜的窝囊废。雷米把他变成实现自己厨艺的替身，就像饱读武学典籍的王语嫣，给笨手笨脚的段誉打架时支招那样。他们联手排除万难，还用一道影片的标题菜，让苛刻的美食评论家体验到一次普鲁斯特式的童年追忆，帮助困境中的餐馆咸鱼翻身。

故事十分老套，而英雄不问出身的励志主题，一向就是迪士尼的拿手戏。他们把老鼠当做吉祥物，库存里自然少不了这方面的噱头，可供随时调用。《料理鼠王》片中的几段厨房戏，还让我想起李安的《饮食男女》。

然而，就像做菜，比例的搭配和烹制的火候往往比起备料讲究更多。同理，一部好看的电影，并不等于一些风格元素的大杂烩。小耗子的表演，未尝不是编导布拉德·伯德现身说法，自道从艺心得。

该片原名很难译成汉语，Ratatouille一语双关，本指一种源于尼斯地区的家乡菜。该词前三个字母，恰好又是英文里的老鼠。本来，这是一种上不了席面的穷人饭，从普罗旺斯到马耳他，各地做法随着物产和口味不同有很多变化。大概是让在蔚蓝海岸尝鲜的游客喜欢上了，这才渐渐登堂入室。

标榜法式餐饮，往往是势利之徒的附庸风雅。而《料理鼠王》一片却把人物和美食的关系从享用变成了制作，这是该片的高明之处。雷米身在巴黎，做的确是美国梦，虽然影片过滤掉了那层功利色彩。这是穷人的梦想——到新世界去，不管巴黎、纽约还是北京，通过奋斗，过上一份体面的生活，释放他们在未开化社会中受到约束的欲望和能力。

而这一切背后，是一种强调平等的政治原则。它的权力厨房用玻璃建造，允许你公然旁观，却看不出大门开在哪面墙上。影片里有句口号：人人都能掌勺。这不是现实，却是广大人民的愿望。一部表现出这种愿望的电影，想不卖座都难，除非盗版太多，票价太高。

《鼠》片档期已过，发表这番马后炮式的观感，是因为我刚看过一个叫《苹果》的片子。影片有个很有意思的开场，摄影机的视线上下左右摇摆，抚摸着北京沿街的高层建筑，背后的惊异和欲望表露无遗。不用问，这个视角不会属于本地人。可随着人物逐一亮相，问题来了。

北京一家按摩房的香港老板强奸了女雇员苹果，被她做清洁工的丈夫隔窗望见，由此开始了一段恩怨纠葛。苹果怀了孕，但不能确定胎儿的生父，丈夫以此和香港老板讨价还价，把婴儿卖了，外加一笔精神损失费。至此，故事走了不到一半，我已经看得一头雾水。那对打工夫妻什么身世？哪些动机驱使一个年轻姑娘从事那种并不安全的职业，还得到丈夫认可？影片最后，那个丈夫退还巨款，潜入香港人家，抱走经过亲子鉴定的婴儿。道德救赎的一幕来得没头没脑，吓了我一跳。

也许主创人员的预设观众都是按摩房的常客，对这类问题有着心照不宣的了解。也许他们早把目光从人物身上，转移到国际电影节的权力厨房，并且假定评委们对于反常行为，一致抱有职业性的偏嗜。刚才上网一看，有关本片的话题全集中在女明星的裸露程度上。这样的宣传手法，未免太朴实无华了吧？

有个搞影评的朋友对学生说：不要以为你们未来的观众都和你们一样，是拍电影的人。你漠视公众，公众就会漠视你。精辟，很有些“你不理财，财不理你”的意思。

灾难之后

作为一个四十多岁的人，我目击过的历史事件不止一两起。最近的一次，恐怕要算“9·11事件”了。当时，面对曼哈顿下城的滚滚烟尘，脑子一下断片了。后来想起6500万年前那颗撞击地球的外星体，不少科学家认为那起飞来横祸导致了恐龙的灭绝。

几乎一夜之间，如何理解恶，成了西方知识界关心的焦点，短时间内就有大量相关书籍出版。

1945年，汉娜·阿伦特曾经断言，恶的问题，将成为战后欧洲知识生活的基本问题。然而，这一断言并未成为事实。不论是古拉格、柬埔寨大屠杀，还是波斯尼亚种族清洗，都只是作为一时的新闻热点被人们议论，直到纽约恐怖袭击。

也许，对西方而言，这类事件发生在文明边陲，甚至化外之地，尚不足以构成心腹之患。也许当代人习惯于把问题置入历史语境，并推导出一系列原因的原因的原因，善恶对立于是让位于价值中立。

2002年，主持波茨坦·爱因斯坦论坛的美国学者苏珊·尼曼出版了《现代思想中的恶：一部另类哲学史》。本书没有对恶进行全面定义，而是复述了启蒙运动初期至奥斯威辛之后，恶在西方哲学中的演化。作者讲了一个故事，而故事的主角则是作为观念的恶。

她的故事从1755年11月1日开始，那天的早晨9点40分左右，葡萄牙首都里斯本发生强烈地震，地震伴随着大火和海啸，整个城市，包括王宫，像《旧约》中的索多玛城一样毁灭，死亡人数估计为6万至10万。

若干年后，专家们估计，其强度达到里氏9级。作为伦敦、巴黎和那不勒斯之后的欧洲第四大城市，里斯本的灾难在知识界引起激烈讨论。由于地震发生于万灵节，不少人认为这是天谴。葡萄牙的耶稣会士则反对重建里斯本，认为那是进一步亵渎神的旨意。

而在当时的启蒙主义这方面，作家伏尔泰写了一首短诗，在笔友之间流传。由于远离灾难现场，诗人的用意是借题发挥。这首“玄言诗”针对的是德国思想家莱布尼茨的“神正论”。在一篇作于1710年的论文中，莱布尼茨认为，尘世间的恶与神的至善并不冲突，不论多少邪恶存在，人类所置身的世界，是一切可能的世界当中最好的。至于好人也会遭逢厄运，那是因为神的意志深不可测。这个理论就是当时所谓的乐观主义（和今天所指不同）。

作为自然神论者，伏尔泰不相信神会干预已然存在的世界。对他而言，1755 年地震是无端的恶，没人能宣称里斯本的受难者都是恶人，尤其是那些幼童。当然，恶原本就毫无来由，它不同于罪行。罪行必有动机，所以可以理喻，恶不可理喻，它更像是自然现象。所以，恶更多不是伦理学问题，而是知识论问题。

读到伏尔泰的诗后，卢梭给伏尔泰写了一封长信，并在信中说了一些出人意料的话。他认为，地震中的死难者非但有机会早脱苦海，而且给了伏尔泰舞文弄墨、四处煽情的机会。同时，他还认为，里斯本地震更多不是天灾，而是人祸。他说，如果人们分散居住，而不是大规模集中在市区，就不会发生这等惨剧。他进而为神正论的乐观主义辩护说，人对上帝的计划缺少完整认识，自然也就没有权利判断其真伪。

如果说里斯本地震动摇了传统的神正论，那么发生在 20 世纪奥斯威辛的悲剧则对另一种乐观主义，也就是历史进步论，提出了根本质疑。

西方人具有一种把善恶问题知识化的传统，自古希腊人开始便以光明和知识为善，以黑暗和蒙昧为恶。他们以为，人只要能知善恶，就会避免恶行。然而，人在 20 世纪的历史经验证明：事情并非如此。

尼曼在书中引用了阿伦特的一封信。其中说，恶不是参天橡树，而是阴影下的毒菌——她指的是纳粹死亡营中那些承上启下的庸碌官僚。当人缺少承担自由意志的能力和勇气，他就会隐身在集体当中，哪怕这个集体正滑向深渊。此时它所参与的恶行便已超出一般的理解范畴，成为类似自然灾害的现象。

里斯本地震发生后，领导救灾的是内政大臣塞巴斯蒂昂・德・梅洛。他曾代表葡萄牙出使英国，回国后效法英国模式改革国内经济，重组军队，发展教育，并废除了葡萄牙在印度殖民地的奴隶制。有人问他如何应对灾后的混乱局面，他说：“死了的入土，活着的喂饱。”

在德·梅洛领导下，城市废墟在一年之内被清理完毕。随后，国王任命他重建里斯本。他雇用大批建筑师、工匠和劳工，开始建设一座拥有大型广场和林荫道的城市。这时，又有人问他，为何建造如此宽阔的街道，他说：“有一天它们会显得太小。”

除了重建都城，德·梅洛还向基层政府组织分发了一份问卷，其中的问题有：地震持续的时间，可感余震的次数，动物有无异常反应，井水和积水有何异常，等等。这份问卷被视为现代地震学的开端。

马路超女

纽约布鲁克林北端是一片货场码头，对岸是曼哈顿下城金融区的塔楼群。三年前，我去那边的一个法庭给人当翻译，完事之后，想起附近的米达夫街上的一处旧日名胜。那是一座再普通不过的房子，半个多世纪前就已经摇摇欲坠，建筑本身也无可圈可点之处，即便当危旧房屋拆了，也没什么可惜，重要的是里面住过的人。

上世纪40年代初，整个世界战事正酣，小说编辑戴维斯和他的年轻女作者麦卡勒斯就在这栋老屋落户。虽说租金已经低得不能再低，他们还得另外找人合住，以分摊费用。

第一个入伙的，是流寓纽约的英国诗人奥顿。接踵而来的还有奥顿的同胞，作曲家本杰明·布里顿、男高音皮尔斯、作曲家保罗·鲍尔斯夫妇（这对夫妻的行状，可以透过贝托鲁奇的影片《遮蔽的天空》略见端倪）。作曲家科普兰、芭蕾编导巴兰钦和画家达利也常过来串门，甚至留宿。

这伙波希米亚人组成了当时最好的文艺沙龙，虽然这里不是启蒙时代的巴黎，也不是世纪末的维也纳。奥顿给大家定了一条规矩：上厕所时，每人只能用一张草纸。正是在这里，他写出最好的十四行诗，同住的布里顿完成了歌剧《保罗·班扬》，鲍尔斯拿出了舞剧《墨西哥狂欢节》，而麦卡勒斯的收获则是传世小说《伤心咖啡馆之歌》。

与此同时，一个文艺界"皇马"般的超豪华阵容也出现在洛杉矶：阿多诺、勋伯格、福克纳、斯特拉文斯基、托马斯·曼，还有《围城》里提到过的诗人肥儿飞儿，及其夫人阿尔玛。阿尔玛十几岁就是维也纳社交界的明星，把阅人无数的画家克里姆特撩拨得五迷三道，成为肥儿飞儿夫人之前，曾先后嫁过音乐家马勒和建筑师葛罗皮乌斯（包豪斯学院创始人）。

可惜，大腕们在南加州的阳光下过得太爽，创造力纷纷衰退。洛杉矶也只好继续生产它的商业电影，至今摆脱不掉文化上的外省地位。

物不得其平则鸣，人之于言也亦然。有人出书，有人泡贵族沙龙，小资知识分子在咖啡馆高谈阔论，入不了雅士之流的，则在街头巷尾说唱，就像前些年得过诺贝尔文学奖的达里奥·福。

这方面的传奇人物，还有法国歌星皮亚芙。她一生歌唱巴黎的街道、天空、小丑、大兵和贼，去世 40 多年后，她仍在拉雪兹神甫公墓享受粉丝的祭拜。而她那些伟大的邻居们，包括邓肯、德拉克洛瓦、普鲁斯特，与她相比，真可算是身后萧条。对于很多人来说，她的声音就代表着法国。

1915年，艾迪特·皮亚芙出生于巴黎东站附近的美丽城。这是一处名不副实的街区，现在很多偷渡的温州劳工就住在那一带。贾樟柯在他的电影《世界》中，也提到这个地方。皮亚芙的爹妈都是走江湖的底层艺人，生下她没几天就把她丢在姥姥姥爷的马戏班子。后来，又被开妓院的奶奶抱到诺曼底。窑姐们都是些好心肠的姑娘，给她做衣服，带她看病。

据说，小艾迪特降生时，她妈没能赶到医院，两个执勤的片警只好在路灯底下铺上自己的大衣，把她接生到这个世界上来。后来，历史学家经过考证，发现这些都是皮亚芙自己瞎编的。诚实自然谈不上，可她至少没说自己从小习惯什么高贵的生活。也许，这就是人们所谓的浪漫，而这种浪漫，跟小资们钟情的奢靡、轻佻无关。

皮亚芙从小跟着老爸走街串巷地卖艺，捧着帽子在人堆里收钱。每到表演间歇，她也会唱上一段，结果发现她的歌比老爸吐火翻跟斗更受围观群众欢迎。于是，她开始单干，沿街卖唱，一天能挣50多法郎。此前，她在雷诺车厂当童工的工钱是每周48法郎。

这是个厉害丫头，用她的话说就是："甭管是谁，只要听我唱歌，就得给我咳嗽出俩钢镚来。"

一个名叫路易·勒普雷的夜总会老板偶然发现了她，给她起了"皮亚芙"这个艺名。在他们的土话里，皮亚芙类似北京人说的"家雀"（读qiao，上声），也就是麻雀，因为她身材极小，可嗓门奇大。光顾勒普雷夜总会的不乏文艺界人士，她在那里认识了让·科克图，在《达·芬奇密码》里，他被胡扯成郇山隐修会的前老板。

大作家慧眼识珠，为她量身定做，写出了名剧《冷美人》，就此捧红了她。当年，她在台上高唱《我的殖民地情人》，听众里说不定就坐着那位日后成了玛格丽特·杜拉斯的文学女青年。

发达之后，皮亚芙效仿前辈，自己也扶持过不少新人，包括后来的大明星伊夫·蒙当。后者除了唱流行歌，还主演过《左轮357》一类片子。像很多艺人一样，皮亚芙一生沉迷于性爱和麻醉品，死时只有47岁。

那是1963年11月10号，几乎同一天，早年发现她的让·科克图也去世了。

我们这些外国人说起法国文化，经常不自觉地联想到蓬皮杜夫人、玛丽·安东内特那种奢华口味。我们对待草根文化，总是缺少一点哪怕仅仅是亲切垂询的雅量。我们的眼睛朝上翻着，好像八大山人笔下的白眼动物。

法国人在文化上有过外人难以想象的开明，否则，皮亚芙早就不是在香榭丽舍唱什么《花都情天》、《玫瑰人生》，而是跑到巴士底广场呼唤英特纳雄耐尔一定要实现了。

巴别塔的猫、狗和猴子

我年轻时出过一本小说，书里讲一只做了卡通明星的猫。为了那只会说话的猫，还着实得意过一阵，直到若干年后的一天，我和一个朋友在科隆搭错火车。那天本打算沿莱茵河去罗累莱，去看海涅诗中写过的那段河湾。可直到经过法兰克福，才明白干了蠢事。后来，我们在班贝格下了车，在那座中世纪古城打发掉一个下午，我们都喜欢当地的烟熏啤酒和交响乐团。

班贝格有一家霍夫曼剧院，门前那座作家雕像怀里抱着一只猫。德国浪漫派文学，我以前只读过一点海涅的抒情诗，包括那首《罗累莱》，还有《茵梦湖》一类的言情故事。至于霍夫曼，只知道他的小说被改编成芭蕾舞和轻歌剧，从没听说他写猫，直到读了他的《公猫妙儿的生平和见解》。那本书写得极酷，里面全是恶搞过去的经典，逗得不行。说来说去，今天所谓的后现代小说，不过是在炒近两个世纪前的冷饭。

于是，有必要梳理一下自己隐秘的精神根系。我长篇大论地讨论现代文学中动物形象的“除魅”和“返魅”，以及一场“狂飙突进”式的社会文化运动失败后，知识分子通常表现出的反动倾向。而在那个语境中，我的卡通猫和霍夫曼的妙儿，成了“巴别塔的猫”。我的想象中，在通天塔建造之时，所有生命都在分享一种共同语言。

兴头还没过，虚荣心便又遭打击。在洛杉矶一家公共图书馆，我翻到新上架的小说《巴别塔的狗》。那本书讲一个语言教授下班回家，发现他的太太从后院苹果树上掉下来摔死了。事件唯一的目击者，是他家一条叫罗累莱的狗。

语言学家想办法训练狗说话，好让它复述出整个过程。作为辅助手段，他设计出一种电脑输入装置，每个触键大到能让狗用鼻子点击。任何对现代文学稍有涉猎的读者都不难想象这本小说叙事上的巨大难度，并为此向作者致敬。

很快我又发现，这个为狗设计专用打字键盘的想法，历史上也有先例。上世纪 60 年代，小说家托马斯·曼（《魔山》的作者）的女儿伊丽莎白，为她的英国猎犬特制了一台电动打字机。经过一年的训练，外加汉堡包牛肉饼的诱导，那条狗初步脱盲，学会了二十来个短词，拼写错误虽然难免。

接着主人又鼓励它独立创作，小家伙便拿爪子在键盘上随机性地胡乱扒拉。女主人把狗打出来的稿纸拿给一个编辑，后者看了之后，说颇得巴西“具体派”诗歌之神髓。

1909年，法国数学家勃莱尔在《概率论原理》中，用“打字猴子”这个形象化的隐喻阐述字母的随机性排列：一群猴子在打字机上乱敲，最后可能打出巴黎国立图书馆全部藏书的内容。

这个想法流传到英语国家，又被通俗化地表达成“无限猴子定理”——无限多只猴子，或给一只猴子无限多的时间，最后会在键盘上打出莎士比亚的全部作品。

出于对猴子的尊重，同时作为汉语使用者，我准备用《西游记》替换《莎士比亚全集》。假定一只猴子全拼输入汉字（总不能先要求它背会五笔字型吧），且电脑键盘共有60个键，那么，它正确敲出“孙悟空”三个字（触键超过9次，因为还有若干个选择键）的几率便是1/60的十多次方。

如此估算，这只猴子若想打出整部《西游记》，恐怕它的寿命需要超过宇宙的现有年龄。

至此，我走进一座没有出口的迷宫，就像博尔赫斯描述过的“巴别塔的图书馆”。

最终的问题或许是：一部文本的出现，是否需要一个拥有特定意图的作者作为执行人？推而广之，我们这个世界究竟源于偶发还是神创？假如是前者，它的目的和意义何在？

罗马共和时代，西塞罗便在《神性论》中批评一些人，居然相信把一堆金属铸造的字符随便一撒，地上就会自动出现一部《编年史》。

有好事者设计了一个叫做“猴子莎士比亚模拟器”的在线程序，它给定的条件非常简单：每秒钟触键一次，猴子数量随时间不断增加。

目前，这群猴子创造的最新纪录，是一个二十多个字母的序列（包括标点和空格），跟《亨利二世》中的一段话吻合。我们不妨把这看做理论家念念不忘的"作者已死论"的一个另类注脚。

作者崩矣！作者万岁！此候补作者，乃虚拟猢狲若干。

我们身后，洪水滔天

跟朋友外出露营。营地在沙漠中，科罗拉多河的一条支流由此经过，形成一小片绿洲，两千人口的小镇，靠畜牧和旅游业繁荣着，一些经典西部片的外景就是在这一带拍摄的。南加州持续干热，伊莎多拉湖的水位降低了两米。空气钻进鼻子，有种桑拿浴室的感觉。长此以往，出门喘气就能把肺烫熟。

最近重读约翰·罗斯金的《威尼斯的石头》。该书写作时，英国的国势正如日中天，作者检讨另一个海上强权的兴衰，大有居安思危的意思。罗斯金认为，威尼斯共和国败亡的标志，是寡头统治取代贵族传统，而社会风气方面，人们对荣誉感和血性的推崇，则让位于商业利益的追求。作者痛心疾首之余，终于明白倒果为因的感慨抒情无济于事。

好在这个“泻湖中的海市幻影”退出历史舞台后成了艺术品。可如今，就连这都成了问题。

上次流浪到威尼斯，没钱，只好露宿。夜风从泻湖吹来，大有“峭风梳骨寒”的感觉。至于睡觉，只好等到早上找个向阳的地方。那里离古军港前面不远，在莎士比亚笔下，奥赛罗的舰队就曾在这里驻泊。野史上说，制琴名匠斯特拉迪瓦里，也曾来此挑选废旧船板，饱浸海盐的木料经过百年风干后被制成提琴面板，能振荡出铿锵耀眼的音色。

刚在路椅上躺下，一队山西游客从旁经过，每人戴着一个塑料模压的狂欢节面具。导游指着叹息桥的方向说某某领导人就在那里下榻。他一面介绍，脸上一面露出灿烂的笑容。

导游说的是达尼埃里饭店，那里原是一座 14 世纪的宫殿，罗斯金曾几次在那里落脚。在他之前，还有更多大牌文人入住过，像彼得拉克和狄更斯。八卦一点的还有乔治·桑。就是在那儿，她把缪塞给甩了。后者也不是省油的灯，为此写出《一个世纪儿的忏悔》痛陈心曲。男作家靠女名流自我炒作，大概即滥觞于此。

用不了太久，恐怕连凭吊这些往事的地方都没了。这里前一年发过洪水，狼藉景象随处可见。海面还在上升，一切拯救方案全是徒劳。罗斯金曾在书中感叹威尼斯的沉陷，那不仅是隐喻，那是现实。

继中国的白鳍豚后，下一种将要灭绝的哺乳动物就该轮到北极熊了。它们赖以生存的浮冰急剧减少，迫使它们游到危险的外海捕猎海豹。由于地球暖化，格陵兰冰川正以每小时 1.7 米的速度消退，喜马拉雅山的积雪也在加速融化。

那要变成多少水呀！纽约、阿姆斯特丹、香港、威尼斯，这些“蓝色文明”的杰出代表，还不全都泡汤了。然而，此时此处，我们处之泰然，好像正在窥视危险然而性感的奇观，就像观赏《完美风暴》一类的好莱坞灾难片。

大人物有把灾祸当机遇的胸怀。随着北极冰层消失，西方人探寻了几百年的北方航道即将成为现实。届时，穿梭于欧亚之间的船队，无须再去巴拿马和苏伊士运河推推搡搡地排队，很多地理上的战略要冲，也将变得无足轻重。

昔日威尼斯霸权失落的根本原因，就是大西洋航道的开辟，使传统的地中海贸易从此形同儿戏，何况，他们还要应付虎视眈眈的近邻奥斯曼土耳其。马可·波罗描绘了遥远的中国，却说不出绕过土耳其驶向中国的海路。

这个月，加拿大宣布斥巨资建造大型破冰巡逻舰。北极海岸 200 海里内的岛屿间航道属加拿大领海，一向遭受冷遇的西北地区现在开始为当地资源的开发和联邦政府讨价还价，就连当地原住民（因纽特人）的艺术品，身价都在暴涨。

俄国人则派遣探险队，搭乘微型潜艇，用机械手把一面钛制国旗插到北极海床，同时采回岩样。据说，这能证明那里是俄国大陆架的自然延伸。后来，有人揭发说，他们发布的水下录像是伪造的，是从一些美国电影中剪下的片断。不过，当时的普京总统还是接见了他的英雄们，就像 1937 年，斯大林接见把苏联红旗插到北极冰面上的探险队一样。

现在，我们知道，全世界的目光正在转向那里。牵引人们目光的是资本，因为资本又找到了适合它滋生的去处，那里有石油和金属矿藏。

我们可以预期新一轮淘金热。问题是，那些远离极地的人们，他们的命运又将如何?

他们的栖息地水患肆虐，可维持基本生存的淡水资源却在快速枯竭，就像艾略特在长诗《荒原》里描绘的场景。没有石油，人类文明存在过数千年，但没有淡水，恐怕一天都不行。

直到今天，舆论还在向我们许诺美好的未来，而我们也在发自内心地呼喊：让我们开汽车！让我们吃蛋糕！

捕鲸记

因为没出过海，所以对海着迷。每次去美术馆，都会在海景部分停留很久，尤其是透纳。

透纳是英国人，都说英国人不擅长绘画，但透纳却是例外，这是个不世出的天才。所谓天才，好像总能弄到时间机器的特供机票，不是跑到古人那儿偷学几招失传的秘技，就是一路溜到未来世界。他的设色笔触都像写意，不但启示了法国的印象派，即使在晚近的抽象表现主义那里也能看到他的影子，比如德库宁和琼·米奇尔（美联储前主席格林斯潘的前妻）。

透纳的海景，既不讲究故事性，如热理柯的《美杜莎之筏》，也不像印象派那样，把海当做静观对象。对于英国人，海洋是战争和贸易（包括奴隶贸易）的舞台，也是生产活动的对象。1845 年，透纳完成了巨幅油画《捕鲸船》，画中海天一色，水手们驾着小艇，在惊涛骇浪中围猎一头长须鲸，这是透纳最为惊心动魄的作品。

今天，捕鲸受到国际社会的谴责。除了日本和挪威，没有谁敢从事这个血腥的行业。然而历史上，捕鲸业却是西方文明的润滑剂，就像今天开采石油。鲸类的脂肪是制造润滑油、蜡烛、肥皂和香水的基本原料。

想想那些西方大家们焚膏继晷写成的乐谱、论文还有科学算式吧，可以说，近代知识的海洋里，充满了鲸鱼们怨愤的鬼魂。

1851 年，透纳在伦敦去世。同一年，美国作家梅尔维尔出版了海上历险小说《白鲸记》，这部百科全书式巨著详尽描述了当时捕鲸业的种种细节。梅尔维尔少年时航行到英国，见过透纳的作品。书中有一章叫《鲸之白》，读起来就像作者用文字向透纳致敬。

1841 年 1 月，梅尔维尔登上一艘驶往太平洋作业的捕鲸船。翌年，他跳槽到另一条船，其间停靠过塔希堤岛和檀香山。1844 年，他返回美国专事写作。三年出生入死的水手生涯帮他积累了太多故事。但他不知道，与他同时，太平洋的风浪中另有一艘捕鲸船，上面的一个水手也将载入史册，那是一个日本人。

也是 1841 年 1 月，在日本东南的土佐国（今高知县），一个叫中浜的渔村里，有个 14 岁的男孩万次郎，小小年纪就跟着几个大人出了海，船上装了三天的柴米和淡水。正当他们准备满载而归时，一场风暴把小船吹到距离本岛近三百海里的鸟岛。

船被巨石撞碎，几个人相互扶持攀上礁石。他们在岩缝中搜集淡水，采集贝类和海菜，捕捉筑巢的信天翁。三个月后的一次大地震，险些让他们葬身岩洞。又过了一个月，信天翁迁徙去了南方，留下一座荒岛。他们饥寒交迫，与世隔绝。而且，即使获救，他们也已无家可归——幕府时代，日本实行海禁，任何人驶出沿海范围便被视为受到番邦毒化，一旦回国，则严惩不贷。

五个月后的一天早晨，天际线上出现了一个黑点，一条大船向他们驶来，他们得救了。搭救他们的是美国捕鲸船“约翰·霍兰德”号。几个日本渔夫从没见过“鬼佬”，他们头发和眼睛的颜色那么浅，穿着贴身的裤子而不是和服。他们平生第一次吃到西餐，看到各式鱼叉和复杂的索具，了解到鲸鱼的主要经济价值不在肉而在脂肪。

船长威特菲尔德注意到万次郎的好奇心，便教他读海图和驾船技术，还给他取了个洋名：“约翰”。但他不能送万次郎回日本，1837 年，一条美国船在江户水域遭到幕府军的攻击。他不能冒这个险。年底，在捕获了 19 头鲸鱼后，“约翰·霍兰德”号驶向夏威夷卸货。其他日本人留在檀香山谋生，只有万次郎决心追随船长，他要做一个水手。威特菲尔德没有家室儿女，便把这个日本男孩当成儿子带回新英格兰老家。

从此，这个日本少年破天荒地跑到美国，学英语，像武士一样骑马，还考进了航海学校。1846 年，他随捕鲸船“富兰克林”号南下绕过好望角，穿越印度洋到达南太平洋。经过一番曲折，他做了大副。三年后他已经赚到了 350 美元，当时这是一个不小的数目。

返回美国后，万次郎又去加州淘金，赚了 600 美元，之后转到夏威夷，找到一艘开往上海的船。船长同意把他自备的小船拖拽到日本沿海，之后由他自生自灭。两个月后，他在冲绳登陆后被捕。审讯期间，他的口供涉及很多美国事物，引起了上层的兴趣。万次郎说，美国君主不能世袭，他们是民众选举的德能兼备之士，开埠通商将同时有利于两国。

半年后，万次郎获释回乡，成了当地的名人。土佐国藩主山内容堂（此人在维新时代将有一番作为）封他为武士。脱离贱民阶层后，万次郎用村名中浜做了自己的姓氏。

次年，佩里准将率美国舰队轰开日本的门户，中浜万次郎因为通晓英语，参与了对美谈判，多次以一已之机智，斡旋双方促成和局。《美日和平友好条约》签署后，他随日本使团派驻纽约。离开外交界后，他成为日本最早的英语教授，并把现代捕鲸和采矿技术介绍回国。另外，他还把美国的火车、轮船、电报等绘制成图，其中的一张捕鲸图，简直就像是《白鲸记》的插页。

这个最早进入西方，并影响过日本命运的人，从没发表过东方文明如何如何，西方文明如何如何的煌煌大论。

第四编

巴别塔的猫

运河人家和房价

2000 年，耶鲁大学的经济学教授希勒出版了一本名为 *Irrational Exuberance* 的书，书名暂且译做《躁狂症》吧，也许不大准确。在本书中，作者准确预言：当时异常火暴的股市即将崩盘。这个书名，原为前美联储主席格林斯潘发明的一个说法，专指经济活动中违背常识的从众心理。

2005 年，该书重新修订后再版，并且着重讨论了当时异常火暴的全球房地产市场，尤其是纽约、旧金山、伦敦、巴黎、悉尼这些中心城市。他从长线观察角度观察，得出不动产价格必将回落的结论。和利益集团有染的经济学者们，怕被这个“乌鸦嘴”挡了财路，纷纷起而反驳，声称所谓“超级明星城市”的房价只会永远地火箭式上升。

但是这一次，希勒又对了。

希勒的长线观察，所依据的是荷兰人，马斯特里赫特大学的埃希霍尔茨的成果，这位教授对 17 世纪阿姆斯特丹的不动产市场做过专门研究。1628 年，世界上有记录的第一次房市泡沫开始生成。当时，富裕起来的荷兰人纷纷跑到阿姆斯特丹置业。沿 Herengracht（暂译为“执政官运河”）不到两公里的堤岸是当时的黄金地段，而且，那是黄金时代的黄金地段，就像现在的曼哈顿公园大道。

17 世纪是荷兰的黄金时代。由于历史的机缘巧合，这个低地国家（尼德兰一词的意思即为“低地”）不但成了欧洲各国的中间商，而且垄断了西方与东印度之间的贸易。当时，阿姆斯特丹出现了世界上最早的股票交易所，以及现代意义上的期货市场。同时，那也是荷兰艺术的黄金时代，拥有伦勃朗这样的代表人物。

随着资金如洪潮般涌入，该市人口也在二十年间增长了一倍，于是导致了对于房屋的刚性需求。同时，新富阶级希望自己的住宅远离劳工居住区。为此，市政当局只得废止那些中世纪订立的规划原则，允许市区向城墙以外扩展。市区面积开始急剧增加，更多运河被挖掘，大量新建房屋出现在围绕老城区的沿岸地带。

这里，沿河排列着体量节制的砖制民居，除了正面的顶部雕花，几无装饰，与同时代华美的意大利巴洛克风格截然相反。由于石料欠缺，荷兰人只能就地取材，将泥烧制成砖瓦。这些平民气息的建材配上与其相应的款式，恰好体现了年轻的资产阶级崇尚简朴的清教作风。

随后的几个世纪中，这种家常而低调的建筑式样出现在世界的各个角落，特别是一些商埠型城市。从纽约到开普敦，从雅加达到上海，都不难看到其变体。这个过程伴随着阿姆斯特丹人首创的证券交易，当然，还有泡沫经济。

在荷兰经济迅急发展的1628—1633年这五年间，刨去通货膨胀因素，阿姆斯特丹的平均房价增值了两倍。然而，随后发生的两件大事改变了这一切。首先，是金融史上著名的“郁金香狂热”。

随着荷兰成为国际金融中心，本地人已经养成了一种风气，也就是把一切当做估价和交易的对象，不管是香料、烟草、郁金香根茎还是艺术品。不光职业经纪人，很多梦想一夜暴富的一般市民也会积极参与这些赌博性的炒作活动，所依靠的仅仅是一知半解的商业知识和道听途说而来的市场信息。结果，就是水涨船高的行情。郁金香球茎的价格1637年1月份为每半磅64荷兰盾，然而到了2月份，这个价钱便涨到了1668盾，随后便是暴跌。等到市场再次稳定，同样的半磅郁金香球茎只能卖到38盾。

也有学者认为，这种疯狂行为的驱动力，更多来自市民们生死无常的幻灭感，而不是一种单纯的经济现象。因为，就在两年之前，一场大瘟疫横扫了阿姆斯特丹，导致17000人死亡，相当于全市人口的14%。

由于中世纪的欧洲人对猫大肆捕杀，结果鼠害泛滥，寄生在它们身上的跳蚤叮咬人类，导致鼠疫流行。总之，在这两场灾难之后，阿姆斯特丹城里的房价只是高峰期的36%；再过两年之后，降幅进一步达到原来的136.8%。后来，美国有经济学家指出，天灾人祸都有不可预期的特性，同时，这些灾难的伴随现象经常难以解释。比如“9·11”袭击之后，纽约的房价不降反升。

埃希霍尔茨反对“泡沫”这个比喻。他认为，长期而言，房价呈现的就是不断升降的曲线，时而平缓，时而剧烈。这不是泡沫破裂，而是价格天然具有反复无常的特性。

上述房价暴跌之后，很快便又稳定下来，并在几年后重新上升，成倍甚至两倍，超过原有最高水平。十几年后，荷兰共和国进入其历史上的全盛时期。随之而来的，是房价的再次急剧上涨。这一次，执政官运河一带的建筑风格也在变化，开始带有意大利式的奢华味道——这是富二代进入社会生活的表征，比起勤俭致富的前辈，他们更爱标榜品味，崇尚身份标志，再就是不忌讳炫富。

然而，好景不长。1672 年，英、法两国对荷兰宣战。英国舰队封锁了荷兰的海上交通，路易十四的军队则发动陆路进攻。1670—1677 年，阿姆斯特丹的房价下跌了 56%。对此，一些学者归结为欧洲动荡的历史。反之，在美国这样一个经历过内战之后本土再无战事的国家，房价曲线就没有如此剧烈的起伏。

欧洲国家有着发达的簿记传统，由于这一传统，今天的西方人总能对于往昔发生的事情窥知一二。像在阿姆斯特丹，中古以来的各类档案详细而完备。所以，经济学家们才能知道当时有哪个商人或是哪个钻石切割匠在执政官运河边上购置过房产，以及那些房产在历史不同时期的价格。

“以史为鉴”这句老话，被我们不厌其烦地说了不知多少次，可历史究竟在哪儿？就是那些模棱两可的虚应故事？研究那样的历史，还不如去读小说算了。

要爱国，就会有牺牲

从书上看，魔鬼辩护士马基雅维利也是因为爱国吃过苦头的。请允许我进入主题之前，先讲一段题外话。

1948 年末，经典黑色片《第三个人》在战火洗劫后的维也纳开拍。片中有个段落，场景安排在多瑙河北岸的普拉特游乐场。当时，导演提出，在格雷厄姆·格林的剧本中增加一段道白，让饰演黑道人物莱姆的奥逊·威尔斯（《公民凯恩》的编导）说，博尔吉亚家族统治意大利的三十年间，不义盛行，人民饱尝战乱、谋杀和恐惧之苦，可他们当中却出现了米开朗琪罗和达·芬奇，创造了文艺复兴。相比之下，瑞士人则享受了五百年的民主与和平，可他们除了布谷鸟报时钟，又创造了什么呢？

看来，真是术业有专攻。电影大师讲起别国的历史，也是想当然耳。瑞士也是一个饱经战祸的国家，并在战时为欧洲列强提供佣兵，否则瑞士人也不会编出威廉·退尔的故事聊以自慰，就像我们热爱《杨家将》一般。直到拿破仑战争后的维也纳和会，才确认其永久中立国地位。至于布谷鸟报时钟，那是黑森林地区（今德国巴登－符腾堡州）的特产，和瑞士无关。

他所说的博尔吉亚家族，倒是确有其事。这一家族来自瓦伦西亚（今西班牙地中海海岸），1455年，出身于这个显贵家族的阿尔方索·博尔哈当选为罗马教宗，即嘉礼三世，从此和意大利扯上了关系，姓氏也意大利化为博尔吉亚。中世纪的教宗们受教规约束，一般没有子嗣，于是就把教会的要职委派给自己的侄甥辈。由于教廷的这段腐败历史，西方语言中的裙带关系一词，通常源自 nepos（侄子、外甥、孙子）这个拉丁词。

嘉礼三世也没能免俗，他把自己的两个侄子任命为枢机主教。其中之一名叫罗德里格，后来成了教宗亚历山大六世。至此，博尔吉亚家族权势熏天，并犯下种种恶行，受贿、通奸、乱伦、强奸、投毒、买卖圣职，不一而足。较之历代前任，这位新教宗并不隐讳自己放纵的私生活，并和情妇生养了众多子女。历史上著名的蛇蝎美女露可蕾霞，就是他的私生女。

亚历山大六世的私生子中，最出名的是切萨雷·博尔吉亚。此人仪容俊美，在31岁的盛年便战死沙场，生前纵横亚平宁半岛，死后留下数百年骂名，也算得上一代枭雄。他也有个好名字，切萨雷正是“恺撒”的意大利语读音。他在创纪录的17岁，成为罗马教廷的枢机主教。但他志不在于牧护人们的灵魂。23岁那年，他再次打破历史惯例，自动请辞教职。当日，法国新即位的国王路易十二册封他为瓦朗蒂诺瓦公爵。

当时，正值第一次意大利战争，整个半岛成为西班牙、法国和神圣罗马帝国争霸的舞台。当时的意大利并不是统一的政治实体，而是邦国林立。米兰公国、那不勒斯王国、威尼斯共和国、费拉拉王国、教皇领地等各据一方。仅托斯卡纳一个地区，就分割为锡耶纳、卢卡、佛罗伦萨三个共和国。诸侯之间既合纵连横，又在威胁利诱下彼此叛卖，如同春秋无义战的西洋版本。当时的意大利，不过是一个地理概念而已。

在教廷和法国的支持下，切萨雷·博尔吉亚率领一支四千多人的雇佣军，讨伐教皇领地境内的割据势力。初尝胜果后，他又作为教皇军统帅，挥兵南下，并取得围困那不勒斯的法军指挥权。那时，他一度曾雇用当代奇才雷奥纳多·达·芬奇为其设计并督造城防工事。

此人行事果敢，机诈权变，睚眦必报，做事无所不用其极，且富军事天才。正是在这个强人身上，一些睿智之士看到了野蛮人奴役下的意大利获得解放的希望。

1502 年末至 1503 年初，一位佛罗伦萨共和国的使节被派往驻在罗马的博尔吉亚宫廷。此人便是尼科洛·马基雅维利。马基雅维利对切萨雷·博尔吉亚的政治手腕大为欣赏，并不断写信向佛罗伦萨首席执政官谈论此人。但好景不长。1503 年，切萨雷的父亲教宗亚历山大六世去世。有谣传说，教宗是误饮了为对付政敌准备的毒酒。若果真如此，倒也算是报应不爽。

失去庇护后，切萨雷·博尔吉亚遭到敌对家族的清洗，并失去所有领地。几经辗转（包括越狱、流亡）后，他最终投身纳瓦拉王国（今西班牙北部）的军队，并在 1507 年的维亚纳战役中阵亡。

在《君主论》一书中，马基雅维利以切萨雷为例，说明统治者独立的必要，因为权力这东西，易得则难守。切萨雷·博尔吉亚的权力来自裙带关系，一旦这种关系发生变化，他的权力基础就显得脆弱不堪。

反之，一个推翻现有君主爬到权力顶峰的统治者，守业能力则强悍得多。在成就霸业的道路上，他已经清除掉可能的敌人，受益而非受制于盟友，并靠一己之力赢得军队的效忠、臣民的拥戴。而这些，最终要靠武装力量来维持。

一个称职的君主，必须敢于亲冒箭矢，和任何敌人刀剑相向。他应该经常狩猎，既能保持弓马娴熟，又能熟悉未来战场的地势。此外，他还要熟知古往今来的战例，汲取前人的经验教训。

如果这些品质太过理想化，那么构建深沟壁垒，也不失为值得推荐的次佳方案。关于防御工事，马基雅维利的心得同样不少。那毕竟是文艺复兴时代的意大利，奇思异想层出不穷。达·芬奇就曾认为，碉堡应该多由弧面构成，以使进攻一方的火炮形成跳弹，这一设想甚至影响过现代坦克的装甲设计。

这个饱经战败耻辱的民族，对于防御一定别有一番见解。直到今天，典型的意大利足球阵型，后卫线之后也总会再设一名清道夫。

马基雅维利从不讳言权力的暴力基础，毕竟，他生活在一个战乱频仍的时代。依靠工商业致富的意大利城邦，不时沦为外国势力的俎上鱼肉，而生产、交易和积累的效率，永远比不上掠夺。所以，不用奇怪，经济和技术发展的意义，几乎没有纳入他的视野。就这个意义上说，他仍然是中世纪文化的产物。

他也是当代愤青们的精神鼻祖，参透人类世界部分本质的同时，也看偏了这个世界。

站在现代政治伦理的立场上，此学说当然不足为法。马基雅维利告诫统治者，仁慈和慷慨只能激发臣民的贪婪，要勇于背信弃义，如形势需要，动用任何残暴手段都应在所不惜。此类政治原则付诸实践的后果，我们这代人并不陌生。然而，阅读其著作，却仍有特定意义，那就是中和当代人浅薄的乐观主义、进步主义的历史观，但也仅此而已。这也是社会达尔文主义，并不能解释全部人类行为和文化现象的根本原因。

1494 年，随着皮耶罗·美第奇遭到放逐，美第奇家族在佛罗伦萨的六十年统治告一段落。同年，马基雅维利进入政坛，主要从事外交事务。1503—1506 年，他转而负责共和国的城防及民兵建设。

当时，意大利各邦通常不设常备军，战时则招聘雇佣军。马基雅维利认为，雇佣军为钱而战，朝秦暮楚，政治上极不可靠，并把意大利积弱的现实，归因于军事上对于这些职业军人的依赖。同时，他认为，比起雇佣军，向盟友借兵打仗更加危险。这些援军拥有更好的组织和指挥，一旦反客为主，则极难辖制。

如果不能组建一支常备正规军，他宁可从城邦子弟中招募民兵。他认识到，军事训练是一种强化公民认同感的手段——不但武装起来的人们会形成一个整体，军阶制度还有助于压制人群中的不服从倾向，让有威胁的人通过晋升和奖掖，变叛逆为效力。

这是一种特殊版本的爱国主义，其基本依据不是情感，不是伦理，而是现实政治的需要。它意味着，一旦国家安全或利益需要你作出选择，你所要考虑的，绝不是这一选择的是非善恶，因为国家利益高于一切道德准则。政治学家列维·施特劳斯曾把这种爱国主义称为“集体性的自私自利”。

马基雅维利在军事上取得过有限的成功，1509 年，他指挥市民军击败了比萨军。然而三年后，美第奇家族借助西班牙军队反攻佛罗伦萨，佛罗伦萨显然不是对手。在普拉托要塞，5000 名民兵遭遇 500 名食不果腹又被拖欠军饷的西班牙兵，居然未作抵抗，便作鸟兽散，就像遇上韩国人的中国男足。

马基雅维利被迫下野，而且遭受酷刑。但他并不计较个人恩怨，反而又把统一意大利的希望寄托在城邦新一代的统治者朱利亚诺·美第奇身上，结果所托非人。朱利亚诺·美第奇是一个优雅、孱弱的诗人，好与骚人墨客为伍，年纪轻轻就夭亡了。

当代英国传记作家克罗宁曾这样评价说：马基雅维利想把朱利亚诺·美第奇变成第二个切萨雷·博尔吉亚，其中的难度就像把约翰·济慈变成 007。

说到底，马基雅维利是个文人。他所鼓吹的政治现实主义恐怕也是书生之见，自古以来的肉食者，个个都是远比他更为彻底的“马基雅维利分子”，轮不到他谆谆教诲人家应该怎么干，可以怎么干。人家的拳头从来就是瞄准对手腰带以下部位去的，道破权力厨房的秘密，只能徒惹人厌而已。

失势后的马基雅维利开始了隐居写作的生活，在《君主论》之后，他又写出《论李维》，通过评述罗马史家李维的《罗马建国史》前十卷，阐述共和政体的公意基础及优越性。说到最后，文艺复兴是一个崇尚古风的时代，当时的政治思想也经常是古代世界的回响。

这部著作暴露了他的共和主义分子本色。他似乎意识到，要想把那些勇于私斗而怯于公战的庸众改造成不畏牺牲的爱国者，就必须把独夫的君权扩大为国家的主权。他明白，君主夹在人民和贵族之间，想要避免偏袒一方的非议，就只能设置中立的裁判机关。

他还指出：把人民所犯过失和君主的过失稍加比较，便会发现人民总会作出正确的决定。他最后得出结论，当宪章同时承认君主、贵族和人民的权力时，三者自会相互监督，彼此制衡。而一个治理良好的共和国，无须诉诸宪法以外的政治手段。

将近十年，他虽隐居乡野但心怀魏阙，却始终没有恢复公职的机会。当时主政梵蒂冈的是利奥十世，他是画家拉斐尔的保护人，爱好风雅，口味精致，哪里消化得了《君主论》那种恶狠狠的政论。直到美第奇新任当家儒略矢志改革，而且当选为教宗，史称克莱芒七世。他决定起用马基雅维利，命其撰修《佛罗伦萨史》。书成后，马基雅维利获赐 120 金币，克莱芒七世允其参与军政要事，直到 1527 年美第奇家族再次失势。

恢复共和后，马基雅维利希望继续为国效力。由于在美第奇家族复辟期间，他曾有附逆行为，于是被弃而不用。生逢乱世，没人要你爱国，只要你效忠。可惜马基雅维利没有冯道式的手段，或者运气，最后郁郁而终，享年 58 岁。

在我们的想象中，马基雅维利是个满脸忧郁、忧国忧民的知识分子，好发激愤之词。其实，在他生前，却以擅长编写风俗喜剧闻名佛罗伦萨。那些偷香窃玉的通俗故事，反映了一个时代的浮华和堕落，也为他赢得过不少观众。

这比喜剧更喜剧，让我想起列昂·卡瓦洛的歌剧里那个强颜欢笑的丑角。

巴别塔的猫

1.

一次，坐火车从科隆到慕尼黑。时刻表上说，本次列车沿莱茵河向南，中途会经过罗累莱。罗累莱在德国的文化地理中的地位，有点像三峡之于我们中国。

传说中那段河湾里有个塞壬式的水妖，曾被诗人们反复吟咏，如著名诗人布伦塔诺和海涅。

火车驶出科隆，就再没见过莱茵河的影子，直到法兰克福，才明白上车时没留意收听改线通知。同行的汉学家朋友樊克忙说抱歉，听广播是他分内的事，我斗大的德国字认不到一麻袋，唯一能说的一句德语是“我不会说德语”。

多年前，有个女性朋友去维也纳，回来后非要考我奥地利在德语里怎么说，可 Österreich 这个词一到我嘴里，怎么听怎么像是英语里的鸵鸟（ɒstrich）。从此，我就对德语实行“鸵鸟政策”。

学语言得有耐心，可我缺的就是这个，而且功利得不行，尚未得鱼，便已忘筌。有一阵哭着喊着要学日语，为了能看原版小人书，还想自习剑道。后来发现，日本连环画的英文版多到能让马尔萨斯做噩梦，宫本武藏的《五轮书》也有不止一个译本，随便哪个图书馆都能借得着。于是，学日语的事就此按下不提。

樊克见我苦大仇深一脸旧社会的样子，说要不这样吧，从法兰克福再向东，就是巴伐利亚境内，途中经过班贝格（Bamberg），非常值得一看。

班贝格，我知道那里生产优质灯泡，有个出色的交响乐团，做过几天神圣罗马帝国的中心，1919 年社会主义者造反，占领慕尼黑，这里又成了巴伐利亚政府的临时所在地，历时两年。1944 年谋刺希特勒未遂的国防军上校施陶芬贝格，也曾经在此驻防。

在中国，施陶芬贝格上校是很多长我半代那批人的偶像。他们对失败的贵族英雄有一种特别的好感——谋叛，事败，光荣赴死，是他们醉心的美感。正是这种美感决定了他们的意识形态，他们的正义之脸如黑白木刻般俯视着平庸卑俗的我们。

我发现，正义经常是一个美学问题。鲁迅说改造民族性，我想很大程度上就是要改造中国人的审美口味。欣赏女人缠足蒙面的爷们儿，又怎么舍得让这一半女同胞掌握政治权力？

“不感兴趣”？樊克问，“那就再向东走，不远就是拜洛伊特。”

我不想去拜洛伊特，当时不是歌剧节档期，我也不是瓦格纳的戏迷。

我的口味比较守旧，认为德语歌剧创作者真能把握意大利式戏剧性的，唯莫扎特一人耳。再就是他的超级粉丝，像路德维希二世（巴伐利亚国王，修建过模仿歌剧《唐豪瑟》意境的新天鹅石堡），还有那位更具国际知名度的阿道夫·希特勒，都是些疯子。

“那就去班贝格好啦。告诉你吧，那是我的老家。”

原来如此。

在我眼里，一个欧洲城市的地位如何，先得看它是不是拥有一支特牛的球队，所以，我老把慕尼黑当成德国首都。至于班贝格，只好跟着波恩、萨尔布吕肯还有柏林一起，统统给我坐到替补席上去了。这是粗人的口味，用现在的说法就是比较“蓝领”，在“高脑门”的知识分子中间十分惹人讨厌。

2.

下了火车，班贝格老城雨轻风小。

欧洲的很多古城，其实并不真“古”，能沾点晚期巴洛克风格的光就不错了。但班贝格是真的古意盎然，街上一式的米字木板屋，啤酒坊供应酒精含量 18 度的鲜酿，还允许客人自带食品。莱格尼兹河窄窄地穿城而过，各色建筑依岸而设，有些则半桥半榭地起于水中，比如旧市政厅。沿河排列着不少昔日的渔家小屋，让我想起“户臧烟浦，家具画船”的老话。

喝过两杯熏香浓郁的 Rauchbier 啤酒，我被樊克领到市中心的老广场，一路走一路侃。这儿的啤酒，北京的燕莎中心全都有卖。广场一端

班贝格老市政厅

是昔日的主教府邸，另一端是大教堂。教堂是罗曼式（romanic）向哥特式（gothic）过渡的风格，有四座尖塔，中殿有神圣罗马帝国皇帝亨利希二世和教皇克莱芒二世的陵寝。樊克说，他从小参加这里的唱诗班，唱童中音，难怪他会拉丁文。

教堂边上是一座建于 18 世纪的剧院，卡尔德隆和莎士比亚的戏当初就从这里被介绍到德国。当年，主持这项工作的是浪漫派作家霍夫曼。1808 年，他在这里谋到一份薪酬微薄的差事。

最早知道霍夫曼，是因为音乐舞台上有不少剧目来自他的小说，演出最多的是柴可夫斯基根据《胡桃夹子和老鼠王》改编的芭蕾舞剧。在巴黎，深得路易·波拿巴眷宠的奥芬巴赫，则把他的小说《魔药》改写成轻歌剧《霍夫曼的故事》，再有就是《葛佩丽娅》。

第一次看这出戏是上世纪70年代末，演出单位是松山芭蕾舞团，那是一个由中国资助的日本舞蹈团，专门从事中日友好交流工作，同时也在日本介绍一些如《白毛女》之类的中国剧目。

《葛佩丽娅》是从霍夫曼的短篇小说《沙人》移植过来的，讲一个从小受过刺激的大学生，爱上了教授制作的机械女孩，而教授则把发条驱动的机械人当成自己的女儿。大学生从一个魔鬼式的人物手里买来望远镜，偷窥街对面的教授家。后来，这个邪恶的光学仪器唤醒他的心魔，导致他的横死。小说流传到法国，被德里布改编成轻喜剧风格的芭蕾舞剧，多了一个大团圆结局，情节里还插进一些皮格马利翁式的噱头。这种不严肃的艺术态度，让人联想起如今的好莱坞。

《沙人》的内容和当时的机械人热潮有关。

原本，西方的所谓机器，大体不出纺车、磨坊，还有打仗用的攻城锤和抛石机这么一个有限的范围。自文艺复兴起，也许是受了摩尔人的影响，欧洲的风气大变。达·芬奇设计过旋翼机、自行车、旋转炮塔和装甲车，而且还有机械人。虽说限于当时的技术条件，那些天才创意无一落实，但他发明的塔吊，以及齿轮、蜗杆和链条等传动装置，至今依然没有过时的迹象。

到18世纪，技术改良加上新思潮的怂恿，机械狂热开始风靡欧洲。法国的一个还俗修士伏冈松，制造出一个吹笛子的机械人，这个机械人的肺和口腔模仿人体构造，还有能自动触键的手指。而霍夫曼笔下的机器女郎，也在一次大学生聚会上唱歌，弹羽管键琴。

据说，伏冈松还装配过纺织机械人，打算引进到丝织行业，结果引发了 1747 年里昂的织工骚乱，比英国摄政时代砸机器的“卢德分子”早了好几十年。

伏冈松最负盛名的作品是一只机器鸭子，外观惟妙惟肖，甚至能模仿鸭子吃喝排泄。法王路易十五见了龙颜大悦，给了他不少赏赐。伏冈松最大的野心是实现机械人的批量生产，为此，他还试制过原始机床，有些技术规范至今还有影响。他的机械偶人复制品，至今还能在巴黎工艺博物馆看到。

伏冈松之后，匈牙利人卡佩兰这在方面的成就最高。他造过一个土耳其人打扮的机械人，会下象棋，据说曾在一次对弈中赢过拿破仑。由此引发的轰动，不亚于前些年的“深蓝”。拿破仑不是卡斯帕罗夫，一生戎马倥偬，除了孤岛楚囚的晚年，怕是没有余暇参详棋艺。也许，当时的风气，仍是以君子之心度人，居然没有谁想到卡佩兰会作弊。

现在，我们知道，那个箱型座位里藏了一个会下棋的真人。于是，整个装置成了从内部操纵的木偶。

经过理性时代，欧洲的一些激进人士宣告，人不但是宇宙的中心、万物的灵长，而且还是肉做的机器。传说，笛卡儿晚年就组装过一个机械姑娘，还告诉别人那是他女儿。有人说，那是为了纪念他夭折的女儿法兰西娜。

很长一段时间里，理性主义者把死亡说成是机器停摆。不过，笛卡儿曾在人和机器，还有动物之间作过一番比较。结论是，人的独特之处在于拥有一个“理性的灵魂”。

后来，有人造过一个会写字的机械人，它会反复书写笛卡儿的口号

“我思故我在”。可气人的是，只要输入另一个程序，它的笔下就会出现这样的疑问：“我不思想，我还存在吗？”

这还真是个问题。幕末时期，日本有个爱迪生式的人物叫田中久重，制造过日本最早的蒸汽机车和电报机，由他创办的田中制作所是东芝公司的前身。他用传统工艺造了一个会射箭的人形，从弯弓搭箭到命中鹄的，一招一势酷似真人。他也造过一个写字机械人，反反复复描摹一个“寿”字。后来，这件玩偶不幸流落美国，所遇非人，整个系统停了摆，直到近年运回日本，才被一些技术人员给修理“复活”。

田中先生是个思想实际的工程师，似乎没有笛卡儿那样的哲学嗜好。人们不禁要问：在一个更严肃的意义上，他的创造物存在吗？他背后的那个缺少反思功能的文化存在吗？

很多人认为，不光是人，就连整个宇宙都是一部机器。这种“天人合一”的想法，让我产生出给自己上发条，往骨节里滴润滑油的冲动。我这一辈中国人最初的伦理教育，就是好好做一颗合格的螺丝钉，准备安装到一部更大的机器里。螺丝钉属于随时可以淘汰的零件，至于说“永不生锈”，那叫革命的乐观主义。

我们的世界就像是永动机驱动的时钟；我们头顶上的天宫图，则是一座更大的时钟。外国话里的星象学和钟表制造术同样根植于希腊词“小时”，看来不是偶然。

制造机械人用的技术和钟表大体相仿，当时属于“高科技”。要有高弹力钢做发条（据说最早的日本偶人是用鲸鱼齿须的弹力驱动），大大小小的螺丝、齿轮也得做精密加工。而伏冈松早年在修道院就钻研过钟表和发条的制作。

离开广场，再走几个街区就是霍夫曼故居。老屋门边有个铭牌，上面刻着："恩斯特·戴奥多·阿马徒斯·霍夫曼（1776—1822）"。我想起莫扎特的中间名就是 Amadeus（神的宠儿），便问其中是否有些关联。樊克说，霍夫曼正是要向后者致敬，才用这个中间名替换掉原来的名字威廉。

"你不知道他还是作曲家吧？"他问。

我不知道，我只知道霍夫曼的文字作品和音乐结缘不浅，至于他本人会作曲，对我来说还是新闻。后来，我听了他的室内乐作品，感觉像是一个天赋不够的贝多芬，但要放在文学圈，恐怕只有伯吉斯和帕斯捷尔纳克才能跟他有一拼。

霍夫曼在班贝格的地位，有点像鲁迅在绍兴。虽说他是走麦城来到这里，而身后的盛名不过是迟到的补偿。当年，霍夫曼主持的剧院濒临倒闭，所谓的工作纯属赔本赚吆喝。于是，他只好靠教钢琴糊口，还跟一个 14 岁的女学生闹出过有违师道的不伦之恋。但要不是那些年他向德国公众大肆推介莎士比亚，后来门德尔松的《仲夏夜之梦》配乐也就无从谈起——现代人的婚礼仪式，也会因此而不同。

霍夫曼在班贝格的一大收获，是接触到正处于形成期的心理学。他靠朋友关系，探访过班贝格疯人院，后来，根据这一经验写过短篇小说《圣咏》。故事讲的是一个女高音歌手，在教堂唱弥撒时半途退席，事后自认为背弃天主而悔惧交加，并导致失声。为治愈她的心病，医生设计出一个好像包公审案的法子。他安排重演了发生在教堂的最初那一幕，让她通过自己的心理镜像走出心理困境，最后恢复了嗓音。

镜像是霍夫曼的小说中反复出现的意象。对反光体和影像的偏爱，后来在阿根廷诗人博尔赫斯的写作中回光返照。当代中国也有不少仿效者，用碎玻璃折射虚幻的阳光，加入一场没有公约密码的摩斯信号混战，这场运动叫做“先锋文学”。

我有个姨夫，晚年忽然爱好起烹饪，整天捧着一本《大众菜谱》，系着围裙围着油锅转。不知怎么的，每次看到我们的先锋文学，我都会想起姨夫那本溅满半透明油点子的“灯影”菜谱，于是敬庖厨而远之。这样描画长辈很不像话，可我实在是忍不住。

天色向晚，我们离开作家故居。我们还有路要赶：慕尼黑还在两小时以外的南方。我们都是浪人，处在没人邀请接待的空白期，在外面住店会超出预算。

去火车站的路上，我们经过一座风格冷硬的现代水泥建筑，好像按比例缩小的空港候机楼，在老城朴拙的背景下十分突兀。那就是今天的霍夫曼剧院，门外立着一尊作家铜像。“不过去看看？”樊克说，“我肯定你感兴趣。”

等我走近，看清霍夫曼铜像的手上有只猫，他们瑟缩在潇潇暮雨中，彼此温暖。

“霍夫曼也养猫？”

这样问是因为我在北京养过一只猫，叫耗耗。和它共处的11年里，我辞谢了所有长途旅行的邀请，直到命定的那天来临。耗耗死后，我在香山为它辟出一块秘密的墓地。

新千禧年前夜，我去国他投，就此沦为专职流浪汉。子曰：“父母在，不远游。”在这个全球化的时代，君臣父子的纵向秩序早被各种横向外力扭曲。结果，父母在我之前相继远游，去了南加州，而我本人则留守北京，用修正主义立场把儒教的古训解读成：“猫在，不远游。”

那些年里，猫是我写作的模特，它像一个现成的人物，极力寻找安身立命的虚构故事。于是，我把这个焦虑的符号失业者安置在一个开放的非线性叙述中。这是一个违背分工原则的角色安排，它的承担者，需要一份自欺欺人的自主性。结果，我的猫偷渡到一个让叙述者鞭长莫及的幻象世界。

耗耗在我的小说《集梦爱好者》里演主角。在这本关于虚拟世界的书里，一只生在红旗下，长在酷时代的猫，被带到洛杉矶，成了好莱坞的卡通明星。支撑这一想象结构的，首先是叙述者的情人们。她们矗立成一排希腊女像柱（caryatids），而我的猫，则是建筑上唯一的兽形雕饰（gargoyle）。唯一的不同是：圆圆胖胖的迪士尼风格取代了狰狞的哥特造型。

很长时间里，我对自己的小小创意十分自得，直到在班贝格听到下面这句话：

“霍夫曼不光养猫，他还写猫呢。”

几星期后，我从慕尼黑去纽约。临行前，樊克送给我一本霍夫曼的《公猫妙儿的生平和见解》，当然是企鹅英文版。飞越大西洋上空的几个小时里，我翻开那本写猫的小说（也可以说是猫写的小说），没读几页就飞高了，比飞机还高。等魂归原位，系好安全带，我盼着美国更远一点，让飞机先载我一路飞向月球。

3.

《公猫妙儿的生平和见解》（以下简称《公猫》）这个标题，分明是拿《特里斯特朗·项迪的生平和见解》——即我们常说的《项迪传》——寻开心。在这部早期复调小说的序言里，作者假托一位编辑的名义解释本书的缘起：一只能读会写的猫，希望与广大读者分享它的天才，于是我们有了一本关于书写的书。这只小公猫响应“Sapere aude（要敢于认识）”的伟大号召，勇敢地开始自我启蒙，它偷读主人的藏书，摆脱了智力上的被监护状态。

妙儿通读古今典籍，从普鲁塔克到“狂飙突进”运动，终于成长为一只文艺复兴式的小畜生。它从不忘记掉掉书袋，拽文炫示一番，它不理解知识与生俱来的局限性。它酷爱一切显身份、重情调的东西，停在家门口的一辆华丽马车，是它平日午后打盹的固定去处。看到这里，我回想起自己的猫，每次家里买来颜色鲜亮的东西，它都得跑去端详一番，然后伏到上面睡觉，象征性地将其占为己有。

但世事无常，所谓固定的去处，只是相对而言。一天，妙儿正在黑甜之乡受用之际，马车突然驶离原位，直奔闹市，车轮雷鸣。它骤然惊醒，大骇，不顾性命地跳离车座，刚从硬着陆的疼痛中缓过神来，又发现自己陷入了街道的迷宫。如同所有成长小说中的英雄，它开始了自己的“漫游时代”。

这只象牙塔中娇生惯养的猫，一朝流落红尘，自是饥寒交迫。满街有眼无珠的法利赛人，谁也不会看在它满腹诗书的分上施舍一根香肠。这当儿，妙儿沦为过街之猫、丧家之猫，就要濒临绝境。千钧一发之际，一只邻家的狗救了它，当街表演杂耍，为它讨来食物，结果未被感恩，反被妙儿讥之为“俗”。

某种意义上说，妙儿是一部反成长小说里的反英雄。它初试文墨，便堕恶流。它的自传写作，自始至终就是一次恶作剧。它所用的吸墨纸，是从主人一本书中撕下的书页。那是一本传记，传主是个音乐家，姓克莱斯勒，一个小诸侯国的宫廷乐长。此人命运多舛，言行乖张，事业、爱情两不顺遂，除了吹拉弹唱一无所能，偏又身逢历史大变局——外部是拿破仑帝国的威胁压迫，内部则是肉食者鄙，除了听听音乐，讲讲法语，别无所能。

戏剧性的矛盾冲突，在德国当时的文艺作品中并不罕见。霍夫曼有个更加伟大的朋友贝多芬，在音乐中对这一时代精神做过最充分的表达。

妙儿的写作方式，把书稿弄得像块五花肉，其中夹杂着克莱斯勒故事的散页。付印时，它们穿插在新书中又被重印。小说里，每隔几页，妙儿的故事就被打断一次，话分两头，进入另一个叙述空间。当代读者或许会心生疑问，以为解构主义提前预支了。后来卡尔维诺在《假如一个冬夜，一个旅行推销员》中，又把这个噱头改头换面，调和到《十日谈》式的结构中。

克莱斯勒的故事是按逆时顺序进行，最终回到起点，完成一个循环。顺便提一句，克莱斯勒这个名字本身，就有循环轮转的意思。这有点像探案故事（现代侦探小说的鼻祖是霍夫曼，不是爱伦·坡）——事先布置的线索，不断遭到后续事件否定。读者被锁入一间挂满哈哈镜的密室，然后被无数重叠的虚像围困。

这是一部亢奋的叙事机器，每个齿轮受到来源不明的动力驱动，继而带动更多未知的齿轮。它们咬牙切齿，走走停停，被公猫妙儿不断地现身打断，好像在钟表里配置了一个自作主张的擒纵器。类似的阅读经验，我们已经在现代实验文学中经历过。

反之，妙儿的自传则带有明显的连续性，严格依照线性时序发展，每次被克莱斯勒的故事打断，都会从此前的中断之处重新开始。这只花猫操着舞台腔，追述自己的成长历程——它的童年，它的古典文献自修，它和一只卷毛狗的友谊，它的初恋和短暂的婚姻，以及与其他公猫的决斗。它加入过一个猫兄弟会（影射激进的学生组织），但它的志向，却是沿社会阶梯更上层楼，成为狗的一员。

长话短说，妙儿顺利成长，一切按部就班地进行，除了一个问题。对于理性主义意义上的人格成长，猫的自然寿命是个太小的“定义域”。随着妙儿突然病故，一个目的论叙事就此中断。

这一讽刺性的结果，很有些大不敬的意味。歌德曾在《威廉·迈斯特》中，为成长小说提出一个浸透启蒙理想的范型：平民少年取代中世纪骑士，成为故事的主角，他的生平始于和社会的冲突，他通过教育不断成长、成熟，最后和社会达成和解。

成长小说的高潮通常是一桩体面的婚事，那是社会对男主角奋斗成功的奖赏。在汉语世界里，这类故事经常发生在武侠世界，每每伴随血腥的复仇，暴力程度远远超过 PG 级，故有“成人童话”一说。这类小说从另一个角度说明，中国人仍固执地拒绝一个理性、法治的市民社会。

霍夫曼拒绝了歌德的资产阶级意识形态，他描画出一幅歪曲的成长路线图。自学成才的妙儿把自己培养成势利眼，它时时表现出渴望归化的热忱，远比体面社会的固有成员更加积极上进。如此优良的品质岂能不展示于人？于是，就有了这部花哨卖弄的折衷文本。

妙儿的文明品质是获得性的，这更证明了教化之伟力。然而，塑造理性灵魂的教育并未使它获准进入社会秩序，那是一个属于狗的秩序。妙儿的卷毛狗朋友有个主人，一个美学教授，就是一个要用暴力手段镇压公猫集会的法西斯分子。

霍夫曼之后一个世纪，托马斯·曼在《魔山》中，对这一成长主题另有一番演绎。在达沃斯山区疗养期间，汉斯·卡斯托普面对各种流行思潮无所适从。后来，他成长为一个德国陆军新兵，在战火中毫无个性地送了命。

回到公猫妙儿，假如它活在20世纪，相信它会泡在阿多诺咖啡馆，朝那些机械复制的政治宣传画撇嘴，耸肩，翻白眼，胡子上还沾着一小渣奶酪。一旦流亡到洛杉矶，也会板起一副法兰克福脸，战斗在抵抗迪士尼鼠疫的最前线，批判的爪牙掘地三尺，缉拿动画耗子——这就是思想者的境界——昨天逃出动物农场，今天就得清算水深火热的美丽新世界。不像我们，整天唠叨“独立之精神，自由之思想”，老陈寅恪的灵位前香火鼎盛得快成文坛的关公了，可结果呢？

怀才不遇的宫廷乐长克莱斯勒是个自传人物，就像妙儿的模特，也是霍夫曼家养的宠物。小说伊始便通知读者：妙儿将被原来的主人，一个魔法师，转交克莱斯勒抚养。妙儿叫春时，音乐家在给心上人唱小夜曲；妙儿为一只母猫打架，克莱斯勒也在为爱情决斗。两组故事交织出复调的对位关系，如同《巴洛克大协奏曲》中相互竞争的两个动机。

我们的日常生活，充斥着《公猫》式的叙事现象。我习惯一边听广播评书一边写作业，耳朵里听的是古代英雄骑马打仗，手上抄写的，却是老师布置的革命故事。这样的接受经验如今更为常见，电视播放的剧集，每隔一阵就会插入广告，提醒你这是人为编派的戏说。也许你会拿起遥控器，切换到另一个频道，看一眼进行到半程的球赛，或是另一部连续剧。

事情就这么简单。

不简单的是小说的万花筒风格，这是一本引文写成的书，背景文本的“同类相食”构成一个迷宫般的文际谱系。作者是在管理操作来源迥异的风格资源，比如斯特恩的片段叙事，比如让・保罗的复调结构，比如蒂克的会说话的猫。霍夫曼更像是一个舞厅 DJ，台下聚满来自文学史深处的幽灵们。他在主持，同时也在观赏一场文学的死魂灵表演，而妙儿则是场上最耀眼的小丑。

4.

这里扯句题外话，关于文化体制对于作家的册封，以及作品的历史地位。文学的亡灵们，不论是在字面还是隐喻意义上，需要在封神榜上各安其位。这件事的正式说法，叫做“典律化”。

12 岁前，我能把梁山泊一百单八将的坐次倒背如流，带星宿，带外号，次序不乱。20 岁后，我便不再关心诺贝尔文学奖的新科状元们。但后来的一件事说明，这种多神教流毒远未从我灵魂深处肃清。平生最后一次打赌，是和饭桌上遇见的一位作家，赌的是米兰队首获欧洲冠军杯的年份。我赢了，因为我知道1956—2000年间的历届冠军，甚至某些年份进球队员的名字。

于是忍不住想象了一下《公猫》的历史地位，根据个人观察，历史上最伟大的作品，不论《埃涅阿斯纪》、《堂吉诃德》，还是《红楼梦》，都有一个简单的标签，对于它们的任何形容描述均属多余。至于人们如何判读，那是他们的问题。这些作品是写作学徒描摹的范本，它们的内容梗概，更是文学殿堂第一道大门的准入口令。

次一等的标签就多了，而且伴随着种种争议。这给我们一种错觉，以为它们吸引了文学世界最多的眼球。这些作品相对年轻，比如《尤利西斯》、《追忆似水年华》和《城堡》。它们多有空前绝后的气质，无一例外地拒绝模仿——自断其后，未尝不是始作俑者自命孤本的策略——虽然它们的灵位前，模仿者进香的队伍络绎不绝。

《公猫》属于再次一等的作品，它承上启下，不带丝毫决绝的气质。作为莎士比亚、拉伯雷和斯特恩的精神嫡裔，它的巴罗克式开放性，使它笑看后来者的仿效。它在气质上是讽刺的，轻盈而飘逸（板着扑克牌脸的讽刺，会让飞翔的鸟重新退化成匍匐凡尘的恐龙）。我们不断在后世作品中发现妙儿的基因，这些作品的作者名录可以从爱伦·坡、狄更斯、波德莱尔、陀思妥耶夫斯基、王尔德、毕希纳，一路排到晚近几位“后现代”名家。

美国作家多克托罗，称他的新作《长征》是一部俄国小说。其实在中国，描述知识分子生活的《围城》也是一部汉语的英国小说，就像我们不妨把川端康成的《浅草红团》看成是日本的法国小说。

若此说不谬，《公猫》则更像一部用德语写出的欧洲小说。而且，该书的影响并不以欧洲为限。布尔加科夫的《大师与玛格丽特》和夏目漱石的《我是猫》，都是它的公开仿作。由于效仿者的过分优秀，这类作品常会带给它们的创作者“作家的作家”的称号。可作家的作家，又是什么作家？

《公猫》无疑可以跻身经典之中，享受后世的香火。但较之文学万神殿上众多峨冠博带的偶像，它又是一部毫无“经典相”的经典，它缺少古典主义的雅人深致和庙堂气，更糟的是，书中大量出现地方性、即时性的语言现象，从各路闲谈到恶搞精英人物的语录，还有流行歌曲。

现举一例。一次妙儿在家接待一个猫兄弟会的资深成员，享用过一副鸡架之后，那位老兄怀着满心狂喜和感激，辞别而去。它飞身越出窗子，然后跳过一连串陡峭的屋顶。妙儿欣赏着它一路绝尘的后影，赞叹着它矫健的身段，一面联想起当时普鲁士的全民健身运动，心中大发感慨。

我读着远隔两个世纪的调侃，感觉毫无窒碍。不要忘记，霍夫曼和我之间还横亘着一道英语翻译的藩篱，不管译者如何出色。

听过不少文学人物的训诲，依他们的高见，一时一地的语言现象，就像因化学性质活泼而容易失效的药物，非但不宜入诗，散文作者也应慎用。这未免多虑了，文学用语，是件运用之妙存乎一心的事，想想莎士比亚和纳博科夫吧。

有个崇尚古典主义的诗人对我说，他追求的是废墟般的语言质地，繁华藻饰涤汰已尽，只留下最坚实的部分。我请他举例说明，世界上有哪座废墟，从一开始就是当做废墟设计建造的？

如我所料，诗人顿时语塞。他一定觉得我手上拎着拔了毛的鸡，存心抬杠。问题在于，他的“机会主义诗学剃刀”貌似锋利，却找错了下刀的部位。这个世界所以值得书写，在于万物的转瞬即逝，否则普鲁斯特这些人忙乎半天，还不都成了瞎掰？很多貌似经久不衰的东西未必牢靠，包括所谓的经典、传统。试想，金字塔在建造之初，又有哪些传统、典范可供参照？

单说汉语，除非早已割裂多时的传统，比如五四运动反掉的东西，或许还能带来催生活力的异质基因，我从来都是把《法家文选》和《唐诗三百首》当成外国书看。异国情调来自距离，而距离，是有空间的，也是有时间的。

我不得不怀疑，古典主义本身背离古典精神最远。它把审美元素制度化，代表一种反古风的、现代化的口味。所以，我特烦那些鼓吹复古者。他们反对的一切，本就来自他们根植其中的现代传统，就像有人急赤白脸非要切掉磁铁的负极一般。

霍夫曼是作为流行的哥特作家出来混的，他的书当时很火，但不是《浮士德》那种火，而是《哈利·波特》那种火。有人说他搞的是通俗文学。通、俗二字，我是从不混用。通是通，俗是俗，有人通而不俗，更多的人俗而不通。

霍夫曼多少是个圈外人，没有大学教职，也没混上个宫廷秘书之类的干干。他志在音乐（被德国浪漫派奉为艺术的最高形式），写过一些歌剧和室内乐，但更出名的却是音乐评论，至少贝多芬觉得被他搔到痒处。

他不幸生在德国，换个地方，也许早成民族乐派之父了。作为法律从业者，他的职场生涯稍有成绩。他代表普鲁士利益供职华沙期间，正赶上拿破仑大军进城，可他拒事新主，被法国人赶回了柏林。

1813年，拿破仑与俄军在德累斯顿城下激战。霍夫曼目睹了战斗场面，有三发炮弹在距他不远处爆炸。而在当天的日记里，他只记载了如何跟朋友聚饮，成为卡夫卡那句“下午游泳”的早期样本。直到第二年移居班贝格，他才发表了一篇文字，详尽记述了入侵者的暴行。

霍夫曼的文学活动处在一个变乱时期，理性主义的漫天要价，在拿破仑战争的狼烟中落地还钱。歌德那一代知识精英的启蒙蓝图没能兑现，德意志诸侯对这套法国文化时尚，只是附庸风雅地玩玩。众声喧哗，好，可最后得我说了算。在某些后来者眼里，喧嚣一时的启蒙煽动，好像一次政治文化的非法集资：理性许诺一切，理性的鼓吹者事后赖账，从不兑现理性的承诺。是以，它只能遮蔽，而不是改变世界的暴力本质。

理性原本要为一个魍魉世界“除魅”，可最后，理性自己成了魅，以魅易魅，五迷三道。本以为只要路线对了头，世界更上一层楼，结果却是世道浇漓，人心不古。原来打不过的法国人，现在更打不过。

早知今日，何必当初。于是读书人开始缅怀，或者说想象美好的中世纪。他们或皈依保守的天主教会（如施莱格尔兄弟），或忙于整理国故（如格林兄弟）。怪力乱神在文艺界重新时髦起来，就像今天一些被压迫民族的魔幻现实主义。

对于浪漫主义的怀旧热不好较真，他们的招魂活动另有怀抱，并非真要回到旧时代。单说霍夫曼这一个案，看看他笔下的故事，哪个不是发生在工商业繁荣的市镇？这个舞台将继续做大，直到一个更大的幽灵登场，启蒙将再次进行。那是一种技术官僚的简化版启蒙，配上煽情的瓦格纳背景音乐。多余的想法将不被鼓励，富国强兵将成为历史的唯一目的，大家只管本分做事，享受社会福利。

这些事情涉及德国的历史和哲学，属于我不敢妄谈的领域，更多的话应该留给内行人讲。曾经在海德堡的“哲人小道”遛弯，那条山间曲径历经莱布尼茨、康德、黑格尔、尼采等众多先贤杖履所及，检点一番就是半部德国哲学史，可它就是不能把我引入幽玄的冥思。要是让妙儿撞见，判词只有一个字：“俗”。

一次意外的旅行竟成为一次更加意外的文学巡礼和寻根，我的一条精神根系，穿过黑暗的地层，竟蜿蜒到世界如此遥远的一角。

烟雨中，耗耗的鬼魂随我走过班贝格。眼前的街景一路黯淡下去，它遇见虚构世界中的先辈妙儿，两缕猫魂冥冥中隔空相对，用无须翻译的秘密语言交谈。那是梦的语言，霍夫曼说，那是象形文字般的语言。

也许，它们互为对方的 Doppelgänger（一种类似替身的鬼）？当然不是。它们不像另一座城市，另一片暮色中的两个博尔赫斯，彼此面对镜像般的第二自我。

耗耗的故事无关乎成长，它做了卡通明星，不为自然生命所限，也没有使用理性的经验，虽然它也经历过模棱两可的学徒时代（看迪士尼动画）和漫游时代（移民加州）。它没有妙儿那样一个理性的灵魂，它留下的，只是我们北方人所说的“魂儿”。

5.

对于现行的“删节版”现代文化（价值上迷信理性，心理上拒斥理性），一切使用语言的动物都是该遭放逐的游魂野鬼。我们这些经过移风易俗的、摩登时代的准机器人，断无相信万物有灵的道理。曾在一本杂志上读到，1930 年，湖南省政府下令查禁《爱丽丝漫游仙境》，原因就是书里的动物能说话。

在我最早的记忆中，“不语怪力乱神”的原则始终得到彻底贯彻。有些情况下，动物说话的问题，还要上升到反对封资修的高度去理解。我不知道这是基于自然原理的论证，还是脚踢石头式的庸俗经验主义。总之，浪漫主义由此被划分为积极的和消极的。重要的是有用，而不是有趣，为了有用必须无趣，即使无用也要无趣。

这既是美学教条，也是伦理准则。我们的现代文学从训导写作到身体写作，无不遵奉这一圭臬。区别仅仅在于，前者抠着嗓子装男低音，后者挥舞着下肢学拉拉队。

我进小学那年，书店柜台里出现了一本连环画，叫《三打白骨精》，那本小人书的问世成为我对社会进步的最初认识。那个故事我没全懂：一个骷髅变成的女妖试图唤起一个前往印度留学的和尚的恋尸癖，但她不断变幻的法术被和尚的保镖，一只神奇的猴子，一一挫败。让我着迷的是那些图画，铁画银钩般勾勒出一个又一个半人半兽的人物，还有款型各异的铠甲和兵刃。

那是我当时所能见到最酷的形象。后来，我熟悉了一个概念，叫做革命现实主义和革命浪漫主义相结合。当然，只在语音意义上，因为这个词在广播里出现的频率很高。文化检疫已开始松弛，后来，有个叫《好猫咪咪》的动画片很出名，里面的公猫用女声配音，听着就像是退役20年的女少先队长，感觉超怪异。

可直到今天，我们也从不缺少一类人物，四则运算他们做不上来，可跳起科学主义大神来，全跟上了弦打了鸡血似的。在他们无机化的想象世界里，动物和语言无关，自然和语言无关，因此可以随意处置。

文化猎巫的后果之一，是我们得从迪士尼国进口能说会道的耗子、鸭子。《西游记》里的孙悟空，据胡博士说也是印度移民，是《罗摩衍那》里那个猿猴勇士哈奴曼的转世。这部伟大的东方《天路历程》写于海禁时代，敦煌经卷还要再等几百年才见天日，没人知道它的作者是否了解猴王故事的更早版本。当时，社会的知识状况对于我们几乎是个谜。

我情愿这样猜测：那猴头本属凡胎，只是一个无名作者的宠物。也许，他们搭过一个杂耍班子，走乡串县，赶上节庆日子还在社戏里跑跑龙套，客串几个小角色，这样相依为命十多年。

再后来，那个作者不堪忍受失去猴儿之后丧子般的悲伤。他要让那个小精灵复活，至少是享受字面上的不朽，就跟妙儿和我的卡通猫耗耗一样。我想象中的孙悟空和任何文化旅行无关，既不是石块孕育的神奇小子，也不是次大陆的某位神祇，从一个文本投胎到另一个文本，他产生于家常的人性和爱。

就此打住。所有这一切，都从一只猫开始。

明朝还有哪些事儿

1.

十几年前，我被中国作协招去开青创会。一位官员莅临讲演，号召与会代表认真学习各种文件、思想。坐在我后排不远处的，是一个公务员背景的小说家。台上领导讲演，他在下面给一个文友即时解读。领导说，非常希望和大家广交朋友，但本人愚钝，拙于交际，等等。公务员作家当即翻译，这是要求诸位主动上门，云云。

那位深谙官场文化的老兄后来成了畅销书作家，但据说也因此提早致仕。从他身上我隐约看到一种传统在复活，中国历代历朝的文学家，除了李贺、曹雪芹，你能数出几个没干过公务员的？不同于古代士大夫的诗酒酬唱，当下作者的散文叙事写作需要面对更广大的市场，他们或多或少继承了《官场现形记》那类的写作传统。

后来寓居国外，和国内的文学生活基本绝缘，直到去年，在慕尼黑的一个文学节上，有个从事翻译工作的北京朋友向我推荐了一套书《明朝那些事儿》。

回到纽约，我专门跑了一回唐人街的公共图书馆，借了一套《明朝那些事儿》，利用一个周末全部看完。这般如饥似渴，原因只有一个：我没读过《明史》，于是心里总在问："后来呢？"

本人作为非专业读者，发现此书的长处之一就是引发读者对于那段历史的兴趣。我有从半截开始看书的恶习，当时刚好翻到武宗一节。那是个动作性较强的人物——豹房，还有后来那些北征、南巡——简直就是一个中国版尼禄。作者的描述，又很有些电子游戏的视效。强调一句，我没跳读，前前后后每页全看了。

书不错，语言平白如话，口头文学的痕迹稍嫌重了一些，卖给电台广播效果也许更好。其中点缀着故事主角的心理独白，那是作者的小说笔法。称历史人物为同志，或许也会因此书而成为时尚。就像国内多数的"后王朔"写作，这本书的姿态放得很低，对于诸多社会、文化、历史现象，书中也不无褒贬，口气偶尔还很激烈，但作为历史评述，行文过程中夹杂了太多抒情议论。而这些，似乎又是该书卖点所在。

有些议论应该讲究点修辞。比如，作者形容陈友谅是悬在朱元璋头上的"达摩克利斯之剑"。我们知道，古代希腊的悬剑典故是说，拥有无上权势乃是一件极端危险的任务，并不特指来自某一竞争者的威胁。再有，明朝真像作者所说的，是一个实行封建制的国家吗？欧洲最早的大学是巴黎大学吗？所谓"北欧海盗（应该叫维京人）"，能有机会遭遇西班牙无敌舰队吗？那可真是关公战秦琼。这些简单的知识，该书的编辑难道不会上网核对？一家出版社，至少有责任不向社会推广错误知识吧？

作者谦逊地解释说，曾打算给书起名为《明札记》。作为一份札记，此书大有可读之处。首先，它填补了我的很多知识漏洞。比如，以前我不知道郑和去过麦加。此外，作者对于明武宗、锦衣卫头目陆炳等人物的评述，也很别开生面，大大超出了一般人的成见。

开始，我觉得本书更像一部明史摘译。所谓译，就是把《明史》中的情节翻译成当代流行语，然后大功告成。但纵观全书，起伏有致的叙事节奏完全来自作者的剪裁功夫。否则，不要说 6 本书，就算 60 本，也未必能说清“那些事儿”。

同样因为剪裁，遗漏之处也就在所难免。比如，朱元璋的籍贯，我就没在作者为他设立的档案中找到。此外，那位全身心支持朱元璋的马姑娘（就是后来的马皇后），到底是什么身世来历？我很好奇。还有，到底什么是明教？

2.

都说历史不能假设，可人就是断不了假设历史这个念想。我们中国人最爱假设两段历史，一是明朝中后期，一是清末民初。这可以理解。首先，如黄河般曲折的中国历史，曾在这两个河段急剧改道。更重要的是，上述两个历史时段——内忧外患，改革还是不改革，如何改革——决定了中国近 500 年历史叙事的主干，以及我们对于外部世界的现有想象。

平生遇到一些志向高远的人士，喜欢手上夹着红蓝铅笔，在地图上指指点点。他们回顾上述两段历史，痛心疾首之余，论述中最常使用一个词，就是“假如”。而明朝恰好提供了太多的假如。

大明王朝由始及终，凡 276 年，而这近三个世纪的历史，又和欧洲文艺复兴大体并行。中国人和西方人的文化心理，便是在那一时期分别发展起来的。欧洲发展出一套全新的政治、金融、宗教、科学、教育体系，而中国虽然出现了所谓的资本主义萌芽，但终于随着农民革命和女真人入侵，全部被扼杀在摇篮中。这些历史的偶然因素，使得中国历史终于未能走到一个引向繁荣进步的拐点。于是，便有了种种“假如”。

这种文明格局的变化，似乎不在《明朝那些事儿》作者的兴趣范围内。我们在书中更多看到的是作者对于官场文化和帝王之术的津津乐道，尤其是朋党斗争中的官僚们如何玩弄手腕和心眼。对于明朝如何发展文化、技术并积累物质财富，这里甚少解释，好像路线对了头，文明自然更上一层楼。

作者（也许包括多数读者）的兴趣，显然在于最高权力的觊觎、争夺与守护。既然如此，真不如把书名改成《明朝宫廷、官场那些事儿》。

我知道，手腕和心眼非常值得玩味，它们代表一种高超的智慧，操作上的微妙和精致，不亚于任何艺术。然而，那代价则是我们在玩味之余不再把目光投向远大的领域，以致我们的世界微缩成一桌麻将。

其实，这也是一种玩物丧志。人际智慧的“房中术”，使我们失去了那种好奇和渴望。人们的兴趣不是集中在财富的创造，而是财富的分配。分配意味着占有，包括隐性的占有。而且，越是没得可分，就越要讲究怎么分，这就叫做“懂政治”。所以，人们争着当领导。

这种事情讲多了，就会成为马基雅维利式的逆向道德训诲。结果是公德、私德分离，君子之仁义、小人之仁义分离，而且无所不用其极，像明朝很多小说那样，假劝善之名，行诲淫诲盗之实，并最终被误读成赌徒的励志读物。不苛求古人，并不意味着为古人的负面遗产无端回护。

3.

《明朝那些事儿》的最大功劳，不是对于人事纠葛的喋喋不休，而是普及关于明朝制度的知识，从科举到官制。朱元璋为限制官僚机器的权力扩张煞费苦心，所设计出来的制衡机制密如凝脂，并由此引出一个问题：明朝政治何以仍然腐败如此？今天，大家终于明白：一切只限制别人不限制自己的制度安排，都是这个结果。直到现代政体出现，这个问题才有了解决的可能。

明朝统治者中的少数精英，也深知改革之必要，甚至取得过重大成果，比如被作者称之为明朝最伟大政治家的张居正，最终人亡政息。不管明帝国实行多么严厉的孤立政策，但它的经济活动已经在无意之中纳入一个全球体系。张居正的税制改革不能善始善终的原因之一，就是作为货币流通的白银大量来自新大陆。

当荷兰、英国派出游击舰只劫掠西班牙和葡萄牙船队，加之西班牙着手打击其美洲殖民地到亚洲的白银走私后，中国的银价立刻上升，人民的税收负担（法定以白银为缴纳手段）也随之变得不堪忍受。

作者显然意识到这个问题，并不时调整笔锋所向。由于明朝很多事儿发生在全球背景下，他在叙述当中也作出了相应努力，郑和舰队为他提供了理想的故事平台。但同样，这里充斥着抒情和感慨，而不是着力于那七次伟大远航对于一个新生帝国的政治意义和经济成本。毕竟，当时的明帝国正面临着向北迁都，应对蒙古残余势力威胁，疏凿运河等重大任务。

据马欢（郑和船队翻译官之一）的《瀛涯胜览》记载，郑和船队单宝船便有63只，中等以下舰船不算。所谓的宝船，长44丈4尺，宽18丈，排水量至少5000吨，是人类历史上最大的木质船只。

我见过一组数据，关于英国建造于18世纪中叶的“胜利号”战列舰。该舰规模远小于郑和宝船，全长不到70米，排水量仅3500吨，后来成为纳尔逊上将的旗舰，赢得过特拉法加海战。为建造该舰，英国人砍伐了超过100英亩林地的6000多棵树木。这一规模的战舰，当时的英国皇家海军也只拥有一艘而已。

无法想象，为建造这庞大的郑和船队，中国人需要砍伐多少森林，而当时，新都北京也正在大兴土木。对于任何一个帝国而言，那样规模的远航，恐怕都会难乎为继。但就造船而言，宝船，无疑代表当时人类工程技术的最高成就。

除了巨大的体量和复杂的结构，宝船还有一些极为巧妙的设计，以维持风暴中的稳定航行。对于这样的成就，书中同样语焉不详，好像作者下定决心要严守“君子不器”的古训。

正是这些成就，造就了另一个明朝。这个明朝除了勾心斗角、党同伐异，还干过更有意思的事情。除了文学、书画、戏剧上的辉煌成就，明朝人还发展出一套精致的生活方式，虽然有机会享受的人不是太多。

关于这些，作者偶有提及，但也仅仅是点到为止，比如，《西游记》和《本草纲目》。

读到李时珍，我自然产生这样的疑问：这位伟大的博物学家，与同代的瑞士人盖斯纳一样，独自建立起一套生物分类体系，但何以未被后人发展成完善的林奈式学说？我不能满足于中国人缺少纯粹知识的兴趣……如此这般的解释。

《西游记》我最近重读过，除前人曾经指出的，孙悟空可能是《罗摩衍那》中的猴王哈奴曼在汉语中的投胎转世，我惊讶于小说中对于各种异国动物的准确描述，比如犀牛、狮子和大象。因此，我相信明朝人的知识状况远比我们以前了解的更为复杂。

我更感兴趣的，是《明朝那些事儿》一类读物流行的原因。某种意义上说，你读什么书，你就是什么人。从书籍（以及包括电影在内的其他文化产品）的流行，可以看穿一个社会的内心。

阅读大多是个心理上的移情过程。老实本分的人，未必热衷政治上的阴谋诡计，而是守着电视看看韩剧什么的。这部书的热销，说明我们的社会中，有创业欲望，或是有家业可守的人多了。这是历史的巨大进步，抑制这些人的发展欲望，将带来灾难性的后果。

4.

《明朝那些事儿》还是一本关于帝国的书。因此，除了官僚之间的斗争，作者对于帝国之间的更替同样有所着墨。我相信，中国朝野上下，越来越多的人开始思考这样的问题，即我们在经济、政治、军事上，更多受制还是受益于现行的国际体系。至于这种思考所依据的信息是否可靠，则是另外一个问题。

在这一体系中，中国眼下排名第二。剩下要做的，就是期待美国持续衰落，并在加速其衰落的过程中有所作为，然后以第一顺位取而代之。还有一个可能成本更高，那就是公开的暴力对抗。

大家很少讨论另一种可能：随着美国出局——且不管亡国、解体还是沦为二流，而新的霸主必须有能力通过军事或其他什么手段，维持相对的世界和平，并在这一前提下，对国际的经济、文化、集体安全等进行安排。

中国目前这个世界第二的位置，也只在现行国际体系中受到承认。一旦出现乱局，群雄起而逐鹿，大家从小组赛重新干起。那时，我们的胜算究竟还有几成？

当然我也清楚，除了给自己找麻烦，这种问题从来都是白问。因为在权力的角逐中，理性从来都是手段，激情才是原动力。

直到20年前，世界上还有另外一个体系在和目前这个年轻人熟悉的体系对抗。当时的对抗有个术语叫“冷战”，那个体系的老大是苏联，也就是今天俄罗斯的前身。由于历史原因，我们很多同胞对那个国家感情暧昧，而且至今为其退出历史舞台耿耿于怀。

于是，就有了另外一个“假如”。假如苏共拒不收缩其势力范围，结果就将如何如何，诸如此类。且不说当年莫斯科的领导者是否吃素，以及他们是否还有戈尔巴乔夫改革之外的其他选项，作为历史的输家，加上所犯种种罪孽（包括对中国），苏联的结局已经算善终了。

慕尼黑的救赎

说起慕尼黑，多数人会首先想到足球、啤酒和宝马汽车。

两百年前，诗人海涅写道："慕尼黑是一个村庄，座落在艺术和啤酒这两座山丘之间。"他说这话的时候，德意志只是一个地理概念，邦国林立，各自为政，地处阿尔卑斯山北麓的巴伐利亚王国是其中较大的一个，它的都城是慕尼黑。当时，这座城市人口接近 10 万，大学享有盛誉，城郊各处分布着富丽堂皇的宫室、城堡。

慕尼黑是一个保持了浓重乡土气息的都市，这跟它与众不同的城市化过程有关。像其他欧洲城市一样，它在 19 世纪经历过一个快速扩张时期。所不同的是，它的扩张更多是出于统治者的美感需要，而不是席卷欧洲的工业革命所致。很多农夫一夜之间变成了城里人，却没有加入产业工人的大军。这里缺少发展工业的矿产资源，而且，流经城区的伊萨尔河水深有限，不能满足大规模航运的要求。

直到今天，这里的市民依旧偏爱巴伐利亚传统服饰和土风歌舞。他们的餐桌礼仪也有特异之处：吃白香肠的时候，要让一整节囫囵入口，而不是用刀切开，再蘸食芥末。他们的方言有不少成分是从中世纪的高德语承袭而来的，这一点，类似他们的近邻萨尔茨堡。16 世纪的三十年战争期间，慕尼黑属于反对宗教改革的天主教阵营。

的确，这个城市具有浓重的宗教背景。慕尼黑（Munich），这个名字本身便说明它的奠基和僧侣有关。但在中世纪的大部分时间里，它只是一条贩盐商道上的一个收税站。这条商道东起萨尔茨堡（Salzburg，意为盐城），西至奥格斯堡，类似我国古时南方边陲贩运茶盐的商道。客商往来形成集市，后来，赶集地点逐渐确定，位置就在今天老城中心的玛丽广场。这里古时兼做法场，人犯押到这里明正典刑，并昭告市民以儆效尤。16 世纪初，慕尼黑成为巴伐利亚选帝侯国的都城。

直到今天，天主教在当地居民中仍有着巨大影响。教宗本笃十六世，就曾经担任过慕尼黑主教。由于宗教上的传统渊源，这里拥有阿尔卑斯山以北最早的巴洛克建筑。因此，很多人称它为“最北方的意大利城市”。

这句话放在今天也不过时。慕尼黑有很多意大利裔居民，产自都灵的阿尔法·罗密欧牌汽车在街头随处可见，虽然这里也是生产宝马车的地方。去意大利餐馆更是当地人的家常便饭，虽说任何比萨、通心粉到了德国就不再正宗，比纽约强不到哪儿去，因为都要迎合北方人的厚重口味。而如今，即便在意大利本土，很多餐馆为招徕外国游客也在提供

“改良版本”的意大利菜。

所谓“橘逾淮为枳”，慕尼黑的巴洛克建筑也是典型的中欧变种——葱头顶饰，再加上玛丽亚·特蕾西亚式黄色外墙——和南方的原型大异其趣。慕尼黑的中欧气质，更多表现在它的折中与混杂。千百年来，众多民族通过战争和贸易逐鹿中欧，加上教会和世俗统治之间长期博弈，造成这一地区文化上的多样性，迥异于巴黎那种根植于绝对君主专制传统的统一风格。

慕尼黑的混杂风格首先表现在老城。玛丽广场北侧的新市政厅是花饰繁复的佛拉芒哥特式，它的尖塔形钟楼上装有机关，每日定点敲钟报时，同时驱动上下两组偶人走马灯似地旋转，分别表演骑士演武竞技，以及箍桶匠人舞蹈庆祝黑死病结束的场面。由此向西，不远处就是闻名世界的圣母院。这座晚期哥特式大教堂，立面是朴素的红砖墙体，除了火舌形窗雕，几无装饰。

两座标志性建筑并峙于城市天际线上，在很多外国人眼里，这就是慕尼黑的“身份证”。

老城大体保留了中世纪原貌，而曲仄的狭巷深处，也会有时髦的店面。这片古老城区的动人之处在于它是活体，而非化石。这里人气兴旺，有外来的游客，也有本地人（这里汽车禁止通行），喜气洋洋，热闹却不喧嚣。这幅世俗的太平欢乐图景，让你见了便心里踏实。

除了繁荣的商业，这里还有超高水平的文化设施。其中，以马克西米安大街上的市立歌剧院最富盛名。这座外观古典的剧场，白天并无特异之处，可每到黄昏，附近御花园的暗香飘来，这里的庭院会有一种幽灵出没的诡异氛围。我在慕尼黑期间忙得尾巴着火，从没得空欣赏那里的正式剧目，除了一次附属小剧场的演出。

一次，有个住在布鲁塞尔的美国姑娘领着一个小剧团巡演到慕尼黑。一些跟文化艺术沾边的朋友，熟的，不熟的，都跑去捧场。那是一部实验性歌剧，作者是个出生在立陶宛的年轻才子。整个作品像是音响和装置的混合物，有些地方让我想起法国动画片《青蛙的预言》。

我想起德国人一直有个“综合艺术品”的说法，从霍夫曼的小说到瓦格纳的乐剧，都在丰富着这个传统。

出老城向北，眼前豁然开朗，这是音乐厅广场，四周宫殿环列，还有慕尼黑最大的巴洛克教堂。它的南侧是模仿佛罗伦萨早期文艺复兴式样的将军厅，这里还为希特勒登上历史舞台提供过背景。1923 年 11 月 9 日，希特勒率一群冲锋队员在此聚众闹事，反对魏玛共和国，史称“啤酒馆政变”。之后，巴伐利亚政府强行取缔了他的德国工人党。1928 年，这个小党参加大选，得票率不到 3%。但仅仅过了五年，这伙流氓已经掌握了德国政权。

音乐厅广场再向北，是作为王家大道之一的路德维希大街。今天的慕尼黑，很大程度上来自 19 世纪的一系列扩建。拿破仑战争期间，以慕尼黑为首都的巴伐利亚选帝侯国因为与法国结盟，升格为王国。作为科学和艺术保护人的路德维希一世登基后，决心把自己的都城建设成“伊萨尔河上的雅典”，路德维希大街正是这次扩建的结果。

大街尽头，远远望见一座式样仿效君士坦丁凯旋门的胜利门。穿过那座拱门，就是施瓦宾区，此处聚居了很多文化艺术界人物。那里有不少书店、画廊和咖啡馆，同时也是时髦区域。从地理上说，那里已经算是郊区，这是我刚从一本书上看来的。本来，我一直以为施瓦宾属于市中心，没有多远。这个城市具有人性化的布局，一个健康人可以步行到达市区任何一角。

最后一次经过这里，是和一个版画家一起，再过两天我要去纽约。画家叫约瑟夫，苏格兰人，在格拉斯哥码头上长大，在伦敦混了一阵，然后跑到慕尼黑，一边作画一边用德文写小说。他憎恨“楼上，楼下”式的英国社会，又不能忘情老家的纯麦威士忌，经常跟我传授酒经，算是乡愁之一种吧。

那天，我们先去施瓦宾那边看一个画展。女画家的先人据说是波兰贵族，本人美艳而擅社交，加上父兄经营的家族企业收益颇丰，身边的志愿保镖摩肩擦踵一圈又一圈，好像旋转木马。

回程时，暮色已经浓郁。一辆彩车在前面的街边停下，车上跳下一群小伙子，劲装短打，一看都是准备参加奥运会的德国运动员。他们驱车穿过胜利门，或许是想讨个吉利，这都是我瞎猜。然后，他们向过往路人分送赞助商提供的可口可乐。我接过汽水喝了几口，这才从下午惊艳的晕眩中缓过神来。

约瑟夫说，他从不看好对生活餍足的人搞艺术。我听了一笑，未置可否，也许他有他的道理。那位美女画家常跟自己的作品抢镜头，也不知是幸还是不幸。辞别时，我恭维她说，那些画跟它们的作者一样，过目难忘。

真是贼奸溜滑，巧言令色！想到这里，我心里暗笑。

那是我第一次仔细留意这条大街的景色。除一些新古典式样的宫殿和王侯铜像，沿街还有佛罗伦萨风格的州立图书馆，以及罗曼式的路德维希教堂。大街东侧是有名的慕尼黑－路德维希－马克西米安大学。学校入口处的小广场，现在用于纪念“白玫瑰”运动。那是该校师生上世纪 40 年代初的一个反希特勒抵抗组织，领导人于 1943 年被纳粹当局杀害。

当初路德维希一世决定扩建城市，所图的只是虚荣，对民生的实际需要，规划时基本未予考虑。这位国王有过一段历史十分八卦，从中不难看出，这是个十足的昏君。

慕尼黑西郊有座水仙堡，赶上好天气时，不妨骑车去那里郊游。那是过去统治巴伐利亚的威泰尔施巴赫家族的行宫，也是巴洛克时代的典型产物：镜厅、柑橘园、几何花园一应俱全。

这座王家别业的南翼有一座丽人厅，里面挂着 36 幅美女写真，都是路德维希一世诏命御用画师施蒂勒所作的。画中描绘的，全是国王眼里的极品佳丽。这里说“国王眼里”，是因为，其中至少有一位美人在公众心目中可不是什么西施，她叫罗拉·蒙泰兹。

从名字上看，您大概以为这是位西班牙女郎。但是错了，这只是个艺名。她来自利物浦，是个不会跳舞的舞女。在巴黎打拼时，因为穿衣（或许脱衣更贴切）大胆，风头一下盖过花都诸艳。她的裙下之臣包括乐坛明星李斯特、《天鹅湖》的首任编导佩提帕，等等。她早年嫁给过一个驻扎在印度的英国军官，学了一手好枪法，所以，不光勾引男人为她打架，而且经常参与男人打架——这是她最酷的一项品质。

比这更酷的，则是没皮没脸，而且是以没皮没脸应付自己的没皮没脸。她的舞蹈表演就是瞎蹦跶，那些男性观众扯着嗓子叫骂，朝她扔臭鸡蛋和烂西红柿。还有什么样的狂欢比这更爽？借用评论家朱大可的说法，这是一群"哄客"。于是，台上台下，彼此心照不宣地乐成一团。于是，有人还会朝她扔钱，钱扔得越多，她的衣服脱得就越多。

1946年，罗拉·蒙泰兹的芳驾抵达慕尼黑。她用闪电速度俘获了路德维希一世，还得到女伯爵的封号，王国府库的大门就此向她洞开。她每月的花销是一个内阁大臣年俸的数倍，除固定津贴外，还有马车、瓷器、家具和衣饰补贴，等等，就差给她盖一座大剧院了。

此时，王后和几个王子每天连洋葱都不一定能吃上，一般百姓的生活也就可想而知了。更有甚者，这可恶的"西班牙女人"还有干政的癖好。忍无可忍的民众啸聚音乐厅广场，呼吁惩办妖人，各国君主也纷纷背弃这个深陷丑闻的王室。情种国君无奈之下，只好把心上人遣送出境，自己则逊位了事。

罗拉·蒙泰兹的成就，纵使赶不上海伦、褒姒、杨玉环，至少也能算是倾城倾国，凭的就是芙蓉姐姐式的三八作风。后来，她漂洋过海跑到美国，成了演说家，到处畅谈各种社会问题，出场费甚至超过如日中天的作家狄更斯。

放到今天，她肯定是先做超女，后上百家。她在一次讲演中说，美国黑奴都是些快乐的懒汉，与其解放他们，不如留在种植园享用大锅饭，云云。晚年的她热心宗教，由此悟出不少野狐禅。

昔年，路德维希为一己私欲糜费国币，尤其当时巴伐利亚已经实行君主立宪，下场不问可知。但至少，为他实施面子工程的克兰策是个称职的建筑师，给慕尼黑留下了一批质量上乘的作品。这位国王还兴建了城里第一座公共美术馆，用来展示威泰尔施巴赫家族的艺术收藏。他在位时，慕尼黑开通了铁路，由此慕尼黑和整个欧洲联系了起来。

两世纪之交的摄政时期，慕尼黑发展成一座繁荣美观的城市，富裕但不张扬，趣味保守但不乏创造性。小说家托马斯·曼说，那是“慕尼黑光辉四射”的一瞬。当时，众多天才来到这里，除了托马斯·曼，还有音乐家理查·施特劳斯、诗人里尔克，以及包括保罗·克利、康定斯基和马克在内的“蓝骑士”画家。彼时，慕尼黑已是欧洲文化重镇，特别是作为表现主义绘画的中心。当时，这里还有一位居民对后来的历史影响更大，他就是列宁。

如今，这一切早成了旧梦，除了魏玛共和国时期的一次短暂复兴。1933 年希特勒掌权，慕尼黑随即成为纳粹的“运动之都”，并在其西北郊的达豪修建了第一座“最后解决”犹太人问题的集中营。1938 年，英、法等国首脑在这里签署协定，首肯纳粹德国吞并捷克的德语地区苏台德区。从此，“慕尼黑协定”成为出卖原则和强权外交的代称。

第二次世界大战时，慕尼黑经过盟军数年的空袭，几成废墟。1945 年，守军放弃抵抗，接受美军的占领。次年，根据新宪法，慕尼黑成为自由巴伐利亚州首府。这座城市的幸运之处在于，其战后重建方案相对保守，较之柏林、科隆、法兰克福（更不要说东德地区），大体恢复了城区原貌。并非所有的胜利者都是通过“平王城，灭王气”享受权力快感的独夫，1957 年，慕尼黑的人口达到了百万之众。

这是一座生活于历史阴影下的城市，而且，这种阴影正在成为其美感的一部分。生活里，很多人往往挑选经历单纯的配偶，甚至情人，却喜欢去历史惨烈的地方旅行。其实，整个德国就是一个阴影下的国家。他们以各种手段，向世人提示自己的黑暗历史，并且用德行洗涤罪孽。这使他们的社会和文化，具有一种悲壮的严肃气质，而不像日本那样，四处兜售轻浮、俗艳的“卡哇伊”式流行文化，向全世界撒娇。

在冷战时代，慕尼黑成为德国工商业重镇。当时，很多原本设在柏林的企业搬迁过来。从此，这个城市主要发展金融、电子、医药、保险、汽车以及新闻出版这类产业，大体跨越了大烟囱工业阶段。也是这种带有后工业化色彩的经济，后来把慕尼黑变成一座盛产雅皮士的城市。

慕尼黑的雅皮士也是雅皮士，比起他们在伦敦、香港或是纽约的同类，价值观上没有原则差别。他们属于一个特殊族群，就像模特跟电影明星一样。他们的特殊脾性使他们很难博得一般人的好感，就连不少德国人也对这座城市抱有负面看法，就像很多中国人对待上海的态度。当然，这是德国人自己的家务问题，我一个外国人弄不懂到底是怎么回事。

有一阵子，跟朋友借了辆旧山地车，整天骑着乱跑。一天下午，跑到摄政王广场的北边。那片街区总是引起我少年时对上海华山路一带的记忆，只是这里要精致得多，街道常以荷尔拜因、荷尔德林、舒曼这些文化人物命名。

一面看街景，一面想事儿，有人喊我半天都没听见。后来回头看见一个外表十分雅皮的小伙子在后面跑，手里拿着我那辆自行车脱落的尾灯。那灯是什么时候掉的，我自己都不知道，小伙子肯定追了我半天。

我诚惶诚恐地道谢，而他淡淡一笑，走了。我看不出这样的人，活得比我好有什么不对。

这样的年轻人，我在慕尼黑见过不是一次两次。然而，在我未必准确的印象里，慕尼黑仍然很像德国的一个“孤岛”。

就地质史而言，这一地区的确是由岛屿演变而来的，其间是亿万年的沧桑变化。当地球进入中生代的侏罗纪，最初的盘古大陆裂变成南、北两块超级大陆。赤道以北的劳拉西亚大陆中央，有一片后来扩展成大西洋的内陆海，其间群岛密布，其中之一，便是今天巴伐利亚的前身。

当时气候温湿，岛上覆盖着蕨类植被和苏铁，身材轻巧的美额龙不时跑过，风筝大小的古蜻蜓悬停在空中，还有长着羽毛的长尾始祖鸟，从银杏树上滑翔而下。

现在，这些史前生命只剩下残留的化石遗迹，陈列在包括慕尼黑古生物博物馆在内的机构中。

随着各地质板块的不断漂移，上述岛屿在非洲板块的作用下与欧洲大陆会合。它们之间的海床上升，隆起，形成阿尔卑斯山系。来自非洲的热风吹过地中海，一路吸取湿气，造成降水，其中的一部分成为山峰上的积雪。

除了赏心悦目的景观，上述自然因素还造成慕尼黑及周边地区的舒适气候，除了冰川时期。但也正是冰川运动，在这一带地表刻蚀出众多雪峰映衬的湖泊，供迁徙途中的天鹅游憩。

湖山之间的景色，构成了我们最为经典的欧洲想象之一，除了缺少几座城堡。纵观中世纪历史，日尔曼人从不吝惜任何机会展示他们这方面的工程才华。只是，当初他们建筑城堡完全出于军事目的，而不是供游人观光。

慕尼黑曾经不止一次改变市容。摄政王大街北侧，是始建于 18 世纪的英国花园，伊萨尔河从中贯穿南北。当地人在这里跑步，冲浪，晒日光浴。这片巨大的市内绿地类似纽约中央公园，或是巴黎的布洛涅森林。它的天然野趣，相对于那些意大利式宫廷花园的人工矫饰，构成一种健康的美学生态。

这里还有一座仿中国式的层檐木塔，启蒙时代，西方贵族风行追摹中国情调（chinoiserie），彼此攀比，这座塔正是那个时代风尚的标本，为上流社会的中国想象提供了一个《图兰朵》式的背景。现在，这里是一个颇受欢迎的露天啤酒坊。

向北穿过绿地，一路走到尽头，就是奥林匹克公园。1972 年，慕尼黑奥运会就在这里举办的。这里曾是废弃的机场，现在的园区包括一片人工湖，一座用战争瓦砾堆积而成又经过悉心绿化的假山。而且，这里设有免费公共卫生间。我认为这一点非常重要，因为慕尼黑不是一个容易找到厕所的地方。

这里最富创意的是主体育场的设计，除拥有 7 万个座位的田径及足球赛场，还有一间游泳馆。这些设施都有帐篷式的顶棚，由金属网联结起无数有机玻璃制成的瓦片，而支撑它们的，是几十根尺度不一的钢柱。当年，慕尼黑需要借助这个历史性机会走出历史阴影，向世界展示自己洗心革面后的新形象。

然而，超高水平的比赛设施，并没有带来一届完美的运动会。竞赛期间，巴勒斯坦的激进组织“黑九月”制造了一次恐怖绑架事件，人质是以色列运动员。结果警方营救失败，人质被杀，恐怖分子和警察也有伤亡。此后，西德政府建立了西部边防九大队，专事反恐工作。而属于慕尼黑的光荣时刻，还要再等两年。

1974年，也是这座奥体竞技场，贝肯·鲍尔领衔的西德足球队险胜拥有克鲁伊夫的荷兰队，第二次赢得世界杯。

要不是因为足球，我还不会难意识到这座城市也有大批蓝领。一次，坐火车从什么地方返回慕尼黑，刚要走出候车大厅，就听见一个站台传来轰鸣声，振聋发聩，就像希伦盖地草原上迁徙的角马群。接着，一群人冲过来，一看打扮便知是拜仁慕尼黑队的球迷。我在别处见过球迷闹事，知道厉害，赶紧埋头逃窜。那天，拜仁慕尼黑队客场输给不来梅队，失去争夺赛季冠军的机会。

近年慕尼黑又添了一座豪华的联盟保险竞技场，2006年的世界杯赛就是在此揭幕。现在，它供两支当地球队使用。这座造价昂贵的庞然大物，用外壁灯光颜色的变化标明参赛的主队，红色代表拜仁，蓝色代表1860。

它的设计师赫尔佐格和德·梅隆，对于中国人并不陌生。从不少方面来看，这座球场似乎是北京“鸟巢”的预演，慕尼黑人则给它起了个外号，叫“救生圈”。

奥林匹克公园对面是一座现代化高楼，那是巴伐利亚车厂，也就是我们常说的宝马的总部。慕尼黑和欧洲的很多地方一样，这种水泥怪物轻易不许进城。它的主体是四个垂直的、气缸似的筒形结构。它的一侧，还有一座低矮得多的碗状建筑物，里面是博物馆，陈列着宝马公司八十年以来生产的各款车。从位置和体量关系上看，这栋附属建筑像是大教堂边上的洗礼堂。不过，这里供奉的是现代商品拜物教的钢铁偶像。

距此不远，是地铁 3 号线终点站，这是一条便捷的返城路线。奥运会带给这个城市的最大好处，就是修建了一套完备的地下公交系统。慕尼黑地铁站的升降滚梯有一项值得推荐的功能：没有乘客进出车站时，整个设备静止待机，一旦有人走近登梯处的金属踏板，电机便立刻启动。如果举出一件东西代表慕尼黑这座城市的性格，我会首选它的地铁站电梯。

1781 年，莫扎特的歌剧《伊多美尼奥》（*Idomeneo*）在慕尼黑的故宫剧场首演。剧情是讲古代特洛伊人战败之后，他们的伊丽雅公主爱上希腊联军中克里特国王的儿子。他们的爱情历经磨难，最终修成正果。大团圆的结局未必合乎我们时代的口味，但这个冲突与和解的故事，预言了慕尼黑在此后两个世纪的命运。

跟着乔治·华盛顿看纽约

1.

去年夏天的一个早晨，巨型游轮“玛丽女王二号”泊靠在纽约港内。大约10点钟左右，执勤的警员在水面发现一个小型半潜装置正向他负责警戒的游船靠近，他首先想到的是恐怖攻击。接到报告后，纽约警署随即出动橡皮艇和直升机拦截可疑目标，海岸警卫队也派出人员和一卡车特种装备。这次联合行动的结果是，扣留了一艘简陋的微型潜艇。

艇上唯一的驾驶员没做任何抵抗，随后查明，此人是个艺术家，外号“公爵赖利”。这场虚惊原来是赖利策划的又一起行为艺术：他闯入“玛丽女王二号”的锚地，周围水面上漂着鼠尸和丢弃的避孕套。而被他约来的两个同党，则把他这次冒险摄制成录像，准备送到一个画廊参展。

不少人怀疑，这是一起有组织、有预谋的公关活动。这也不是凭空瞎猜，第二天，这起潜艇事件就上了纽约所有报纸的头版。赖利因此一下子出了名，究竟多大名不好说，但肯定超过安迪·沃霍尔给定的 15 分钟。很多网站也在讨论此事，“挺赖派”指责国安部门滥用纳税人的钱，小题大做。他们认为，赖利的冒险行为挑战了当前“爱国者法案”对公民权利的威胁；“倒赖派”则攻击赖利是个臭不要脸的江湖混混。

放在往年，这种现象几乎不能想象。纽约这块地面，各人出得多了，大家全都见怪不怪。赖利之所以一夜爆红，更多是利用“9·11”后的国内政治气氛，他用模拟的恐怖主义姿态跟公众调情。而社会上的强烈反应，倒不是针对恐怖主义本身，确切地说，这是一种对于恐怖主义的反应的反应。

赖利原籍英国，家住纽约布鲁克林，经常干些让警察大叔头疼的勾当。他开过一家文身店，自己也是一身刺青。在他的个人网页上可以看到一段宣言，声称他的关注对象是过度开发的大都市中，一些被主流社会忽略的边陲和盲点，而他正是要为那些身处边缘地带的人们代言。

这也没什么稀奇，当代艺术家，哪个不爱东拉西扯一点边缘、主流之类？全是道听途说的老生常谈。

至于他的潜艇，则是一件浮动装置作品。那是用胶合板和玻璃钢拼凑成的仿制品，做工粗劣。“我不是干技术的”，赖利这样为自己开脱。我们知道，好的艺术家往往也是好工匠。但现在，二把刀式的做工，几乎成了标志当代艺术身份的狗牌。

赖利模仿的潜艇原型却大有来历，那是美国独立战争时期的“海龟号”，世界上最早用于实战的潜水装置，虽说这个原始潜艇的排水量跟酒桶差不多。

1776 年 8 月底，美国独立战争爆发后不久，英国军队经过布鲁克林战役，控制了纽约附近从长岛直到东河对岸的地区。当时，曼哈顿还在独立军手中。为解除英国舰队的封锁，一个名叫布什奈尔的人提出一个办法。他把一根橡树干从中间凿空，所有接缝处用煤焦油密封，压舱物用了大约两百磅铅，依靠人力驱动蜗轴式螺旋桨推进，能达到 3 节航速。有人认为，这是最早的实用型螺旋桨驱动装置。

几天后，一个美军班长驾驶“海龟号”，携带炸药包，从曼哈顿西岸的哈德逊河边下水驶往附近的河口，英国舰队就在那里下碇。“海龟号”的目标是英国远征军的旗舰“鹰号”，可没等靠近就被敌人发现了，最后只得撤离。

说来也巧，协助“公爵赖利”把潜艇拖到港口外的同伙之一，居然就是“海龟号”的设计者大卫·布什奈尔的后代。真是愧对革命先辈。

2.

革命成功后，美国人通过表决，同意在 13 个新独立的原英国殖民地之上建立一个统一联邦，称之为美利坚合众国。纽约，则成为新国家的第一个首都，直到 1790 年迁都费城。

首任总统乔治·华盛顿的官邸旧址，就在布鲁克林桥西端的引桥下面，离现在的市政厅不远。如今，那栋房子早已踪迹全无。

就任总统后，华盛顿做过一次国内巡视。新独立的美国百废待兴，华盛顿带着当时的纽约市长和六个弁从坐马车上路，走了一整天，一行人马到了布朗克斯（现在坐 5 号地铁半个多小时就到了），在一家小店进餐歇宿。这位改变了人类权力游戏规则的人物，用不着摆出帝王临幸驻跸的虚夸排场。走了一个星期，总统一行终于抵达波士顿。

纽约并非天生就是一个华厦林立的摩登都市，华盛顿的巡访路线，恰好符合曼哈顿从南向北的发展过程。这个过程，大致可以通过沿途所见的建筑窥知一二。当初的起点下城一带，现在是高楼林立的金融区。见证过那个时代的建筑物，如今只剩下教堂街上的圣保罗礼拜堂。

其他标志性建筑，除了新古典风格的市政厅，就是伍尔沃思大厦。这是一座新哥特式摩天楼，高 57 层，241 米，装饰繁复。1913 年建成后，它一直保持着建筑高度的世界纪录，直到 1929 年克莱斯勒大厦竣工。

华盛顿出了总统府，先要经过一个面积不小的蓄水池。由于曼哈顿东西两侧都是咸水河，水池成了当年曼哈顿主要的饮用水源。这里也是市民的游憩场所，冬天还是溜冰场。到 18 世界末，水边集中了大量的作坊，从事鞣革、酿造、制缆和屠宰。它们排放的污水，把那里变成纽约的龙须沟。于是，家道殷实的居民纷纷撤离，政府只好把它填平了事。

这个真空地带很快吸引了很多穷人居住，包括新解放的黑奴，还有躲避饥荒逃到美国的爱尔兰灾民。这个新的街区俗称“五角地”，黑帮横行，是美国历史上臭名昭著的贫民窟。马丁·斯科西斯的影片《纽约黑帮》，表现的就是这段历史。

同时，这里也是最早的民族熔炉。一些当地艺人把黑人和爱尔兰的音乐元素融合起来，形成爵士乐的原始形式，而这，也是摇滚乐的远祖。

这里的文化气氛，还勾起一些外国人的好奇心。我们可以通过英国作家狄更斯 1842 年出版的《美国笔记》，窥见这种屈尊俯就的观赏态度。

这个地区几经改造，如今只能看到一些式样呆板的政府建筑，如新古典式的最高法院，以及现代派的国税局和移民局大楼。华盛顿当总统时，这里已经是城区边缘，通向北方的驿道，便由此开始。再往北走，沿路都是乡间景色。

当年，英国殖民当局埋设 1 号里程碑的地方，就在今天唐人街的干道运河街上。这一带原本人口稀少，1882 年颁布《排华法案》后，加州很多淘金的华人纷纷跑到纽约谋生，逐渐汇集成最大的海外华人聚居区。

我是个北京人，没受过社会科学训练，又对闽、粤等省份的风俗十分陌生。在我眼里，唐人街显得有点古怪。好好的店面，商家非要挂上黄底红字的幌子。那种调子总让我想起寿衣，加上临街杂货店里泛出的香烛气味，让人很不舒服。对我来说，唐人街是一个社会标本，证明文化的力量往往比制度更强大，至少在非极权社会里。

纽约早就是一座自由城市（曾经不是），所谓自由，就个人理解，是对不同生活方式和文化绝不妄加干涉的态度。上个月，一个老友从柏林过来。我们约在孔子大厦附近一家茶餐厅碰头，一边挑选吃的东西，一边闲聊两年多来各自东游西荡的见闻。跑堂的小伙子不顾我们的反复暗示，非说英语不可，而且一脸的旧社会，好像我们欠他八百吊钱。不用问，这是一个新移民。这些人总能想象出一种“主流社会”的主旋律生活方式，跟着拍子，亦步亦趋。除此之外，全是老土。

看过一个纽约风光片，里面说：你未必非要到过纽约，才能成为纽约人。这话说得人很牛，知道是人身居世界的中心，而不是某城市。可一个外国人真要进入纽约，往往得从破败、丑陋的边缘城区开始挣扎。假如他落脚之前，对前途有过不切实际的期许，接下来往往不是满腔悲愤，就是奴颜婢膝。更多的是二者兼备，比如我们碰到的那个服务生。

出了餐馆，对面是个街心小广场，当中是于右任题写铭文的“华裔军人忠烈坊”，纪念二战中阵亡的华裔美军官兵。除了每年的国殇日，很少有人理会这座中式牌楼。

纽约这座熔炉，让很多我们熟知的东西扭曲变形。那种怪味，就像这里中餐馆卖的李鸿章杂碎和左宗棠鸡。

3.

出了唐人街再往北，开始进入一个时尚的纽约，这个街区就是“苏荷”（Soho）。这个出现于1973年的地名，意思是休斯顿街以南，跟伦敦那个Soho没有关系。这是小资们津津乐道的地方，物质主义跟文化情调两不耽误。

直到上世纪60年代末，这里还是一些破旧的厂房和仓库，立面上装点着古典式样的铸铁装饰和防火梯。后来，一些艺术家发现这里租金低廉，而且室内空间巨大，纷纷搬来建立工作室，大大小小的画廊也随之开业。没过几年，整个街区便恢复了活力。这帮波希米亚人把苏荷区改造成纽约最酷的路段，同时，他们也推广了一种生活方式，比如，租住空间巨大的loft公寓（据说有人需要在家里滑旱冰）。本来是因陋就简，一不小心成了时尚——人们管这叫做“苏荷效应”。

是时尚就会有人仿效，而且，这些仿效的人都比较有钱。于是，很多画廊只好撤离到更加边缘的城区，让位给资金雄厚的专卖店。1987年，我第一次到纽约，那时的苏荷区已经高度商业化了。

但直到今天，这里仍是一个玩创意的地方，不时能在街边看到一个让你眼前一亮的橱窗，陈列着另类婴儿装或是搞怪的限量版玩具。很多有趣的设计，还是会在这个地段出现。最近，英国建筑师希瑟维克为法国精品店“隆尚”做的室内设计，就惹来好多人看热闹。由于销售区布置在二楼，他就用一座质感轻盈的透明旋梯，把门前经过的路人往楼上引导，就像从心理上废除了万有引力定律。

也许这些噱头实在过于小，寻常游客喜欢的还是大鱼大肉。纽约之所以是纽约，靠的还是风光片里的俗套，也就是那些鳞次栉比的摩天楼群。它们组成了全球最为激动人心的城市天际线，和华尔街的各项股指一起，构成这座国际都市激烈起伏的心电图。

4.

除了前面提到的沃尔沃斯大厦和毁于2001年恐怖袭击的世贸中心1、2号塔楼，纽约的高层建筑主要集中在曼哈顿中城，论密度，其实比不上香港。纽约甚至不是这类建筑的发源地。

1885年，家庭保险大厦——世界首座以钢制框架承重的10层办公楼在芝加哥建成。纽约摩天楼之所以与众不同，首先在于款式多样，尤其是那些战前的设计。当时，密斯式的巨大立方体还没开始流行。

始于23街的麦迪逊广场一带，还能看到摩天楼的两个早期样本。广场南端的楔形大厦1902年完工，是典型的芝加哥学派设计，新古典风的立面装饰残留着法国学院派的影响。广场东侧的大都会人寿保险大楼，造型直接取自威尼斯的圣马可广场钟楼。

曼哈顿和威尼斯都是房屋高度拥挤，只有极少建筑物能够展露所有立面，甚至教堂，所以，并不适合那种遗世独立的作品。比如帕拉迪奥的圣乔治教堂，这位大师留给威尼斯的唯一杰作，就是建在一座孤岛上。同样，代表新巴洛克风的明星设计师弗兰克·盖里，至今也没能在纽约证明他的才华。

但这并不是说，纽约的建筑必须牺牲个性，把自己隐没在风格统一的街道中。恰恰相反，这里真正有趣的街道大都充满戏剧性冲突，对比随处可见。最出名的例证就是42街，从新哥特风格的都铎城，到第二帝国式的大中央车站，到充满高科技“绿色设计”的孔岱·那斯特大厦，再到广告屏幕铺天盖地的时报广场，当然还有大街的制高点——装饰艺术风格的杰作克莱斯勒大厦。那种疯疯癫癫的效果，代表着一座城市的活力。

多年前，我和一个瑞典朋友经过这里。记得当时我说，假如有一天外星人空袭地球，这里准是头号目标。与之相比，建筑款式、色调相对统一的公园大道，则多少显得单调而沉闷。

传统上，纽约的摩天楼经常配有高耸的尖顶，好像哥特建筑的遥远回响，给整个城市带来一种怪异的中世纪色彩。这种状况一直维持到战后，一些欧洲大腕把现代国际风格引进美国。这种风格的简装版，就是现代城市中随处可见的巨型玻璃幕墙立方体。

纽约人抱怨归抱怨，但对这些见棱见角的水泥怪物却表现得安之若素，至少没怎么理会曾经流行一时的所谓后现代主义风尚。唯一的例外，或许是约翰逊设计的索尼大楼。这是麦迪逊大道上的一栋办公楼，带有模仿 18 世纪奇彭戴尔式衣柜的顶饰。此后，纽约在建筑上陷入停滞。为此，报刊评论员们惊呼，这座城市的面貌需要激进的变化。他们有比后现代派更好的替代产品，以及一批所谓的“明星建筑师”(Starchitects)。

这些明星建筑师十几年前才大器晚成，但走红至今。这一小撮人的名字，媒体曝光太过频繁，此处不赘。这些年来，从洛杉矶到柏林，从巴黎到北京，到处看到他们造型夸饰的大作，夸饰得成了俗套。他们似乎还是把更多心思放在了纽约，把这里的大街当成了走秀的 T 台。

尤其是诺曼·弗斯特加盖在原有底层结构上的赫斯特大楼，看起来就像露出一圈旧款裙摆的泡泡装。和重外观而轻功能的后现代派不同的是，这些新设计大多标榜节能和环保，不管真假，至少方向正确。

至此，华盛顿的马车已绝尘远去。他一定没有想到，那条纵贯曼哈顿全岛的驿道，经过两个世纪，沿途竟是如此光怪陆离的景象。

再往上走，就是中央公园。像很多西方都市一样，纽约也为自己保留了一些开阔的绿地。公园两侧的大道，是有名的富人居住区。更重要的是，这一带集中了纽约最重要的博物馆。那些高质量的巨大收藏，物化了这座城市关于世界、关于历史的记忆和想象。

我也不高兴

这里我想绕个圈子，先从王小波说起。要说王小波，就不能不先提几句我个人的阅读状况。

本人对文学纯属外行，在王小波出现之前，完整看过的中国现代小说也就是《金光大道》、《向阳院的故事》、《新来的小石柱》、《连心锁》这么几部，再就是那些武侠作品了。

《金光大道》里有个二流子，叫滚刀肉，我至今印象深刻，这个人物值得用巴赫金的理论分析一下。我们的作家大可不必刻意追求什么复调叙事，任何自圆其说的叙事都必然是复调的，不管外包装上打着什么样的意识形态品牌烙印。一旦在叙事中放弃对于他者的猎查，一种特定意识形态也将就此终结，然后便是路漫漫其修远兮，吾将摸着石头而过河。然后，便是种种有今天没明天的权宜之计。

除此之外，还有些小说我翻了翻就丢一边去了，比如《李自成》。一部小说，居然能把火热的战争场面写得乏味如彼，我真服了那位作者。我没打过仗，可至少打过架。放倒一个普通人也没那么容易吧，何况受过军事训练的官兵？瞎掰。

我是个圈外人，没读过中文系，也就闹不清楚某些文学史上的传承关系。那是博导们关心的问题，我只知道自己不会掏钱买他们的书。

二十多年前，我在一家饭店看大门，想弄份舒坦工作，于是找到作家出版社。一位老先生考我文学知识，问到《祝福》，我只看过电影；又问《四世同堂》呢，我看过电视剧。好心的老先生又给我一个机会，问我怎么理解另一名著，可惜我只看过由它改编的连环画——我的文学知识至少一半来自小人书。

接触这些东西这之前，我只看过一点旧小说。我的阅读趣味很大程度是由《水浒》和《西游记》打下的根基，所以对待小说的态度有点主题先行。简单地说，一是要作奸犯科，二是要装神弄鬼，除非作者真能弄出点唬人的噱头。

很多年里，我一直拒绝看《围城》，就是因为里面的人物一不杀人越货，二不腾云驾雾，想不出能有什么看头。直到三十好几，才被一个做贸易的朋友忽悠着看了一遍。于是，发现自己无知。原来半个世纪前，中国就有人把小说写得如此珠圆玉润。从此，开始对国产文学有所期待。我需要的是一种无须中文系洗脑就能获得阅读乐趣的文学，王小波进入我的视野，就是在这期间。

若干年前，我跟评论家李敬泽有过一次小小的争执。当时几个人聊到《红楼梦》，李敬泽认为《红楼梦》一书的力量主要在于描述厨房、账房里的勾心斗角，至于那些闺房故事，尤其是诗社雅集一类，都是叙事上的冗余部分，依照现代小说的标准，完全应予删除。

我承认，《红楼梦》的作者不能算是一个大诗人，小说里的韵文顶多够资格编入《法家诗词选》（考虑到书中描写了阶级斗争）。然而，这部分描写恰好为小说世界提供了一个垂直的维度，少了这个诗意的维度，《红楼梦》不可能对中国的文化历史进行百科全书式的总结，书中的想象坐标也将沦为单一的数轴，只有正负，也就是观念上简单的对立取向，以及人际间的是是非非。

自古诗、史并称，都是传统中国的文明标尺，它们交叉而成的十字结构支撑起我们的文化心理，使之不至坍塌成一地烂泥。可惜，中国新文学的基本状况似乎更加符合李敬泽的口味，根据那些新出版的小说内容简介，就不难作出上述判断。

根据一些粗浅的印象，我觉得，现代中国小说更多承袭了《金瓶梅》（《水浒》的一个古怪私生子）的血统。在这些故事里，你永远只能看到暗无天日的人际关系，从办公室政治到各种鸡零狗碎的姑妇勃奚。新一波人玩酷，好写性。可问题在于，性也是人际关系之一种，就连手淫不也得有个“想象的他者”？

我始终不理解，为什么我们的文学只能笼罩在繁密的人际网之下。那些人物虽也有名有姓，只是他们的姓名更像考勤表上的字符，点名过卯之后，大家便各自泯于众生。

我们的文学人物也有落单的时候，这时的他们既是弃儿，也是乞儿，唯独不是独自面对世界的个人。据说，文学的问题永远是人的问题。然而，人的问题首先却是个人的问题，因为人的基本处境最终只能由个人面对。比如说死亡，没有谁的死亡能由他人代替。再比如爱情。

有内行人教导我说，那是我们的现实，而文学就是要反映现实，这我不大同意。如果想要了解中国的现实，我大可以去看《财经》杂志，或是《南方周末》，何况还有网络，完全没有必要捧着一本小说去看瞎编的故事。

小说家的工作之所以是虚构，就是要提供一个超然于现实之外的精神维度，并以此与现实保持一种紧张的想象关系。就此而言，王小波是我仅见的一个具备这种力量的中国作家。在他背后是一种针对事，而不是针对人的文化（我总怀疑我们那种对人不对事的文化，来源于传统社会多妻制导致的过度密集的人际关系）。

所以，只有在他的作品中，闻不到姨太太们的烟袋油子味。而作为一个现代读者，这是我接受同代作家的先决条件。

《革命时期的爱情》是我理解王小波作品的最初门径。这是一部名著，情节梗概大家都知道，这里不再赘述。引起我兴趣的，并非那些引起纷纭众说的性描写，而是不时闪烁其中的“理趣”。

我读过一段野史，里面讲到勒内·笛卡儿在欧洲三十年战争期间到处当兵，在拿骚的莫里斯亲王的新教部队，和信奉天主教的巴伐利亚选帝侯马克西米安麾下全都服过役。此人没参加过什么正经战斗，而是借战争之机四处游历，同时思考哲学和数学问题，并利用自己的机械知识（据说他还制造过高度仿真的机器人）为部队改良武器。

在小说中，少年王二帮助红卫兵建造用于武斗的抛石机的情节，跟这段故事颇有暗合之处。而且，这个王二是色盲，并为此失去从事艺术的机会。也就是说，他眼中的世界是不可信的。既然感觉和对感觉的传达都是对于真实的背离，那么，理性的怀疑自然成了他唯一的精神出路。他只能通过思想活动，确信自身的存在。

讽刺之处在于，这种自我确认的思想，往往要求运思者以超越自身为先决条件。王小波还写过一篇随笔，在谈到讨论人性自我改善的可能性时，他强调，人必须把自己视为客体。

《革命时期的爱情》为此提供了一个隐喻性细节：幼年时的王二手臂被利器划伤，露出肌肉组织深处白色的韧带，从此，把自己想象成一个湿被套。由此，他实现为一个独立于肉身之外的思想器官。

这个把自己看穿的细节，同时证明，王小波的最终身份是诗人，而非哲人。他的小说是通过经验，而不是观念实现的。我怀疑，这样的细节甚至带有自传性色彩，就像我本人五岁那年第一次看到自己的X光胸片，童年就此结束。

这里所说都是老生常谈，没什么新鲜之处。就像《红楼梦》的作者曹雪芹不是什么大诗人，王小波的建树也不在科学或哲学领域。小说最终不是学术论文，用不着卖弄存在主义、后现代理论或是禅宗之类的噱头。然而，对哲学基本问题的思考，却为小说叙事提供了主题。

缺少哲学观照的小说写作，就像未经省察的经验，毫无意义，简单地说就像一道算术题。小说提供的不是横式后面的得数，而是用竖式呈现运算乃至验算的过程。然而，任何思想只能从个人出发。以团体名义颁布的思想，我们通常称其为意识形态。

当然，思想往往演变成意识形态，有时自动，有时被动。因为，人们喜欢按照一个流行款式假装在思想，王小波也没能逃脱这一命运。他的很多拥趸没有像他那样去思想，而是操着他的语气去说话。

当我们讨论一个小说家的遗产时，指出这一点尤其重要。小说是强调个人性的写作类别，你可以在万众麇集的场合朗诵一首诗，却无法想象有谁对着一堆观众去读一篇小说。用王小波的话说，那是“集体撒癔症”。

同时，王小波的写作还是一个不断发展的过程。我注意到，他的写作中，不断出现机械装置的意向。在《革命时期的爱情》中，机械是启蒙心智的开关，而在他后期那些对于唐人传奇的戏仿式改写中，机械，则变成了极权主义政治暴力的隐喻。

对这一演化过程进行阐释分析，需要经过专门的学术训练，而这远远超出了我的能力。机械装置不时出现在王小波的写作中，它们不仅是道具，更多的时候它们就是角色本身，并赋予作品一种迷人的奇观性。

奇观性是虚构文学的必备品质，否则，也不会有如此多的民族语言将小说命名为“传奇”。而这似乎也是王小波的小说之所以有趣的原因之一，然而“有趣”并不是这些作品的全部。在有趣之上，作者显然还有一个更高的指向，那就是自由。

然而，有趣（在我们这里，它还被称做“狂欢”）并不必然导向自由。证据之一就是王小波本人被娱乐化，变成一个插科打诨的脱口秀明星。对于其中的种种曲解，王小波本人也应负有部分责任。我认为，他的思想，最终没能摆脱乔治·奥威尔式的局限，即把暴政视为专制的唯一面具。

我们这个世界，更像是“动物农庄”和“美丽新世界”的混合体。“面包加斗技场”，这是古已有之的御民之术。当然这样说也是事后诸葛亮，王小波当年写作的环境，要比我们今天严峻得多。

前面曾经提到《红楼梦》，这些年有个时髦的问题：娜拉出走之后会如何？我也曾经想过，贾宝玉出家之后会如何？我的结论是，他会成为四处历险的游方僧。200 年后，这个历尽沧桑的流浪僧人在王小波笔下转世成为王二。

这是中国文学史上一次伟大的接力，就像但丁在古典大师维吉尔的引领下，视察冥府之后进入新的世界。

拉拉杂杂说了许多，无非因为前些天看到一篇涉及王小波的八卦。那篇文章收录在一本名为《中国不高兴》的时尚读物里。书中的其他部分没仔细看——鄙人幼承庭训，对流言飞语和阴谋论，胃口一向不大——只是对一个已故同行无端遭受人身攻击，略有一点感想。

这篇署名黄纪苏的文章对王小波做出若干指控，其中之一，便是攻击中国文化。老实说，我对王氏这方面的说法，也经常不敢苟同，他对古典希腊的描述也有很多浪漫化的成分。可这说明什么？鲁迅提起中国文化，口气还要阴损得多。胡兰成倒是挺客气，岂止是客气，简直贴心贴肺。剩下的话，不用再说了吧？

黄文举出阴茎倒挂下来那几行诗，认为王小波是在祖国大地随地大小便。我把那首短诗重新看了一遍，可没看见里面提到排泄，这就有点过度阐释了。若依此理，天体浴场还不都成了露天公厕？我倒觉得，假如王小波的意见能被更多的人采纳，至少，随地吐痰的现象将会有很大改观。文中接着说了些穷苦子弟扒阔人家窗户之类的话，总之，王某人混得不怎么样，简直水深火热，尤其是在国外。

也许王小波不如黄先生根红苗正，更不如黄先生出入国门如履平地，但作为写东西的，则要另当别论。说得俗点，写作者计较的是象征资本的积累。在这一点上，《不高兴》的几位主创人员全加起来，怕是也赶不上人家的一个零头。至少，我不了解黄先生做出过哪些业绩，恕在下孤陋寡闻。

且不提那种打探他人私事的好奇心何等鄙俗猥琐，以及隐藏在这背后的一套洋场西崽价值观，就说一个当学生的，打工求学本是正途，就算人家学业不佳，只在本校汉语部（准确的翻译是“东亚研究专业”）弄了个学位，好像也没什么值得幸灾乐祸。借用一个官气的说法，这叫勤工俭学，是百年来无数仁人志士走过的共同道路。

此外，黄先生的说法给我一个不良暗示，即很多人发表一些民族仇、性别恨的言论，只是出于他们留洋期间不得烟抽的怨愤。这里说到性别，是因为黄先生喜欢使用“风流寡妇”、“好打扮的娘儿们”一类带有性别沙文主义色彩的比喻。借用黄先生的套路做一番诛心之论，我或许会说他打着借忧国忧民的旗号，向公众转嫁一个半老男人（他的文字同时欠缺少年人的纯真和老年人的明达）的中年心理危机。但黄先生一定不会同意。

从行文中不难看出黄先生志向高远、不甘平庸的胸怀。通过臧否一些文化人物，他鼓吹了“大文化”，鄙薄了“小文化”。可问题是，人家的“小文化”尚有可观之处，可他们的“大文化”呢？我们国家有句画虎不成反类犬的老话，诚此谓也。

黄先生诟病“小文化”的理由之一，是它能为“蹬三轮的”所知。引车贩浆者流喜闻乐见的东西还多着呢，要都拿出来数落一遍，怕对黄先生自己也有所不便。假如一种言论既能深入基层，又能上动天听，那么，产生这个言论的社会一定到了危急的时刻。这样的局面，我永远不希望看到，这是一个庸人的理想。

《不高兴》中另有一文谈到王小波时，更是一副石原慎太郎式的调调（我甚至觉得作者应该在头上系条白布，上书“武运长久”）。文章引用或许不愿透露身份的消息来源，谈到王小波对于欧洲文明的崇尚，是因为他仅有一次亲履欧陆的机会，还是作为游客，说这更有利于王小波对于欧洲的“构建”。

依着这种逻辑，对于欧洲文化最有发言权的，大概只能是些时髦圈子里的出国油子。上高中的时候，我的世界地理老师从没离开过中国半步，可我就是靠他传授的知识考上的大学。假如任何知识都要依靠个人的现场感证明其合法性，那么科学早就都成了胡说。

文章最后讲了个故事，说几个中国人在旧金山挨打不敢还手（再窝囊的人打 911 报警总还敢吧）。这种事不敢说绝对没有，可据我了解，这个故事的背景如果换成莫斯科，才更像是典型环境下的典型人物事件。可莫斯科是我们很多人士心中的文明之都、第三罗马，要在语言中轻拿轻放。叙事折射立场，立场根植于趣味。

我一直相信，所谓善恶是非经常是一个美学问题。在北京，我不止一次地忍受那种月上涅瓦河两岸树梢头，人约莫斯科郊外黄昏后的小资情调，而这种情调，又焕发出在反对国际社会的斗争中砸锅卖铁也要为老大哥前驱的政治豪情。所以，对于坊间某些版本的民族主义，我一向不敢当真。

我们的遗产

很多年前去过一次洛阳。两千好几百年的古都嘛，本想着能看看古迹，可一到了那儿，发现根本不是那么回事。所幸，郊外还有一处龙门石窟，总算不虚此行。龙门对面是香山，顺便还能瞻仰白居易的遗迹。老人家墓前竖着一块日本人的献碑，称颂墓主是他们的文化大恩人，颇煞风景。

鄙人乃一退休愤青，当年一见日文假名，就觉着那玩意儿八字没一撇的，不成体统。赶上他们亲近中国文化，更会想起“沐猴而冠”的说法。但这至少说明，很多世纪以前，外国人除了丝绸和瓷器，还从中国输入价值。

而且，不仅仅是亚洲。启蒙运动时期，一些在华传教的耶稣会士在书信中介绍中国的文官制度，给西方思想带来极大启发，而这又为后来西方的制度改革提供了必要的理论准备。甚至可以说，他们当时得到的，正是我们今天还在学习的。而且不仅于此，也不仅仅是古代。

假如非要评出 20 世纪最出名的建筑，很多人会把选票投给悉尼歌剧院。它能引起的联想太多了。有人说它像几个修女踢足球；也有人把它比做一群乌龟在交尾。当年，为了改变文化上的“外省”地位，悉尼市急需一座醒目的公共建筑来提升形象，竞标成功的是丹麦人乌宗。

为了营造雄视八方的气势，建筑师给歌剧院增加了一座人工垫高的台基。而这一处理，正是他从紫禁城的太和殿借用的。最棘手的是那些复杂的上层构造，为此，他认真参考了《营造法式》中推荐的承重结构。我说的这些，全都有书为证。

夏威夷的檀香山警署有个神探，侦破过不少被害人尸体深度腐烂的凶案。他说，自己的法医昆虫学方法，是受到一部东方古籍启发，作者是中国宋代的一个法官。

古书里讲到一个案子：村子里杀了人，问案的大人收验全村的所有利器（把手上事先贴好物主的名签），最后，发现一把柴刀上落了很多苍蝇，由此确认了凶器，找到了破案线索。警探指的是宋慈所著的《洗冤集录》。

读到报道，我很惭愧。即使对于受过良好教育的中国人，《洗冤集录》也是一部冷僻的著作。一般人知道此书，恐怕还是受益于几年前的一部古装电视剧《大宋提刑官》，就像笔者一样。

说起电视剧，想起住在洛杉矶时，陪老妈看过几回韩剧。有部历史剧，讲他们过去和大唐帝国打仗，还挺壮怀激烈的。作为一个长期遭受异族统治的国家，他们的民族情绪可以理解。偌大一个俄国，提起 200 多年的蒙古统治，不也一样痛心疾首。何况中国作为现代民族国家的历史应该从 1912 年算起。古人的恩怨纠葛，跟我们无关。再说韩剧中的反帝情绪，说不定还是针对美国的呢。

我们的很多同胞却不这样认为，有人主张汉语频道禁播韩剧。后来，听说国内也有类似的呼声，只是更多来自电视剧制作圈，颇有点行业保护主义的意思。我不爱看韩剧，就像我不待见那些满脸万恶旧社会状的韩国球星，可要说把它禁掉，我还是想不出任何理由。每年多拍几部《神探狄仁杰》、《奋斗》这样的原创剧，韩剧自己不就没戏了吗？

说起这件事，是因为最近看了个法国电影，根据经典小人书《亚力历险记》改编，里面尽是逗乐的噱头，把《宾虚传》、《埃及艳后》、《泰坦尼克号》、李小龙的功夫片，直到法国工会领袖的煽动演说，挨个恶搞了一遍。故事里的古代高卢英雄，靠着一种魔法药水的神力把罗马帝国主义者搞得很没面子。我没问过该片在意大利票房如何，至少《亚力》系列连环画在那里不缺读者，也没听说有谁想把它禁掉。

我觉得，意大利人是以一种和我们不同的态度对待以往帝国的遗产。我还觉得，启蒙主义的后果之一，就是在西方形成了一个文化上的共同体。于是，古代的罗马文化也就成了他们的共同遗产，而不会有谁把维吉尔当成意大利诗人，或者说普林尼是意大利博物学家。反观我们这边，则是原有文化认同的解体。大家全都忙着脱亚入欧，超英赶美，弄得彼此互不买账，文化上远交近攻。

有人会说中国文明比西方更有延续性。对我来说，这个说法太过笼统，因为文明涉及无数繁杂具体的内容，比如语言、历法、政治制度、生活方式、艺术风格、货币、度量衡，等等，需要称职的专家详加比对和考察。

我看不出古代中国究竟有多少东西被我们继承下来，精华也好，糟粕也罢。有些先生鼓吹尊孔读经，可一看他们的文章——还是先读读《三字经》吧。如今的实际情况是，就连一部《三国志》，我们还得烦劳易大叔调成奶糊喂给大家呢。

这个世界早已重新洗牌，几年前西方外长开会，有个欧洲代表说美国是个年轻的国家，当时的美国国务卿反唇相讥，说作为现代民主国家，美国的资格最老。

图书在版编目（CIP）数据

天堂的滋味，只要一文钱 / 李大卫著. —长沙：湖南文艺出版社, 2011.8
ISBN 978-7-5404-5024-3

Ⅰ. ①天… Ⅱ. ①李… Ⅲ. ①随笔–作品集–中国–当代 Ⅳ. ①I267.1

中国版本图书馆CIP数据核字(2011)第118421号

上架建议：文学随笔

天堂的滋味，只要一文钱

作　　者： 李大卫
出 版 人： 刘清华
责任编辑： 丁丽丹 刘诗哲
监　　制： 伍　志
策划编辑： 张　丽
版式设计： 姜利锐
封面设计： 大观工作室
出版发行： 湖南文艺出版社
（长沙市雨花区东二环一段508号 邮编：410014）
网　　址： www.hnwy.net
印　　刷： 北京鹏润伟业印刷有限公司
经　　销： 新华书店
开　　本： 880 × 1270 1/32
字　　数： 160千字
印　　张： 10
版　　次： 2011年8月第1版
印　　次： 2011年8月第1次印刷
书　　号： ISBN 978-7-5404-5024-3
定　　价： 38.00元